grafit

Die dänische Originalausgabe »De lange skygger« erschien 1981 bei Forum, Kopenhagen

Deutsche Erstausgabe

Chemnitzer Str. 31, D-44139 Dortmund
Internet: http://www.grafit.de
E-Mail: info@grafit.de

Umschlagillustration: Peter Bucker
Druck und Bindearbeiten: Elsnerdruck GmbH, Berlin
ISBN 3-89425-517-X
1. 2. 3. 4. 5. / 2004 2003 2002

Kirsten Holst

In den Sand gesetzt

Kriminalroman

Aus dem Dänischen von
Hanne Hammer

grafit

Die Autorin

Kirsten Holst wurde 1936 in Lemvig, Dänemark, geboren. Seit 1995 ist sie Präsidentin der CWS (›Crime Writers of Scandinavia‹). Sie ist mit dem Poe-Preis ausgezeichnet worden und hat insgesamt vierzehn Kriminalromane geschrieben.

Die Kriminalkommissare Høyer und Therkelsen ermittelten bereits in *Du sollst nicht töten!* (2000) und in *Wege des Todes* (2001).

1. Kapitel

Es war Sonntag. Der letzte Tag der Schulferien. Die Wettergötter hatten offenbar beschlossen, ihr Bestes zu tun, um den Tag zu einem Erfolg werden zu lassen. Eine heiße Augustsonne brannte von einem völlig wolkenlosen Himmel, beschien die flachen Wellenkämme und wurde in scharfen Blitzen von den Hunderten von sonntagsblanken Autos reflektiert, die ein Stück weiter am Strand außerhalb des autofreien Paradieses geparkt hatten, das direkt unterhalb der Stadt lag. Die Luft flirrte über dem Sand vor Wärme. Man konnte die Hitzewellen nahezu *sehen* wie Wasser, das über eine schmutzige Fensterscheibe lief. Das klare Licht verzerrte die Abstände und Dimensionen, ließ Nahes fern und Fernes nah erscheinen. Selbst die Geräusche waren anders als sonst.

Unten am Wasser lachten und schrien ein paar Kinder mit hohen, durchdringenden und trotzdem so leisen Stimmen, als riefen sie in einem schalldichten Raum und die Schreie der Möwen blieben melancholisch in der Luft hängen, wenn die Vögel plötzlich aus ihrem Höhenflug auf die glitzernden Wogen herabstießen. Der ganze Strand schien wie ein Vakuum, herausgehoben aus Zeit und Raum. Alle Bewegungen erfolgten in einer Art zäh fließendem Zeitlupentempo. Irgendwo unterhalb der Dünen spielten vier ausdauernde Touristen – vermutlich Deutsche – Federball. Der leichte Federball löste sich fast widerwillig von dem Schläger, segelte in einem trägen Bogen durch die Luft und traf den anderen Schläger mit einem schwachen, kaum hörbaren Knall. Hin und zurück, hin und zurück. Wie ein Perpetuum mobile. Über den Dünenspitzen, weiter Richtung Stadt, stieg ein kleines, blaurotes ferngesteuertes Modellflugzeug in großen, weichen Kreisen höher und höher in den Himmel, bis man es nur noch als dunklen Fleck in all dem Blau ahnen konnte. Ein Ikarus auf dem Weg zur Sonne.

Hin und wieder ließ ein schwacher Windstoß vom Meer den ganzen Strand tief durchatmen und der Strandhafer neigte seine langen, spitzen Halme zum Sand hin und zeichnete kleine, präzise Kreise um sich herum, als wollte er sein Territorium markieren.

Ein Käfer, der offensichtlich noch kein Vertrauen in seine Fähigkeit hatte, auf seinen sechs Beinen zu gehen, arbeitete sich beschwerlich an der Seite einer Dünenmulde hoch. Er glich einem VW auf dem Weg durch eine endlose Wüstenlandschaft; fast konnte man den schnurrenden Motor hören und sehen, wie er immer wieder den Gang wechselte.

Unten in der Mulde lag ein Mann und nahm ein Sonnenbad. Ein gut gekleideter Mann. Oder besser ein gut ausgezogener Mann, denn er trug nur eine Badehose. Trotzdem machte er auf die eine oder andere Weise einen gut gekleideten Eindruck. Die blaue Badehose war aus einem glänzenden, elastischen Stoff und saß wie angegossen, das blaue Handtuch, das Kopf und Schultern bedeckte, passte farblich genau zu der Hose, er war braun genug, um nicht nackt zu wirken, und er lag hübsch und ordentlich auf dem Bauch, die Arme fest an die Seiten gepresst. Fast in Habachtstellung.

Endlich hatte der Käfer den Rand der Mulde erreicht, doch hier stieß er auf eine der Miniatursandburgen, die sich um den Strandhafer bildeten, und – bevor er seine Beine zur Zusammenarbeit sortiert hatte – verlor er das Gleichgewicht und fiel zum wer weiß wievielten Mal an diesem Nachmittag wieder auf den Grund der Mulde und landete auf dem Rücken des gut gekleideten Mannes. Der Sisyphusmythos im Miniformat. Sisyphus *und* der Stein – verkörpert in ein und demselben Wesen. Einen Augenblick focht er mit seinen sechs widerspenstigen Beinen in der Luft, dann rappelte er sich auf, erholte sich einen Moment, wippte mit den Fühlhörnern in alle Richtungen, um die Lage abzuschätzen, und begann wieder von vorn. Schnell krabbelte er über den gebräunten Rücken, fiel Hals über Kopf in den Sand, kam wieder auf die Beine und begann seine beschwerliche Wanderung aufwärts.

Der Mann in der blauen Badehose hatte sich nicht bewegt. Keinen Versuch unternommen, den Käfer abzuschütteln. Offensichtlich hatte er ihn nicht einmal bemerkt.

Er rührte sich auch nicht, als die Luft plötzlich in einem donnernden Knall explodierte. Ein paar Düsenjäger brachen durch die Schallmauer und verschwanden mit zwei leuchtenden Streifen hinter sich über dem Meer, während der Knall noch über dem Strand hing. Die Sonntagsträgheit war gebrochen. Die Leute waren aus ihrer Apathie, aus der Monotonie gerissen. Sie stützten sich auf die Ellenbogen, sahen sich mit blinzelnden Augen um, kamen überein, dass sie ebenso gut ins Wasser gehen, Eis kaufen, Bier trinken, Ball spielen oder sich die andere Seite mit Sonnencreme einreiben – sich jedenfalls etwas *vornehmen* – konnten. Nur der gut gekleidete Mann rührte sich nicht.

Er muss stocktaub sein, dachte Bo, der gerade an ihm vorbeikam und dessen Blick den Mann im Vorbeilaufen streifte. Entweder das oder er konzentriert sich darauf, braun zu werden. Manche waren so. Sie legten sich an den Strand oder in die Dünen und schienen ihren ganzen Willen und ihre ganze Energie auf dieses eine Ziel zu konzentrieren: braun zu werden. Als wäre es eine Arbeit, die getan werden musste, und zwar so gut und so effektiv wie möglich. Der Kerl da war bestimmt einer von ihnen.

Damals ahnte Bo nicht, wie sehr er sich irrte, und ebenso wenig ahnte er, wie sehr er sich einmal wünschen würde, den Mann in der blauen Badehose nie gesehen zu haben.

Ein Stück weiter den Weg hinunter verlangsamte er das Tempo und wich in einem Bogen aus, um eine Familie vorbeizulassen. Er nickte ihnen zu, als sie auf gleicher Höhe waren. Er kannte sie vom Sehen. Familie Larsen. Sie hatten die letzten vierzehn Tage im Sommerhaus des Zimmermanns gewohnt. Vater und Mutter, ein Mädchen von etwa zehn und ein ziemlich ungenießbarer Junge um die sieben.

»Wer war das noch mal?«, fragte Alice Larsen ihren Mann, sobald sie außer Hörweite waren.

»Hast du ihn nicht erkannt?«, fragte ihr Mann. »Das war doch der junge Mann, der uns gegenüber wohnt. Der Sohn von Sanders. Der Kunstmaler.«

»Ja, richtig«, rief sie. »Der mit den wunderschönen Meerbildern, nicht? Wie hält er es bloß aus, bei der Hitze zu laufen?«

»Er läuft immer«, erklärte die elfjährige Lene.

»Nicht, wenn er malt«, sagte ihr kleiner Bruder triumphierend. Sie warf ihm einen Was-bist-du-doch-dumm-Blick zu, den er nicht sah, da er vor ihnen herlief. Plötzlich blieb er abrupt stehen, dann drehte er sich um und kam mit einem Gesichtsausdruck zurückgelaufen, als hätte man ihm die Butter vom Brot geklaut.

»Er hat uns wieder die Mulde weggeschnappt!«, rief er anklagend.

»Pssst«, sagte seine Mutter.

»Aber das hat er doch.«

»Er ist bestimmt Deutscher«, sagte Lene in einem Ton, als würde allein das ein schlechtes Licht auf ihn werfen.

»Wir suchen uns einfach eine andere Mulde«, sagte Larsen. »Es gibt doch genug.«

»Warum hat er dann unsere genommen?«, fragte der Junge mit unerbittlicher Logik.

»Das ist nicht *unsere*. Wer zuerst kommt, mahlt zuerst. Hättest du nicht unbedingt Minigolf spielen wollen, hätten *wir* sie vielleicht bekommen. Jetzt hat er sie.«

»Er hat sie uns auch gestern weggeschnappt«, sagte der Junge beleidigt. »Sie gehört uns viel mehr, weil wir auch an den anderen Tagen da gelegen haben.«

»Das hat doch damit nichts zu tun«, sagte seine Mutter müde. Der Drang, zu *besitzen*, war offenbar angeboren. Kinder konnten schwer zwei zusammenhängende Worte sagen, ohne dass eins davon ein Possessivpronomen war. *Meine* Mutter, *mein* Vater, *mein* Schnuller. Und wehe dem, der ihr Eigentumsrecht anfocht.

»Er sieht auch richtig widerwärtig aus«, sagte der Junge finster. »Er ist alt.«

»Er ist bestimmt Deutscher«, wiederholte Lene. Als würde das alles erklären.

Nahe der Stadt kamen drei, vier redende, kichernde und Eis essende Mädchen von zwölf, dreizehn Jahren die schmale Treppe hinauf, die vom öffentlichen Parkplatz hoch in die Dünen führte. Eine von ihnen lief rückwärts, ein wenig vor den anderen her, während sie rief: »Kommt! Was seid ihr langsam! Habt ihr überhaupt keine Kondition?«

Sie erreichte die oberste Treppenstufe, und als ihr Fuß

plötzlich auf nichts als leeren Raum traf, verlor sie das Gleichgewicht, machte ein paar stolpernde Schritte rückwärts und prallte gegen den Bauch eines großen Mannes, der gerade aus dem Weg auftauchte, der zwischen den Hagebuttensträuchern entlangführte. Er verlor die Plastiktüte, die er bei sich trug, warf ihr einen wütenden Blick zu und zischte böse: »Kannst du nicht aufpassen, Mädchen!«, während er eilig die Tüte und ihren Inhalt wieder aufsammelte.

Das Mädchen warf ihm einen erschrockenen Blick zu, murmelte schnell eine Entschuldigung und lief eilig ein paar Schritte den Weg entlang, indem sie sich die Hand vor den Mund hielt, um ein unbezwingbares Lachen zu verbergen. Sie wusste selbst nicht, ob sie vor Schreck kicherte oder weil der Mann in seiner Wut so komisch ausgesehen hatte.

Die anderen holten sie ein.

»Typisch Pia«, sagte eine von ihnen. »Den Leuten genau in den Bauch zu rennen.«

»Hysterischer Kerl!«, sagte Pia. »Das war genauso seine Schuld. Schließlich habe ich hinten keine Augen im Kopf.«

»Männer sind hysterisch«, bemerkte eine der anderen tiefsinnig und die Freundinnen nickten altklug.

»Oh Mann, das sah wirklich komisch aus«, sagte eine und die Mädchen krümmten sich vor Lachen. Sie kicherten noch immer, als sie ein Stück weiter Bo trafen. »Hey Bo!«, rief Pia schon von weitem. »Läufst du bei dem Wetter? Du bist ja verrückt!«

Bo erreichte sie. »Heute sind bestimmt mehrere Tausend Menschen hier am Strand. Könnt ihr mir sagen, warum ich dauernd jemanden treffe, den ich kenne? Und könnt ihr mir zuerst einmal sagen, warum ich jemanden wie euch treffe?«

»Sind da draußen auch so viele?«, fragte Pia und nickte mit dem Kopf Richtung Weg.

»Nein, natürlich nicht. Sobald man hundert Meter weiter geht, ist fast niemand mehr da. Die Leute gehen nicht gerne. Warum auch! Wollt ihr nackt baden?«

Die Mädchen kicherten. »Nur sonnenbaden«, sagte Pia. »Spendierst du uns ein Eis?«

»Ein Eis? Euch? Ihr müsst verrückt sein, wenn ihr das glaubt!«

»Ach Bo, bitte!« Die Mädchen sahen ihn flehend an und lächelten einschmeichelnd.

»Okay«, sagte Bo, zog ein Bündel Scheine aus der Hemdtasche und gab Pia einen. »Aber nur unter der Bedingung, dass ihr nicht jetzt da runtergeht und Eis kauft. Ich will nicht so einen Haufen Papageien im Schlepptau haben. Die Leute könnten ja denken, ich sei euer Vater.«

Ihr Vater! Die Mädchen krümmten sich vor Lachen. Bo war 25 und sie waren alle *ein bisschen* in ihn verliebt. Sie gingen kichernd weiter. Bo blieb einen Moment stehen und sah ihnen kopfschüttelnd nach. Er konnte sich nicht erinnern, dass er und seine Freunde jemals so gewesen waren. Über alles und nichts gelacht hatten. Hatten Mädchen es wirklich so viel lustiger? Dann ging er in normalem Tempo Richtung Treppe.

Als er gerade hinuntergehen wollte, sprang ihm etwas ins Auge, das in den Hagebuttensträuchern lag. Ein Schuh. Ein Herrenschuh.

Sein erster Gedanke war, ihn liegen zu lassen. Er war bereits ein paar Stufen hinuntergegangen, als er plötzlich eine Idee hatte. Er ging zurück zu dem Hagebuttenstrauch, beugte sich hinunter und fischte den Schuh heraus, während er halblaut murmelte: »Hallihallo, hier komme ich! Guck mal, was ich gefunden habe.« Er sprang die Stufen hinunter, während der helle Sommerschuh an seinem Zeigefinger hing und hin- und herbaumelte.

Weltschmerz, dachte Kriminalkommissar Høyer. Das war das richtige Wort. Ein Anfall von Weltschmerz. Depression klang zu hart, zu klinisch. Auch wenn es genau das war. Eine Postferiendepression.

Er war im Bad gewesen, hatte sich umgezogen und stand jetzt auf dem Schlafzimmerbalkon, die Hände auf die Brüstung gestützt, und sah in den Garten hinunter, während er versuchte, seine Gefühle zu analysieren. Vor weniger als acht Stunden hatte er genauso auf einem anderen Balkon gestanden, mehrere tausend Kilometer entfernt, mit Aussicht auf Meer, Strand, Ferienhotels und exotische Pflanzen. Aber in Gedanken war er bereits hier gewesen. Es kam vor, dass die Seele nicht sofort folgen konnte, wenn man eine Reise antrat, dafür aber bereits vor einem selbst wieder nach Hause zurückkehrte. Es lag nicht daran, dass die Ferien kein Erfolg gewesen waren. Er hatte sie in weit höherem Ausmaß genossen, als er erwartet hatte. Vierzehn Tage in einem Touristenparadies – das hatte nicht wie sein Traum von Ferien geklungen, er war kein Sonnen- und Strandanbeter. Aber Mallorca hatte weit mehr als Strand und billigen Alkohol zu bieten gehabt. Trotzdem war da plötzlich das Gefühl aufgetaucht, dass es reichte. Er war fast erleichtert gewesen, als er dort auf dem Balkon gestanden und gedacht hatte, dass er bald wieder zu Hause sein würde. Und plötzlich hatte es ihm nicht schnell genug gehen können. Ein überwältigendes Gefühl von Heimweh hatte ihn gepackt. Und er hatte den Eindruck gehabt, dass er weinen würde wie ein Kind, das sich verlaufen hatte, wenn die Heimreise sich aus irgendeinem Grund plötzlich verzögern würde. Er lächelte ein wenig über sich selbst. Und jetzt war er zu Hause und trotzdem stimmte etwas nicht. Es war nicht die übliche leichte Depression, die er immer hatte, wenn er mitten am Tag Alkohol trank – auch wenn er im Flugzeug vielleicht nichts hätte trinken sollen –, es war eher Enttäuschung. Das Haus hatte so fremd gewirkt, fast feindlich, als sie es betreten hatten. Die Zimmer hatten im Halbdunkel hinter heruntergelassenen Jalousien gelegen und es hatte merkwürdig gerochen, fast unbewohnt. Und der Garten! Høyer seufzte leicht. Er hatte unbestreitbar wenig Ähnlichkeit mit dem Bild, dass er am Morgen auf dem fernen Balkon vor sich gesehen hatte. Der Rasen sah gelb und ungepflegt aus, Rosen und Dahlien hatten überall welke Blüten, einige Stauden waren umgeknickt und lagen auf dem Boden, alles wirkte unordentlich und vernachlässigt.

Høyer schämte sich ein wenig über sich selbst. Es war eine kindische Enttäuschung, die er empfand. Er hatte davon geträumt, in ein Haus zurückzukommen, das aussah, als hätten sie es nie verlassen. So, wie er in der Kindheit nach den Ferien nach Hause gekommen war.

»Bist du fertig?«, rief seine Frau von unten.

»Ja.« Høyer strich sich übers Kinn. Trotz allem hatte es geholfen, sich zu rasieren und ein Bad zu nehmen.

»Der Kaffee ist fertig. Aber vielleicht willst du lieber ein Bier?«

»Nein, um Himmels willen! Ich glaube, Kaffee ist genau das, was ich jetzt brauche.«

Es roch nach Kaffee, als er die Treppe hinunterkam. Und er begann, sich besser zu fühlen. Ein heimeliger Duft. Unten konnte er die eiligen Schritte seiner Frau hören. Das Haus begann, wieder lebendig und vertraut zu werden.

Er warf einen Blick in den Spiegel, als er durch die Diele ging. Die Sonne hatte ihn etwas verbrannt, die Nase schälte sich, die neue Haut sah hellrot und unfertig aus. Bisher hatte er sich keine Gedanken darüber gemacht, dort unten sahen viele so aus. Jetzt kam es ihm plötzlich fast unanständig vor.

Mein Gesicht sieht aus wie ein Affenhintern, dachte er.

Er ging durchs Wohnzimmer. Die Türen zur Terrasse standen offen. Die Gardinen waren zur Seite gezogen, Rigmor hatte bereits die Blumen auf die Fensterbänke zurückgestellt und auf dem Tisch stand eine flache Schale mit Rosen.

Er rieb sich die Hände, als er hinausging und sich an den Gartentisch setzte. Er blickte über den Garten.

»Ich glaube, nach dem Kaffeetrinken mähe ich den Rasen«, sagte er.

Seine Frau warf ihm einen schnellen Blick zu.

»Bist du endlich zu Hause angekommen?« Sie lächelte ihn an.

Høyer lehnte sich im Stuhl zurück.

»Ja, ich glaube, jetzt habe ich meine Seele eingeholt.«

Bo schlenderte mit seiner am Zeigefinger baumelnden Trophäe langsam durch die Stadt. Zwischendurch wechselte er die Hand. Er sah auf seine Uhr. Es war nicht einmal drei. Er setzte sich in ein Straßenrestaurant und bestellte ein Bier. Er war der einzige Gast. Die Stadt machte einen ausgestorbenen Eindruck, alle schienen unten am Strand zu liegen. Nur die Geschäftsleute standen vor ihren Läden oder saßen auf den Treppenstufen und schlürften Sonnenschein in sich hinein, während sie auf bessere Zeiten warteten. Bo sah sich um. Es war merkwürdig, die Stadt so zu sehen. Mit Sonnenschein, offenen Geschäften, Warenstativen, Sonnenschirmen und Cafétischen, aber ohne Menschen. Oder jedenfalls ohne viele Menschen. Es kam ihm vor wie eine Bühne, auf der eine Riesenhand alle Akteure entfernt hatte, sodass nur noch die Kulisse da war. Es war eine seltsame Stadt. Nicht wie andere Städte, die er kannte; manchmal verabscheute er sie und trotzdem dachte er nicht im Traum daran, seine Ferien anderswo zu verbringen. Er gehörte trotz allem hierher. Das lag natürlich nicht nur an der Stadt. Das lag auch an seinem Onkel Lars und Tante Bella, doch selbst wenn es sie nicht gegeben hätte, würde er zurückkommen, dachte er und wusste, dass das nicht stimmte, denn wenn es sie nicht gegeben hätte, hätte es auch die Stadt nicht gegeben. Jedenfalls nicht für ihn. Als sein Vater und seine Mutter geschieden wurden, hatte er ein langes, furchtbares Jahr auf dem Internat verbracht. Kein Elternteil schien in seinen Träumen von einem neuen Leben Platz für einen schlaksigen, schwierigen Jungen von dreizehn Jahren zu haben. Er hatte sich schrecklich gefühlt, verraten, ausgemustert und irgendwie schuldig. Als er Lars und Bella in den Sommerferien besucht hatte, war der Onkel entsetzt gewesen über die Veränderung, die mit ihm passiert war, und er hatte die Sache sofort in die Hand genommen. Bos Eltern hatten fast erleichtert gewirkt, als er ihnen vorgeschlagen hatte, dass Bella und er Bo in Pflege nehmen wollten. Das befreite sie von einer Verantwortung, die zu übernehmen sie keine Lust hatten, und vielleicht auch von einem leichten Schuldgefühl. Seit Bo hier ein Zuhause gefunden hatte, hatte er sie nicht oft gesehen und häufig hatte er sich bei dem Wunsch ertappt, dass Lars und Bella seine richtigen Eltern wären. Der ruhige, gelassene Lars, mit dem man über alles reden konnte, und die warme, lebensfrohe

Bella, die ihr lustiges, gebrochenes Dänisch mit französischen Wendungen würzte, wenn sie sich über etwas aufregte. Niemand wusste genau, wo Onkel Lars sie getroffen hatte. Bo konnte sich schwach erinnern, dass sie plötzlich da gewesen war und dass das eins der Dinge war, über die die Familie mit gedämpfter Stimme und warnenden Seitenblicken sprach, wenn er in der Nähe war. Er wusste auch, dass in der Stadt Gerüchte über sie umgingen. Vielleicht war es Lars selbst, der ihm vor vielen Jahren davon erzählt hatte, damit er vorbereitet war, wenn er von anderen etwas hörte. Aber Bo erinnerte sich nicht, dass das je passiert war, jedenfalls hatte er es nie mitbekommen. Nicht bis zum letzten Mal, als er zu Hause gewesen war. In den Weihnachtsferien. Es war eine absolut alberne Geschichte gewesen. Er war in eine Kneipe gegangen und hatte sich mit ein paar alten Schulkameraden unterhalten. Mit ein paar jungen Männern, mit denen er vor vielen Jahren zusammen in die Schule gegangen war. Ein Bier hatte das andere abgelöst und irgendwann war offenbar Bellas Name in der Unterhaltung gefallen. Bo wusste nicht mehr, was eigentlich passiert war, er konnte sich nur erinnern gesagt zu haben, dass es schade sei, dass sie nie selbst Kinder gehabt hatte, sie wäre eine fantastische Mutter gewesen. Worauf einer der anderen ein schäbiges Gelächter angeschlagen und gesagt hatte: »Ja, verdammt, auf verbrannter Erde wächst nun mal nichts mehr.«

Bo schüttelte sich leicht bei der Erinnerung an das dumme, leere Gesicht des anderen mit seinem gehässigen, wissenden Gelächter und wie er plötzlich geglotzt hatte, als Bos Faust vorgeschossen war und mit einer perfekten Rechten seinen Kiefer getroffen hatte. Bo war fast ebenso überrascht gewesen, er hatte nicht gewusst, dass er schlagen *konnte.*

Es war eine dumme Geschichte gewesen und das Schlimmste war, dass er es hinterher weder erklären noch sich verteidigen konnte. Er konnte weder der Polizei und erst recht nicht Lars und Bella erzählen, was ihn plötzlich zum Schläger hatte werden lassen. Manchmal hatte er das Gefühl, dass Lars ahnte, was dahinter steckte, aber das war eins der wenigen Dinge, über die sie nicht sprechen konnten. Natürlich hätte er nicht zuschlagen dürfen, er hätte es einfach überhören sollen, aber im Innersten hatte er es nicht bereut, nicht einmal als er wegen Gewalt gegen Unschuldige zu zwanzig Tagessätzen zu je sechzig Kronen verurteilt worden war. Unschuldige! Hoffentlich geriet die ganze Geschichte bald in Vergessenheit, er war um eine Erfahrung reicher und musste sich damit abfinden, dass man ihn zumindest eine Zeit lang für einen Schläger hielt.

Er spülte den letzen Schluck Bier hinunter und schnitt eine Grimasse. Es war schon lauwarm. Er stand auf, nahm den Schuh vom Stuhl neben sich und ging zu Jespers Grill. Schon von weitem schlug ihm der fettige Geruch der Fritteuse entgegen, der Geruch von Pommes frites, Grillhähnchen, Zwiebeln und Ketchup, der immer hier in der Luft hing.

Er setzte sich auf einen der draußen stehenden Stühle. Das große, dunkle Mädchen, das gerade ein junges Paar bediente, lächelte ihn kurz an, dann konzentrierte sie sich wieder auf ihre Hotdogs.

Er saß da und betrachtete sie. Sie war schön. Ohne Zweifel. Aber nicht schöner als so viele andere Mädchen. Warum hatte er sich so rettungslos in sie verliebt? Maja, Maja, Maja, ihr Name ging ihm die ganze Zeit nicht aus dem Kopf und er benutzte jede Gelegenheit, hierher zu kommen und mit ihr zu reden. Noch nie in seinem Leben hatte er so viele Hotdogs, Pommes frites und Hamburger gegessen wie in diesem Sommer. Bella machte sich richtig Sorgen um seinen mangelnden Appetit. »Du musst verliebt sein«, sagte sie und irgendwie hatte sie ja Recht.

Maja war fertig, legte die Arme auf die Theke und beugte sich zu ihm vor.

»Habe ich Ketchup auf der Nase?«, fragte sie.

»Was?«, sagte er. »Nein, warum?«

»Du starrst mich so an.«

»Tu ich das?« Er stand auf und ging zur Theke. »Schau mal, was ich dir mitgebracht habe.« Er stellte den Schuh auf die Theke.

Sie sah ihn an und lachte. »Du spinnst ja! Was soll ich denn mit einem Schuh?«

»Du weißt ja nicht, was in ihm drinsteckt«, lachte er. Er steckte die Hand suchend in den Schuh, guckte verblüfft und zog eine graublaue Socke heraus. »Wie wäre es mit eine Socke?«

»Kein Bedarf«, sagte sie. »Und du solltest den Schuh besser von der Theke nehmen. Wenn Jesper das sieht, bekommt er einen hysterischen Anfall. Er ist fest davon überzeugt, dass die Hälfte unserer Kunden Spione vom Gesundheitsamt sind, die darauf achten sollen, ob wir uns die Finger ablecken oder in der Nase bohren oder Schuhe auf die Theke stellen.«

»Äußerst beruhigend«, sagte Bo. »Das hält euch bei der Stange.«

»Ja, und ob. Ist das dein Schuh?«

»Meiner? Bist du verrückt. Das ist nicht gerade mein Stil. Siehst du nicht, dass das ein teurer Schuh ist?«

»Ich hab keine Ahnung von Herrenschuhen. Wie teuer?«

»Tja, ein einzelner Schuh ist natürlich nicht viel wert, eigentlich gar nichts. Das könnte ich jetzt natürlich noch weiterspinnen, es ist ja irgendwie symbolisch, nicht? Aber ich werde dich damit verschonen. Kurz gesagt, ich würde wetten, dass ein Paar davon – wenn man ein Paar hätte – ungefähr ...« Einen Moment sah er sich den leichten, hellen Sommerschuh mit dem geflochtenen Oberleder an. »Sechs- bis siebenhundert Kronen kostet.«

»Sechs- bis siebenhundert! Das ist doch Wahnsinn!«

»Er ist schick. Italienisch. Markenware.«

»Wem gehört er?«

»Keine Ahnung. Ich habe ihn gefunden.« Er schwang den Schuh hin und her und etwas fiel auf die Theke. »Zum Teufel, da ist auch noch eine Uhr. Mensch, die hätte ich leicht verlieren können.«

»Die Socke hat sie festgehalten«, sagte Maja.

Bo zog die Uhr an.

»Schön. Ich habe mir immer zwei Uhren gewünscht. Eine an jedem Arm. Das sieht nach Geld aus, nicht? Als hätte man die Dinge im Griff. Es ist auch symmetrischer.«

»Du solltest das zur Polizei bringen.«

»Ja, das sollte ich wohl. Mir tut der Kerl Leid, der jetzt auf einem Bein herumhumpelt und nicht weiß, wie spät es ist. Ich kann mir vorstellen, wie ihm zumute ist, ich bin ein empfindsamer Mensch. Aber dass ich mit einem Schuh zu Jønsson gehe, das kann ich mir nicht vorstellen.«

»Er wird heute auch geschlossen haben.«

»Ich hatte gedacht, die Polizei hätte an jedem Finger ein Auge, aber Jønsson hat eher einen Finger auf jedem Auge. Meinst du nicht, dass ich deine charmante kleine Schwester dazu überreden kann, morgen mit dem Strandgut zu ihm zu gehen?«

»Pia? Bestimmt. Wenn sie Prozente vom Finderlohn bekommt. Umsonst macht sie nichts.«

»Das ist ein vernünftiges Prinzip. Sie wird es einmal zu etwas bringen. In unserer Zeit sind Leute, die etwas umsonst tun, äußerst suspekt. Deine Arbeit wird nach dem Preis beurteilt, den du dafür verlangst. Bitte, frag sie.«

Maja holte eine Plastiktüte und steckte die Sachen hinein. »Das werde ich. Ich kann das mit nach Hause nehmen und ihr heute Abend geben.«

»Und sag ihr, dass sie den Finderlohn behalten kann. Wenn es welchen gibt. Ich käme mir wie ein Idiot vor, wenn ich einen Fünfzigkronenschein dafür bekäme, dass ich einen Schuh gefunden habe.«

»Du *bist* verrückt.«

»Ja, aber ich liebe dich trotzdem.«

»Willst du ein Hotdog?«

»Musst du meinen Bekenntnissen so niedrige Motive unterstellen? Ich liebe dich mit oder ohne Hotdog. Außerdem gehen wir heute Abend essen.«

»Wir?«

»Ja, du und ich. Ich habe einen Mäzen gefunden. Das müssen wir feiern. Suppe, Steak und Kuchen. Verschiedene Weine. Alles, was tu willst.«

»Einen Mäzen. Einen, der deine Horrorkunst unterstützt? Unmöglich.«

»Horrorkunst! So schlecht sind die Bilder nun auch wieder nicht.«

»Doch, das sind sie. Das weißt du selbst. Dünen bei Sonnenuntergang. Fischerboote bei Sonnenuntergang. Das Meer bei Sonnenuntergang. Sie sind direkt peinlich.«

»Harte Worte im August.«

»Bist du beleidigt?«

»Nein, auch wenn mir der Ausdruck Horrorkunst nicht gerade gefällt. Aber es ist nun mal so, dass dieser

Kunsthändler alle Bilder kauft, die ich male, und 200 Kronen pro Stück bezahlt. Ich lebe von meiner Horrorkunst. Verdammt noch mal.«

»Ja, und er verkauft sie für 500 oder mehr. Das ist Diebstahl!«

»Das weiß ich, ich fühle mich auch wie ein Hehler.«

»Das habe ich nicht gemeint.«

»Okay, aber das war keins von den Horrorbildern. Sondern ein richtiges. Ich habe 1000 Kronen dafür bekommen. Hard cash. Ich erzähle es dir heute Abend. Das ist wie gefundenes Geld, also können wir es auch ausgeben.«

»Holst du mich heute Abend ab?«

»Hast du nicht um vier Uhr frei? Ich hatte gedacht, dass wir zuerst baden gehen. Wenn das Wetter schon mal so ist, wie es ist.«

»Ist es aber nicht«, sagte Maja mit einem kleinen Lächeln. »Guck mal!«

Bo sah sich um. Dann blickte er zum Himmel. Die Sonne war mit einer bleichen, milchigen Haut überzogen.

»Verdammt! Und das am schönsten Tag des Sommers. Seenebel.«

Larsen und die Kinder kamen vom Wasser, Alice konnte ihre Stimmen schon von weitem hören. Sie stand auf und schüttelte sich. Plötzlich hatte sie das Gefühl, dass es kälter geworden war. Vielleicht hatte sie zu lange in der Sonne gelegen.

»Du kannst anfangen, zusammenzupacken«, sagte ihr Mann, als er zu ihr heraufkam.

»Aber es ist doch erst halb vier.« Sie sah ihn verblüfft an.

»Es gibt Seenebel«, sagte er und zeigte zum Himmel. »Guck mal!«

Der Horizont war verschwunden. Ein grauer Teppich war zwischen Himmel und Meer hinuntergezogen worden. Man konnte sehen, wie sich der dichte Nebel schnell der Küste näherte.

»Sieh mal, die Sonne!«, rief der Junge. »Sie sieht aus wie ein Spiegelei mit etwas Weißem über dem Eigelb.«

Unten am Strand waren die Menschen im Aufbruch. Alle zogen sich an, ließen die Luft aus den Luftmatratzen, packten zusammen und flüchteten, als gelte es, einer todbringenden Pest zu entkommen, einem radioaktiven Niederschlag oder einer anderen drohenden Katastrophe. Hunderte von Autos wurden angelassen, fuhren den Strand entlang und blockierten die Zufahrtswege.

Dann erreichte der Seenebel den Strand und legte sich mit eisiger Nässe über alles und selbst die Begriffsstutzigsten kapierten, dass es jetzt keinen Sinn mehr hatte, hier zu bleiben.

»Das war schon fantastisch«, sagte Alice zähneklappernd, als sie gingen. »Fast von einem Augenblick auf den anderen.«

»Dann haben wir das auch erlebt«, sagte ihr Mann.

»Der Deutsche liegt noch immer da«, stellte Lene fest, als sie an *ihrer* Mulde vorbeikamen. »Er hat sich bestimmt einen Sonnenbrand an den Beinen geholt.«

Alice schielte kurz zu ihm hinunter. Sie schaffte es nicht, Leute direkt anzusehen, die am Strand lagen und ein Sonnenbad nahmen. Es war ein bisschen so, wie in die Fenster anderer Leute zu gucken. Eine Art Eingriff in das Privatleben. Aber hier in den Dünen ließ es sich nur schwer vermeiden. Eigentlich war es schon merkwürdig, dass er bei der Kälte einfach liegen blieb. Ob er eingeschlafen war? Oder krank geworden war? Vielleicht sollte man … Aber vielleicht wäre er verärgert. Es ging sie ja auch nichts an.

»Mutter«, rief Jens und hielt eine 2-Liter-Weinflasche hoch. »Kann ich die haben? Das ist eine von denen, auf die es Pfand gibt.«

»Nein, komm jetzt. Und wirf die Flasche weg. Sie ist schmutzig und eklig.«

»Bekomme ich dann von dir das Geld?«, fragte Jens.

»Ja, lieber das«, sagte seine Mutter und der Junge warf die Flasche widerstrebend wieder weg – nur ein paar Schritte von der Stelle entfernt, wo er sie gefunden hatte.

Der Strand war jetzt völlig verlassen, eingehüllt in Seenebel. Nur der Mann mit der blauen Badehose lag noch immer in derselben Stellung in seiner Mulde. Unter seinem Kopf war der Sand braunrot gefärbt. Eine Schmeißfliege krabbelte heran und flog wieder auf und fast gleichzeitig wehte ein kleiner Windstoß einen Zipfel des Handtuchs beiseite. Aber der Mann rührte sich nicht.

2. Kapitel

Das Telefon schellte.

Høyer schlief schwer und traumlos, kein Laut drang durch den schützenden Kokon des Schlafs. Sie waren früh ins Bett gegangen, nachdem sie sich eine Flasche des mitgebrachten Weins geteilt hatten, der ihnen auf Mallorca besser geschmeckt hatte. Høyer hoffte auf einen ruhigen Arbeitsanfang nach den Ferien. Ein paar stille Tage, um langsam wieder in Gang zu kommen. Als er gefahren war, hatten sie ein paar offene Fälle gehabt. Da war vor allem der Pyromane, der sie während des ganzen Winters und des frühen Frühjahrs in Atem gehalten hatte. Er hatte lange nichts von sich hören lassen, aber wenn die Nächte wieder dunkel wurden, würde er wohl wieder zuschlagen. Høyer hatte zum Fenster hinaus gesehen. Es *wurde* langsam dunkel. Dann hatte es mehrere Einbrüche in Villen gegeben. Professionelle oder Rauschgiftsüchtige. Fälle von der Sorte, bei denen man nicht weiß, wo man anfangen soll, bis man plötzlich das richtige Ende zu fassen bekommt und die Geschichte daran aufwickeln kann. Er hoffte, dass sie das richtige Ende zu fassen bekommen hatten, während er fort gewesen war. Es hatte auch eine Vergewaltigung gegeben, aber Høyer war davon überzeugt, dass sie den richtigen Mann erwischt hatten, er hatte nur nicht genug Beweise gehabt, um ihn genügend unter Druck zu setzen. Und wer weiß, was während seiner Abwesenheit passiert war. Hoffentlich nur das Übliche. Er hatte herzhaft gegähnt, noch kurz wach gelegen und gewartet, dass Rigmor ins Bett kam, war jedoch eingeschlafen, bevor sie im Bad fertig war.

Das Telefon schellte noch einmal und riss ihn aus seinen Traumgespinsten. Er versuchte, sich aus der Verpuppung zu kämpfen, während seine Frau die Hand ausstreckte und den Hörer abnahm. Er hörte ihre Stimme von weit her. »Ja, danke … das hatten wir … Herrlich! … Ja, er ist hier. Wo sonst? Ich gebe ihn dir jetzt.«

Sie legte die Hand auf die Muschel und sah zu ihm hin, während er die letzten Reste des Schlafs abschüttelte. »Therkelsen«, flüsterte sie.

»Oh nein, verdammt noch mal«, knurrte Høyer und nahm den Hörer. »Ja«, sagte er.

»Hallo und willkommen zu Hause!« Therkelsen klang unverschämt frisch. Høyer schielte zum Wecker. Zwei Minuten vor zwei.

»Rufst du nur an, um mir das zu sagen.«

»Nein, es tut mir Leid, dich jetzt schon rausjagen zu müssen, aber …«

»Nein«, sagte Høyer. »Nein, nein und nochmals nein. Das geht nicht. Ich habe Urlaub. Ich bin gar nicht da.«

»Mit wem spreche ich denn dann«, lachte Therkelsen. »Darüber muss ich mich unbedingt mal mit Rigmor unterhalten.«

»Mit meinem Anrufbeantworter. Verdammt noch mal, Mann, ich bin nicht da, ich habe bis morgen Urlaub.«

»Es *ist* morgen«, stellte Therkelsen trocken fest.

»Bis morgen um halb neun.«

»Das steht nirgendwo. Høyer, es brennt und es sieht so aus, als ob unser Mann wieder seine Hand im Spiel hat, deshalb hielt ich es für richtig, dich …«

»Okay, ich komme. Wo?«

»Ich hole dich ab. Sagen wir in zehn Minuten?« Er legte den Hörer auf.

Høyer schwang die Beine aus dem Bett und saß einen Augenblick auf der Bettkante. Er ertappte sich dabei, wie er sich ein ganz kleines bisschen freute, dass es wieder losging.

Seine Frau hatte sich wieder hingelegt, jetzt hob sie ein wenig den Kopf und warf ihm einen halb verstehenden, halb belustigten Blick zu.

»Willkommen zu Hause«, sagte sie. »Ist es nicht schön, so unentbehrlich zu sein … altes Zirkuspferd.«

»Schlaf!«, sagte Høyer beleidigt.

Høyer und Therkelsen standen in der Mitte des Hofs und betrachteten die Szenerie. Alle Gebäudeflügel waren fast ganz heruntergebrannt, aber man hatte verhindern können, dass sich das Feuer bis zu dem frei stehenden Wohnhaus ausbreitete. Als es am gefährlichsten ausgesehen hatte, hatten beherzte Nachbarn – eher gut gemeint, als gut durchdacht – einen Großteil der Einrichtung auf den Hof geworfen, wo jetzt Möbel, Teppiche, Federbetten und Hausgeräte aller Art in einem Regen von Wasser, Funken und Rußflocken lagen. Das, was bei der Rettungsaktion nicht kaputtgegangen war, tat es bestimmt jetzt. Ein vom Feuer zerstörter Fernsehapparat war oben an der Treppe in sich zusammengebrochen.

Die Frau des Hofes stand am Fuß der Treppe. Über ihr langes Nachthemd hatte sie einen dunklen Mantel gezogen. Sie hielt die Hände vor die Brust und presste eine Zuckerschale mit Muschelmuster und Würfelzucker an sich. Das Einzige, was sie in der Panik mit nach draußen genommen hatte. Eine Nachbarin stand neben ihr und berührte immer wieder leicht ihre Schulter, während sie etwas sagte. Vermutlich versuchte sie, sie dazu zu überreden, mit ihr nach Hause zu gehen, aber die andere schüttelte nur den Kopf und blieb mit der Zuckerschale in der Hand, den Blick steif auf die rauchgeschwärzten Ruinen gerichtet, stehen. Ihr Mann ging ein

Stück von ihr entfernt gebückt umher. Er schien sich überflüssig zu fühlen. Er wanderte von Gruppe zu Gruppe, fast als würde er sie unbewusst meiden.

Høyer schüttelte sich. Eine Brandstätte gehörte zum Trostlosesten, das er kannte. Vor allem, wenn es sich wie hier um ein Zuhause handelte, das zerstört worden war. Es war erschreckend zu sehen, wie schnell ein Brand einen ganzen Hof verwüsten konnte.

Es stank nach Rauch und Ruß und nasser Asche, der übliche Brandgeruch. Høyer schnupperte. Da war auch noch etwas anderes. Der unverwechselbare Geruch von Schweinebraten. Von angebranntem Schweinebraten. Die wenigen Kühe waren glücklicherweise auf der Weide gewesen und die Schweine hatte man alle hinaustreiben können, aber ein paar von den jungen waren laut quiekend weggerannt und hatten sich, bevor man sie wieder einfangen konnte, mit der gleichen kopflosen Entschlossenheit in das brennende Inferno gestürzt, die Politiker an den Tag legten, wenn sie eine Reihe ökonomischer Gesetze verabschiedeten.

»Man kann nur hoffen, dass sie eine ordentliche Hausratversicherung haben«, sagte Therkelsen und nickte in Richtung der zerstörten Möbel.

Høyer warf ihm einen schnellen Blick zu. »Ja«, sagte er. »Aber das ändert auch nichts an den Tatsachen, nicht?«

Therkelsen zuckte mit den Schultern. Aber es war trotz allem eine Hilfe.

Ein Pressefotograf machte ein paar Aufnahmen von den rauchenden Mauerresten. Ein Blitz leuchtete auf. Er machte auch ein Bild von der Frau mit der Zuckerschale.

»Geier!«, sagte Høyer, als der Mann auf sie zukam.

»Ach, hören Sie doch auf«, sagte der gutmütig. »Ihr lebt doch auch davon.«

»Hm«, brummte Høyer.

»Brände sind sonst doch Halles Spezialität«, sagte Therkelsen.

»Er ist hier auch irgendwo. Aber diesmal bin ich ihm um Längen voraus. Er kam erst, als alles fast vorbei war, und ich bedauere das bestimmt nicht. Seine Verbindungen müssen ihn im Stich gelassen haben.«

»Man kann ja nicht jedes Mal den Jackpot gewinnen«, sagte Halle, der sich unbemerkt zu ihnen gesellt hatte.

Høyer sah die beiden an. Pressefotografen mussten eine besondere Gabe haben, Gewalttaten und Unglücksfälle zu riechen. Früher waren auch immer ein paar Journalisten da gewesen, aber jetzt waren sie anscheinend alle Redakteure und saßen zu Hause an ihren Schreibtischen. Es gab viel zu viele Häuptlinge und kaum Indianer. Die beiden hier waren bestimmt nirgendwo fest angestellt. Typisch.

»Trauriger Anblick«, sagte der Pressefotograf.

»Zum Glück waren die Kühe draußen«, sagte Therkelsen.

»War das wieder der Pyromane?«, fragte der Fotograf.

»Dazu können wir zum derzeitigen Zeitpunkt noch nichts sagen«, sagte Høyer schroff mit seiner offiziellsten Stimme und entfernte sich von der Gruppe.

»Na«, sagte der Fotograf. »Welche Laus ist dem denn über die Leber gelaufen?«

»Er ist erst gestern Nachmittag aus dem Urlaub nach Hause gekommen«, erklärte Therkelsen. »Er hat sein eigenes Bett kaum gesehen.«

»Es muss wohl an eurem hohen Gehalt liegen, dass ihr so schuftet«, sagte Halle und lachte.

»Ganz genau«, sagte Therkelsen. »Hast du dir nie überlegt, zur Kripo zu gehen?«

Halle lachte. »Nee, aber jetzt, wo du es sagst. Vielleicht wäre das gar keine schlechte Idee.«

Er kicherte weiter vor sich hin, während er und der andere Fotograf zu ihren Autos gingen. Therkelsen sah ihnen kopfschüttelnd nach. Nichts konnte ihn in seiner festen Überzeugung erschüttern, dass alle Pressefotografen ein bisschen verrückt waren.

Høyer kam wieder zu ihm.

»Auf seine Weise hat er natürlich Recht«, sagte er übergangslos. »*Wir* leben auch davon. Aber ich möchte doch behaupten, dass da ein Unterschied besteht. Ich glaube fast, die genießen das. Und zumindest besteht kein Zweifel, dass Halle von der Pyromanengeschichte ganz schön profitiert hat. Ich sage nicht, dass er keine guten Bilder gemacht hat, das hat er, fantastisch gute. Aber das ist auch genau die Art, die sich verkauft, und ein bisschen Glück war wohl auch mit im Spiel. Außerdem glaube ich, dass es zu einer Verzerrung der Proportionen kommt. Es wäre nicht so viel über die Pyromanengeschichte geschrieben worden, wenn es keine guten Bilder gegeben hätte, um sie zu illustrieren. Im Übrigen bin ich nicht der Auffassung, dass es notwendig war, die Frau zu fotografieren.« Er nickte in Richtung der Ehefrau.

»Amen«, psalmodierte Therkelsen.

»Okay, ich habe mich ein bisschen geärgert«, räumte Høyer ein. »Das schadet denen aber nichts.«

Der Mann hatte inzwischen seinen Mut zusammengenommen und war zu seiner Frau gegangen. Offenbar versuchte er, der Nachbarsfrau zu helfen sie zum Gehen zu überreden. Sie sah ihn eine Weile leer an, dann gab sie ihm plötzlich wortlos die Zuckerschale, drehte sich um und ging langsam vom Hof. Die Nachbarsfrau folgte ihr mit einer kleinen hilflosen Geste zu dem Mann hin. Einen Moment blieb er mit der Zuckerschale in der Hand stehen; er sah sie verwirrt an, dann ging er zu der

Stufe, die zur Haustür führte, und setzte sie vorsichtig ab.

»Wollen wir wetten, dass sie den Morgen nicht überlebt?«, sagte Therkelsen.

»Sicher«, sagte Høyer.

Der Einsatzleiter kam zu ihnen. Er sah müde, aber zufrieden aus.

»Jetzt ist es bestimmt bald überstanden«, sagte er.

»Sieht so aus«, sagte Høyer. »Und ich darf vielleicht erfahren, welcher geniale Clown unbedingt wollte, dass ich hier herauskomme? Der Pyromane, dass ich nicht lache!«

Therkelsen hatte genug Schamgefühl im Leib, um verlegen auszusehen.

»Nein, dich meine ich nicht«, sagte Høyer. »Du musst das doch irgendwo hergehabt haben.«

»Vom Dienst habenden Polizisten«, sagte Therkelsen. »Und so gesehen, ist er unschuldig. Er hatte die Meldung von dem Anrufer bekommen. Und wir *wussten* ja auch nicht ...«

»Der Einsatzleiter verwettet seinen Kopf darauf, dass es an der Getreidetrockenanlage lag, richtig?« Høyer drehte sich zu dem Einsatzleiter um.

»Ja. Natürlich werden unsere Techniker sich die Sache ansehen, aber es sieht ganz so aus. Das ist der erste Brand in diesem Jahr, aber es wird nicht der letzte bleiben. Die Ernte hat ja erst angefangen. Die Trockenanlage hier wurde heute Abend eingeschaltet. Gas. Bestimmt war irgendwo eine undichte Stelle und natürlich haben sie sie vorher nicht überprüft.«

»Warum lernen die Leute das einfach nicht?«, klagte Høyer. »Strohfeuerung, Getreidetrockenanlagen, Kurzschlüsse, Traktoren, was weiß ich. Ich wette darauf, dass neunzig Prozent aller Brände Schlamperei oder Gedankenlosigkeit in mehr oder minder großem Ausmaß zugrunde liegt.«

»Fünfundneunzig Prozent«, sagte der Einsatzleiter. »Du kannst ruhig fünfundneunzig Prozent sagen.«

»Warum hat man angenommen, dass es der Pyromane war?«, fragte Høyer.

»Eigentlich ist das nicht so verwunderlich. Er hat ja genau in diesem Gebiet hier operiert und die Leute haben Angst. Schon wenn jemand ein Streichholz anzündet, herrscht Lynchstimmung. Und die Frau meinte, dass sie, unmittelbar bevor der Brand entdeckt wurde, draußen jemanden gehört hat. Ich wette, dass das, was sie gehört hat, der Brand *war*«, erklärte der Einsatzleiter.

»Natürlich hätte er es gewesen sein können«, sagte Høyer. »Er fängt bestimmt wieder an, jetzt, wo es nachts dunkel wird. Wenn wir ihn bis dahin nicht erwischt haben. Und darauf deutet wenig hin.«

»Gibt es etwas Neues?«, fragte der Einsatzleiter.

»Nee«, sagte Therkelsen. »Nichts. Wir sind kurz davor zu hoffen, dass er wieder in Aktion tritt, damit wir etwas haben, woran wir arbeiten können. Wir haben alles durchgesehen, bevor Høyer in Urlaub gegangen ist. Ohne Ergebnis. Wir sind auch alle Bilder durchgegangen, die wir von den Bränden bekommen konnten. Es bestand ja die Möglichkeit, dass wir jemanden entdecken, der auf den meisten zu sehen ist.«

»Ja«, grinste der Einsatzleiter. »Mich.«

Die anderen lachten.

»Das wäre natürlich eine Möglichkeit«, sagte Therkelsen. »Falls du Angst hast, arbeitslos zu werden.«

»Nein, jemanden, der dort nichts verloren hatte«, sagte Høyer.

»Und der Einzige, der praktisch auf jedem einzelnen Foto herumsprang, war der Vizepolizeipräsident.« Sie lachten. Es war ein interner Witz, dass der Vizepolizeipräsident bei jedem Brand informiert werden wollte, und in der Regel kam er auch.

»Ja, in jedem von uns steckt wohl ein kleiner Pyromane«, sagte der Einsatzleiter.

»In mir nicht«, warf Høyer ein. »Ich mag kein Feuer. Nicht einmal das Johannisfeuer. Und am Weihnachtsbaum haben wir elektrische Lichter. Ich habe einfach Angst vor dem Scheiß.«

Therkelsen lachte. »Und ich verrate dir was«, sagte er zu dem Einsatzleiter. »Obwohl sie elektrische Lichter am Weihnachtsbaum haben, stellt er einen Eimer mit Wasser ins Wohnzimmer, wenn er den Baum anmacht. Ich habe es selbst gesehen.« Er wandte sich an Høyer. »Fahren wir?«

»Wer weiß, ob es nicht eine Art Wunschdenken von dem Mann war, dass der Pyromane das Feuer gelegt hat«, sagte Therkelsen, als sie nach Hause fuhren. »Er muss sich sofort darüber im Klaren gewesen sein, dass es die Getreidetrockenanlage war. Aber natürlich hat er weiter gehofft.«

»Dass ein anderer Schuld hat?«, fragte Høyer.

»Ja, du hast die Frau doch selbst gesehen. Das wird er bis an sein Lebensende zu hören bekommen.«

»Das glaube ich eigentlich nicht. Das gehört nicht zu den Dingen, die ... Wahrscheinlich werden sie sich darauf einigen, dass es ein unverschuldeter Unfall war«, meinte Høyer.

»Das bezweifle ich«, sagte Therkelsen. »Ihm war nicht wohl in seiner Haut, das konnte man sehen. Und das wäre mir an seiner Stelle auch nicht.« Er seufzte. »Es ist auch so schlimm genug.«

»Wie geht es?«, fragte Høyer.

»Überhaupt nicht«, sagte Therkelsen. »Ich weiß nicht,

was ich tun soll. Was ich auch mache, es scheint verkehrt zu sein. Wir fangen an zu streiten und jedes Mal geht sie bis zur Schöpfung der Welt zurück. Offenbar bin ich während unserer ganzen Ehe ein widerlicher Chauvinist gewesen. Unser Urlaub war auch nicht okay. Ich hatte geglaubt, wir wären uns einig, dass wir dieses Jahr ein Sommerhaus mieten. Jetzt sagt sie, dass das für sie kein Urlaub war mit der ganzen Lauferei und dem Bedienen von uns anderen. Aber das ist Quatsch. Ich habe geholfen. Aber ich muss zugeben, dass die Kinder … manchmal glaube ich, sie sind an allem schuld.«

»Die Kinder?« Høyer drehte den Kopf und sah ihn verwundert an.

»Ja. Sie dominieren und kritisieren und fordern. Nein, sie fordern nicht einmal, sie erwarten einfach, dass sie bekommen, was sie wollen, und dann werfen sie uns vor, materialistisch zu sein. Materialistisch! Im letzten Jahr habe ich nicht einmal ein neues Hemd bekommen. Während sie enge Hosen und weite Hosen und gestreifte Hosen und karierte Hosen haben wollten und was weiß ich alles und zum Handball gehen und zur Gitarrenstunde und zu den Pfadfindern und zu Klubtreffen, und all das kostet Geld. Und dann sitzen sie auf ihren Hinterteilen wie die Hunde im Schlaraffenland und rühren nicht einen Finger, während Ida alle Hände voll zu tun hat. Ich weiß, das ärgert sie genau so wie mich, aber wenn *ich* explodiere, fährt sie dazwischen. Sie bilden eine Art Front gegen mich. Ich habe das Gefühl, von innen belauert zu werden, sobald ich nach Hause komme. Wenn ich etwas sage, antwortet sie nur, dass sie bestimmt helfen würden, wenn sie sähen, dass ihr Vater seinen Teil der Arbeit leistet. Und dass es nicht besonders lustig ist, wenn ich nur mit ihnen schimpfe, wenn sie mich endlich einmal zu sehen bekommen. Aber verdammt noch mal, ich kann meinen Teil nicht leisten, ich bin kein Büromensch, der von neun bis fünf arbeitet. Und wenn ich nach Hause komme, bin ich müde.«

»Das ist sie wohl auch«, warf Høyer ein.

»Dann wäre es doch nur angemessen, dass die faulen Gören ein bisschen helfen. Ich habe ihr nie versprochen, dass ich meinen Teil an der Hausarbeit mache. Ich habe versprochen, sie zu versorgen, und sie hat gewusst, was für eine Arbeit ich habe. Das ging auch gut, als die Kinder klein waren, bis sie auf die Idee kam zu arbeiten. Wir hatten eine Arbeitsteilung, die funktionierte. Hätte ich gewusst, dass sie außer Haus arbeiten will, hätte ich mir einen anderen Job gesucht. Ich finde, *ich* werde verarscht. Sie sagt, das sei umgekehrt.«

»Aber ihr könnt doch ihr Gehalt nicht entbehren«, sagte Høyer.

»Sie könnte halbtags arbeiten. Sie wird bestimmt sagen, dass wir uns das nicht leisten können, aber die Kinder könnten ja ihre Forderungen ein bisschen herunterschrauben. Sie sind es, die hier die Materialisten sind. Dann können sie mal zeigen, wie solidarisch sie sind. Noch eins ihrer Lieblingswörter.«

»Aber das will Ida nicht?«

»Bestimmt nicht, vor allem nicht, wenn ich es vorschlage.« Therkelsen schwieg kurz. »Ha!«, platzte er plötzlich heraus. »Und das Beste weißt du noch gar nicht. Der Bengel, der Älteste, ist darauf gekommen, dass das Haus nur Ausdruck unserer Ambitionen ist. Jedenfalls hätten wir es nicht wegen der Kinder. Weißt du warum? Weil die Kinderzimmer in einem normalen Reihenhaus nur ungefähr zwölf Quadratmeter haben. Und das heißt nach seiner Rechnung, dass drei Kinder zusammen nur über 36 Quadratmeter verfügen, während die Eltern sich auf den restlichen neunzig breit machen, oder um wie viele es nun geht. Mensch, wo haben die das bloß her? Ich weiß nicht, ob ich lachen oder weinen soll, wenn er mit so einem Schwachsinn kommt. Sie sind überall und ihre Musik ist überall. Wenn ich in Ruhe Zeitung lesen will, muss ich ins Bett gehen oder mich aufs Klo setzen.«

Høyer sah ihn an. »Was willst du machen?«

»Ich habe keine Ahnung. Was *kann* ich machen? Ich bin der Meinung, dass wir es ziemlich gut gehabt haben und jetzt bekomme ich zu hören, dass alles von Anfang an der reinste Alptraum war. Und sie redet so gehässig. Wahrscheinlich endet es damit, dass sie geht. Oder ich gehe. So kann es jedenfalls nicht weitergehen.«

»Willst du dich scheiden lassen?«

»Nein!«, rief Therkelsen. »Das heißt, nein, natürlich nicht, aber ich will mir auch nicht all ihre Vorwürfe anhören. Wenn wir keine vernünftige Lösung finden, dann ...« Er zuckte mit den Schultern.

»Ganz schön blöd«, sagte Høyer.

»Entschuldige, dass ich das bei dir ablade, aber manchmal wird es einfach zu viel«, sagte Therkelsen, als sie vor Høyers Haus vorfuhren.

»Das ist schon in Ordnung«, sagte Høyer. »Solange du keinen guten Rat erwartest. Wir sehen uns morgen?«

Er unterließ es, »grüß zu Hause« zu sagen. Es schien ihm irgendwie unpassend zu sein.

Høyer hatte das Gefühl, gerade erst eingeschlafen zu sein, als das Telefon erneut schellte. Einen kurzen Moment glaubte er zu träumen. Oder dass es sich um eine Art Déjà-vu handelte. Wieder griff seine Frau über ihn hinweg und nahm den Hörer ab und er wartete halbwegs darauf, dass sie sagen würde: »Therkelsen«, bevor sie ihn an ihn weitergab. Er stützte sich auf die Ellenbogen.

»Der Dienst habende Polizist«, flüsterte sie mit der Hand über dem Hörer.

»Wie spät ist es?«, fragte Høyer schlaftrunken.

»Halb sieben«, sagte sie.

Høyer gähnte und griff nach dem Hörer. Und hörte zum ersten Mal von dem Mann in der blauen Badehose.

Das Gebiet war bereits abgesperrt, als sie eintrafen. Der Ortspolizist Jønsson hatte gute Arbeit geleistet. Genau nach Vorschrift.

Man war versucht zu glauben, dass Mord für ihn ein alltägliches Geschäft war. Die Wahrheit war jedoch, dass das in den neunzehn Jahren, die er hier Polizist war, der erste Mord war.

Als Høyer und Therkelsen eintrafen, stand er ein Stück weiter den Weg hinauf und erwartete sie.

»Die Spurensicherung ist bereits da«, sagte er. »Sie sind da drüben.«

»Die müssen in ihren Kleidern schlafen, die Kerle«, sagte Høyer. »Hier entlang?«

»Ja, ein paar hundert Meter. Sie hätten natürlich auch am Strand entlangfahren und dort parken können, aber die Leute vom Rettungsdienst haben diesen Weg genommen und ich war der Meinung, es sei das Beste, so wenig wie möglich herumzulaufen, wenn ich das so sagen darf.«

»Ausgezeichnet«, sagte Høyer. »Obwohl es hier kaum eine Rolle spielt. Herr im Himmel, was für ein Platz.«

Jønsson nickte verständnisvoll. »Ja, hier braucht man wohl nicht nach Fußspuren oder so etwas zu suchen und dort in der Mulde, wo er liegt, ist es genauso hoffnungslos. Außerdem waren die Sanitäter dort unten.« Er räusperte sich ein wenig. »Aber ich glaube trotzdem, dass wir ein paar interessante Sachen gefunden haben.«

Es war ein Ausdruck von Bescheidenheit, dass er *wir* sagte. Alle drei wussten sie, dass er *ich* meinte.

»Sie haben doch nichts angefasst?«, fragte Therkelsen.

Jønsson sah ihn beleidigt an. »Natürlich nicht. Aber ich habe ein paar Stellen markiert.«

»Sehen wir uns den Burschen zuerst einmal an«, sagte Høyer. »Wer hat ihn übrigens gefunden? Sie selbst?«

»Nein, der Mann im Trainingsanzug.« Jønsson nickte in Richtung einiger Männer, die abwartend dastanden. »Er ist Deutscher. Er ist seine Morgenrunde gelaufen, als er den Mann entdeckt hat, und er sagt, dass ihm sofort klar war, dass er tot war. Er ist Apotheker«, fügte er hinzu und sah einen Moment leicht verwirrt aus, als würde er sich selbst fragen, was das mit der Sache zu tun hatte. »Also, er lief Richtung Stadt, wo er die Strandwache getroffen hat, das ist der Alte da, er dreht hier um die Zeit immer seine Runden. Er ist nach Hause gegangen und hat den Rettungsdienst informiert, während der Deutsche hier gewartet hat. Natürlich haben sie geglaubt, dass der Mann an einem Herzstillstand oder so etwas gestorben ist«, sagte er erklärend. »Erst als die Sanitäter gekommen sind und ihn umgedreht haben, um ihn auf die Bahre zu heben, da ... na ja, da bestand kein Zweifel mehr.« Er sah aus, als würde er etwas Unangenehmes schmecken. »Ein hässlicher Anblick«, schloss er. »Ein sehr hässlicher Anblick.«

»Sie haben doch bestimmt schon mal einen Toten gesehen«, sagte Therkelsen, um ihn aufzuziehen.

»Schon«, räumte Jønsson ein. »Ich habe mit der Zeit so einige gesehen. Aber keine ... *so* toten, wenn ich das so sagen darf. Und dann der ganze Sand.«

Es *war* ein hässlicher Anblick.

Der Mann in der blauen Badehose sah nicht mehr so gut gekleidet aus. Dafür sah er ganz eindeutig tot aus. Er lag jetzt auf dem Rücken, aber nicht die Flecken auf seinem Körper sprangen einem zuerst ins Auge, sondern das Gesicht. Oder das, was einmal ein Gesicht gewesen war. Irgendjemand hatte es zu einer blutigen Masse zerschlagen und anschließend die Leiche umgedreht, sodass das, was man jetzt sah, eine groteske, erstarrte Maske aus Sand und Blut war.

Der Fotograf war bei der Arbeit. »Das Licht ist gut«, sagte er anerkennend und Høyer dachte, dass das wohl auch das einzig Gute war, was sich über die Situation sagen ließ.

Einen Augenblick betrachtete er den Toten, dann suchte sein Blick sorgsam die Umgebung ab. Er drehte sich zu dem Ortspolizisten um. »Sagen Sie, waren da keine Kleider?«

»Nein«, sagte Jønsson. »Nur das Handtuch dort«. Er zeigte darauf.

»Sonderbar«, sagte Høyer.

»Nee«, wandte Jønsson ein. »Das ist hier draußen nichts Besonderes. Dic Leute gehen oft nur in Badesachen hier runter.«

»Aber man sollte doch meinen, dass er etwas bei sich hatte«, meinte Høyer. »Zigaretten, Pfeife, Feuerzeug zum Beispiel.«

»Vielleicht hat er nicht geraucht«, sagte Jønsson unbeirrt.

»Ja, dann eben eine Zeitung oder ein Buch und auf jeden Fall Geld. Irgendetwas.« Høyer sah wieder auf die Leiche hinunter. »Was ist mit einer Uhr? Hatte er auch keine Uhr? Man sieht, dass er eine getragen hat.« Er zeigte auf das Handgelenk des Toten.

Jønsson schüttelte den Kopf. »Nichts. Überhaupt nichts. Sie müsste schon unter ihm liegen, aber das glaube ich nicht.«

Høyers neu gewonnene Erfahrungen sagten ihm, dass man nicht ohne irgendetwas zum Strand ging. Aber natürlich war das hier nicht Mallorca.

»Ich weiß nicht«, unterbrach der Ortspolizist ihn vorsichtig in seinen Spekulationen, »ich glaube, dass der Deutsche und der Mann von der Strandwache nach Hause möchten. Aber vielleicht sollen sie Ihnen zeigen, wie äh ... die Leiche gelegen hat, als sie sie gefunden haben?«

»Nee, das können die Sanitäter machen. Die sind so etwas gewohnt. Sie haben ihn ja auch umgedreht. Und da waren sie vielleicht doch ein bisschen zu schnell. Nicht dass ich glaube, dass es etwas ausmacht. Aber ich kann gut ein paar Worte mit den beiden wechseln.«

Høyer erfuhr nichts Neues.

Ja, der Deutsche war den Weg entlanggelaufen, das war seine übliche Morgenrunde, und dann hatte er den Mann in der blauen Badehose gesehen. »Ich wusste sofort, dass er tot war«, sagte er und fügte hinzu: »Ich bin Apotheker.« Høyer unterdrückte ein Lächeln. Aha, daher hatte Jønsson das.

»Kannten Sie ihn?«

Der Deutsche erlaubte sich ein kleines, feines Lächeln. »Selbst wenn ich ihn gekannt hätte, würde ich ihn wohl kaum wiedererkannt haben, nicht?«

Høyer antwortete nicht, aber er war anderer Meinung. Hätte er den Toten gut gekannt, hätte er ihn trotz allem erkannt. Körper, Haare, Größe, ja, vielleicht sogar die Badehose.

Der Mann von der Strandwache konnte auch nichts Neues hinzufügen. In groben Zügen wiederholte er die Erklärung, die er bereits dem Ortspolizisten gegeben hatte. »Das ist bestimmt ein Deutscher«, schloss er, »die liegen hier fast vierundzwanzig Stunden am Tag. Sie können einfach nicht genug bekommen von Sonne und Strand.«

Das klang fast, als wäre er der Ansicht, der Mann hätte sich hingelegt und sich auf unerklärliche Weise selbst den Kopf eingeschlagen.

Høyer ließ sie gehen. Irgendwann mussten sie die Aussage des Deutschen übersetzen und in Reinschrift bringen, aber das hatte Zeit.

Therkelsen kam zu ihm. »Es sieht so aus, als ob Wenn-ich-das-so-sagen-darf-Jønsson wirklich etwas gefunden hat«, sagte er.

Der Ortspolizist stand ungefähr zehn Meter von der Mulde entfernt und zeigte auf eine 2-Liter-Flasche, die ein Stück abseits des Weges lag.

»Ich möchte nicht besserwisserisch erscheinen«, sagte er. »Aber meiner Meinung nach könnte das, wenn ich das so sagen darf, die Mordwaffe sein.«

Høyer beugte sich hinunter und sah sich die Flasche an. Jønsson hatte vollkommen Recht. Das war gut möglich. Die Flasche war auf einer Seitc schmierig und klebrig und fast ganz mit Sand bedeckt.

Høyer winkte dem Fotografen, der jetzt unten in der Mulde fertig war. »Wir brauchen hiervon noch ein paar Bilder«, sagte er. Dann drehte er sich zu Jønsson um. »Den Korken haben Sie wohl nicht gefunden?«

»Den Korken?« Jønsson starrte ihn an.

»Ja. Die Flasche selbst ist ja nicht besonders schwer, deshalb könnte ich mir denken, dass sie voll war, als sie benutzt wurde. Entweder mit Wasser oder – wer weiß – mit Wein. Und vor dem Wegwerfen ist sie dann geleert worden. Suchen Sie nach dem Korken.«

»Der Medizinmann ist da«, sagte Therkelsen. »Sollen wir zu ihm gehen und hören, was er zu sagen hat.«

»Vermutlich nicht sehr viel«, sagte Høyer. »Abgesehen davon, dass der Mann tot ist, und das kann ich selbst sehen.«

Sie gingen zurück zu der Mulde.

»Ein seltsamer Ort, den er sich ausgesucht hat«, sagte der Arzt und sah verwundert zu ihnen auf, als wären sie für die Platzierung der Leiche verantwortlich. »Aber ich kann euch sagen, dass er seit mindestens zwölf Stunden tot ist. Und anscheinend haben ein oder mehrere Schläge dazu geführt. Jedenfalls gibt es keine anderen Zeichen von Gewalteinwirkung. Und ich würde darauf wetten, dass es vor vier Uhr gestern Nachmittag passiert ist.«

»Im Ernst?«, sagte Høyer überrascht. Es war selten, dass der Arzt sich so entschieden ausdrückte. »Woraus schließt du das?«

»Daraus, dass er hier liegt«, sagte der Arzt. »Er hat hier offenbar ein Sonnenbad genommen, als es passiert ist, und um vier war Seenebel und niemand, der alle Sinne beieinander hat, würde sich dann hier hinlegen.«

»Nicht einmal ein Deutscher, egal was die Strandwache meint«, sagte Høyer.

»Aber wir können ihn ebenso gut direkt in die Gerichtsmedizin bringen«, sagte der Arzt. »Dann bekommt ihr einen ordentlichen Bericht.«

Er richtete sich auf und sah sich um. »Ziemlich kaltblütig, nicht? Mitten am Strand mit Hunderten von Menschen.«

»Nun ist das hier ja nicht mitten am Strand«, sagte Høyer. »Und wenn dir nicht gerade jemand dabei zusieht, wie du es tust, läufst du keine Gefahr aufzufallen.«

»Nee, vielleicht nicht.« Der Arzt schloss seine Tasche und kletterte aus der Mulde. »Und der ganze Sand. Na ja, der ist wenigstens sauber.«

»Wir wissen ja nicht einmal, ob er Deutscher ist«, sagte Therkelsen, als der Arzt den Weg hinunter verschwunden war.

»Tatsache ist, dass wir überhaupt nichts über ihn wissen«, sagte Høyer. »Zu allererst müssen wir ihn identifizieren. Das wird hoffentlich kein großes Problem. Es muss doch jemanden geben, der ihn vermisst.«

»Na ja«, Therkelsen sah nicht überzeugt aus. »Das ist nicht gesagt. Es kann sein, dass er alleine hier oben war. Vielleicht hat er im Hotel gewohnt oder auf dem Campingplatz.«

»Im Hotel wird ein Gast, der plötzlich verschwindet, auf jeden Fall auffallen.«

»Er kann doch auch hier aus der Stadt sein.«

»Das glaube ich nicht«, sagte Høyer. »Ich bin sicher, dass er Tourist war. Sonst hätte die Strandwache ihn doch gekannt.«

»Aber er kann ein Tagestourist gewesen sein«, sagte Therkelsen. »Er kann mit dem Auto gekommen sein, um sich ein paar Stunden an den Strand zu legen. Dort bei der Absperrung parken Autos. Und hinten auf dem Parkplatz stehen auch welche.«

»Tja, wir sollten wohl besser in die Gänge kommen«, sagte Høyer und versuchte optimistischer zu klingen, als er sich fühlte. Wenn es sich nur um eine richtige Stadt mit einer halbwegs homogenen Ansammlung von Menschen gehandelt hätte, aber das hier war ein Ferienort, wo Tausende von Menschen für eine kürzere oder längere Zeit auf wenigen Quadratkilometern zusammengeballt waren. Man konnte nur hoffen, dass jemand den Mann in der blauen Badehose bereits vermisste. Oder dass jemand etwas gesehen hatte, das sie auf die Spur des Täters führte. Ansonsten hatten sie wirklich eine harte Nuss zu knacken. Und ein Drittel der Belegschaft war noch immer in Urlaub.

Plötzlich hatte Høyer das Gefühl, dass sein eigener Urlaub schon lange zurücklag.

Der Mord war an diesem Tag *das* Thema in der Stadt. In vielen verschiedenen Versionen. Bo wurde eine davon präsentiert, als er Pia traf.

»Hey, Bo! Hast du gehört, dass unten in den Dünen ein Mädchen erwürgt worden ist? Ich darf abends nicht mehr raus, bevor sie nicht den Mörder gefunden haben.«

»Das war kein Mädchen, das war ein Mann«, sagte Bo.

»Das kannst du doch nicht wissen«, sagte Pia beleidigt. Ihre Freundin kicherte.

»Doch, sie haben es im Radio gebracht.«

»Ach ja? Aber ich glaube trotzdem nicht, dass ich alleine raus darf.«

Bo lachte. »Du bist ja auch nicht alleine. Und was sollst du auch abends am Strand?«

»Das weiß ich nicht. Einen Spaziergang machen«, sagte sie und fügte hinzu: »Spendierst du mir ein Eis?«

Die Frage kam unweigerlich jedes Mal. Bo fragte sich, ob sie sich wirklich jedes Mal, wenn sie ihn traf, Hoffnungen auf ein Eis machte oder ob es sich um einen bedingten Reflex handelte, der bei seinem Anblick ausgelöst wurde.

Er schüttelte den Kopf. »Heute nicht. Ihr habt gestern eins bekommen. Glaubt ihr, ich bin Millionär?«

»Gestern hattest du doch massenhaft Geld.«

»Ja, aber das ist lange her. Was ist übrigens mit der Uhr und dem Schuh? Habt ihr die abgeliefert? Dafür habt ihr doch bestimmt Finderlohn bekommen.«

»Au, Mann!«, Pia schlug sich mit der Hand auf den Mund. »Verdammt, das habe ich vergessen. Aber glaubst du, dass wir etwas bekommen, bevor jemand danach fragt?«

»Keine Ahnung. Ihr werdet es ja sehen.«

»Ich dachte nur, dass du uns jetzt, wo du weißt, dass ich Geld bekomme, vielleicht Geld für ein Eis *leihen* kannst.«

»So kommst du leicht auf die schiefe Bahn«, sagte Bo warnend.

»Ich leih mir doch nicht oft etwas«, sagte Pia unbeeindruckt. »Du bekommst es bestimmt zurück. Auf Ehre und Gewissen.«

»Ihr seid unmöglich!« Bo schüttelte den Kopf. »Aber nur einen Zehner. Und den will ich zurückhaben.«

Er gab Pia einen Zehner.

»Also Bo, du bist der Beste ... das werde ich Maja erzählen.«

»Ja, danke. Mach das. Und sieh zu, dass du zu Jønsson kommst. Wer weiß, ob nicht schon jemand nach den Sachen gefragt hat.«

Am Abend waren Bilder vom Tatort in den Nachrichten.

»Da waren wir doch!«, rief Jens. »Das ist unsere Mulde.«

»Die sehen doch alle gleich aus«, sagte sein Vater.

»Vielleicht ist das der Mann, der unsere Mulde geklaut hat«, sagte Jens.

»Unsinn«, antwortete sein Vater.

Der Beitrag schloss mit der üblichen Aufforderung an alle, die meinten, irgendwelche Hinweise zu haben, sich bei der Polizei zu melden.

Alice Larsen sah nachdenklich aus.

»Was ist?«, fragte ihr Mann.

»Ich dachte nur ... er *könnte* es gut sein.«

»Wer?«

»Der Mann in der Mulde. Es kann gut der Mann sein,

den wir gesehen haben. Es war merkwürdig, dass er einfach liegen blieb, als das Wetter umschlug.«

»Er hat geschlafen.«

»Das wissen wir doch nicht. Er sah so merkwürdig aus.«

»Jetzt hör aber auf! Du hast ihn doch kaum gesehen.«

»Du findest also nicht, dass wir anrufen sollten?«

»Nichts da. Das bringt uns nur Ärger und Unannehmlichkeiten ein. Und warum sollte das ausgerechnet dieser Mann gewesen sein?«

»Ich weiß es nicht, ich habe einfach das Gefühl, dass er es *ist.*«

»Du hast eine lebhafte Fantasie.«

Lones Freund drückte sich weit weniger diplomatisch aus, als sie ihm ihre Theorie unterbreitete. Sie hatte im besten Hotel der Stadt einen Sommerjob als Zimmermädchen.

»Du hast sie doch nicht mehr alle!«, stellte er fest. »Du bist total verrückt. Du hast zu viele Krimis gesehen.«

»Ja, das kann schon sein, aber möglich ist es doch, oder? Mir kommt es merkwürdig vor, dass er eins der teuersten Zimmer mit Bad und Balkon und allem gemietet hat und dann am nächsten Tag anruft und sagt, dass er ein paar Tage wegbleibt und dass wir alles stehen lassen sollen. Ich finde das schon ein bisschen mysteriös.«

»Ich finde es noch mysteriöser, wenn ein *Toter* anruft.«

»Nee, du verstehst auch gar nichts. Natürlich hat er nicht angerufen. Nicht wirklich. Das war der *Mörder.*«

»Genau wie ich gesagt habe, du *bist* verrückt.«

»Du meinst nicht, dass ich Jønsson anrufen sollte?«

»Nee, das wäre dann doch zu verrückt.«

3. Kapitel

»Brainfood! Brainfood!«, sang Therkelsen, als er in Høyers Büro kam und eine Kuchenschachtel vor ihn auf den Schreibtisch stellte.

Høyer betrachtete die Schachtel mit einem halb gierigen, halb widerstrebenden Blick. »Du sollst mich nicht in Versuchung führen«, sagte er.

»Ich bin nicht meines Bruders Hüter«, sagte Therkelsen. »Und ich möchte wetten, dass du auf Mallorca nicht eine einzige Dagmartorte bekommen hast.«

Høyers Liebe zu Dagmartorte war allgemein bekannt.

»Ich werde zu dick«, sagte Høyer, bereits halb überredet.

»Du bist zu dick«, sagte Therkelsen unbarmherzig. »Deshalb spielen die paar Kalorien mehr oder weniger jetzt auch keine Rolle mehr. Außerdem brauchen wir ein bisschen Gehirnnahrung. Man kann nicht behaupten, dass wir mit Hinweisen überhäuft werden.«

Høyer sah Therkelsen mit einem Hauch von Neid an. Beide waren groß, aber Høyer war ungefähr doppelt so breit wie Therkelsen, der offensichtlich alles essen konnte, ohne dass es ansetzte.

»Wundert es dich?«, sagte Høyer. »Dass die Leute nicht reagieren, meine ich. Das ist der idiotischste Fall, mit dem ich je zu tun hatte.«

Es war nicht das erste Mal, dass Høyer das von einem Fall sagte. »Was für eine Personenbeschreibung. *Zirka* vierzig Jahre, *zirka* 187 cm groß, zirka 78 kg, weder blond noch dunkelhaarig und so weiter – Herr im Himmel –, bekleidet mit einer blauen Badehose! Eine blaue Badehose und nicht ein Fetzen mehr. Das ist fast so gut wie ein schwarz lackiertes Damenfahrrad.«

»Ein blaues Handtuch«, erinnerte ihn Therkelsen.

»Okay, also blaue Badehose und blaues Handtuch!« Høyer seufzte ergeben.

Therkelsen lachte. »Ja, wenn wir in Kopenhagen wären, wäre das bestimmt eine Hilfe. Da hätte er Aufsehen erregt.«

»Ja, danke, oder in jeder anderen halbwegs normalen Stadt. Nur das ist keine normale Stadt. Wie viele Menschen, glaubst du, auf die genau diese Beschreibung passt, waren Sonntag am Strand? Hundert? Fünfhundert? Tausend? Und dann dieser hoffnungslose Tatort. Nicht eine anständige Spur.«

»Wir haben die Flasche«, sagte Therkelsen. »Und den Korken.«

»Aber bis jetzt haben wir noch keinen Laborbericht. Sind die alle in Urlaub?«

»Die wollen nicht, dass wir glauben, sie leisten leichte Arbeit«, meinte Therkelsen.

»Was ist mit den Hinweisen, die wir bekommen *haben*?«, fragte Høyer. »War an einem was dran?«

Therkelsen schüttelte den Kopf.

»Nein. Am vielversprechendsten waren ein Norweger und eine leicht hysterische Frau, die davon überzeugt war, dass es ihr Mann ist. Er ist allein in die Ferien gefahren – zum ersten Mal in ihrer Ehe – und hat nichts von sich hören lassen!«

»Habt ihr ihn gefunden?«

»Ja. Und er war *nicht* allein, aber das zu vertiefen, bestand kein Grund. Ich habe ihm nur vorgeschlagen, zu Hause anzurufen und zu sagen, dass es ihm gut geht.«

»Wenn es das tat.«

»Es sah so aus.«

»Und der Norweger?«

»Er war mit einem Freund zusammen. Einem Freund, hat er gesagt, was immer man darunter verstehen mag, und sie haben sich Samstagabend gestritten und danach ist der Freund verschwunden.«

»Ist er wieder aufgetaucht?«

»Nein, definitiv nicht. Aber ich glaube nicht, dass er es ist. Er ist erst dreißig. Es handelte sich wohl nur um einen, wenn ich das so sagen darf, ganz gewöhnlichen *ehelichen* Streit.«

Høyer lachte. »Du bist zu viel mit Jønsson zusammen gewesen.« Er dachte über das nach, was Therkelsen gesagt hatte. »Das Alter kann ja täuschen«, sagte er.

»Aber nicht so viel«, wandte Therkelsen ein. »Unser Mann war mindestens vierzig. Vielleicht etwas darüber.«

»Was ist mit den Hotels?«, fragte Høyer.

»Auch Nieten. In keinem wird ein Gast vermisst, auf den die Beschreibung passt. Meinten sie.«

»Das können wir also auch ausschließen«, sagte Høyer.

»Die können das doch nicht mit Sicherheit sagen«, sagte Therkelsen. »Glaubst du, dass dich jemand vermisst hätte, wenn du eines Tages nicht in deinem mallorquinischen Luxushotel aufgetaucht wärst?«

»Ich hoffe doch weiß Gott, dass Rigmor das hätte«, rief Høyer.

»Ich meine, wenn du alleine gewesen wärst.«

»Doch«, sagte Høyer nachdenklich. »Doch, da bin ich mir sicher. In dem Augenblick, in dem eine polizeiliche Untersuchung eingeleitet worden wäre, hätten sie zumindest darüber nachgedacht, ob ein Zimmer nicht benutzt worden ist.«

»Aber jedenfalls können wir davon ausgehen, dass er an dem Tag allein in der Stadt gewesen sein muss.«

»Ja, entweder das oder ...«

»Oder zusammen mit seinem Mörder«, beendete Therkelsen den Satz.

Einen Moment sahen sie sich an. Høyer atmete tief durch und warf einen langen Blick auf die Kuchenschachtel.

»Jajaja«, sagte Therkelsen. »Ich gehe runter und hole eine Kanne Kaffee. Du kannst in der Zwischenzeit ja versuchen, ein paar geniale Einfälle zu bekommen.«

Er verschwand durch die Tür.

Geniale Einfälle! Høyer schüttelte den Kopf und gähnte herzhaft. Diese unerträgliche Hitze machte es auch nicht besser. Obwohl er die Ärmel hochgekrempelt und den obersten Hemdknopf aufgeknöpft hatte, war ihm unangenehm warm und er fühlte sich verschwitzt. Nach vierzehn Tagen unter Spaniens ewiger Sonne hatte er sich geradezu nach ein paar normalen dänischen Sommertagen mit Regen und Wind und Kälte gesehnt und jetzt war es hier fast noch wärmer. Oder vielleicht kam es ihm auch nur so vor. Bei solch einem Wetter sollte man eine lange Siesta halten, das wussten sie da unten.

Langsam blätterte er die vorläufigen Berichte durch, während er versuchte, alle Details zusammenzustückeln. Seine Finger hinterließen feuchte Abdrücke auf dem Papier. Was für ein Tag, dachte er. Und was für ein Fall! Er stellte fest, dass er die Sätze wie ein Gedicht aufgesagt hatte und wiederholte sie lautlos. Gab ihnen eine kleine Melodie. Was für ein Tag, was für ein Fall! Was für ein Tag, was für ein Fall.

Therkelsen kam mit dem Kaffee herein. »Habe ich dir übrigens gesagt, dass die Fahndung auch nichts hatte? Aber damit hatten wir wohl auch nicht gerechnet«, sagte er, indem er die Thermoskanne auf den Tisch stellte.

»Nee«, sagte Høyer. »Was für ein Tag, was für ein Fall!«

»Aber der Laborbericht ist da. Ich habe ihn hier.«

Høyer seufzte leicht. Therkelsen war und blieb eine prosaische Seele.

»Ich habe deine Rezitationen sehr wohl gehört«, fügte Therkelsen hinzu. »Aber ich habe mich entschlossen, sie zu überhören. Willst du dir den Bericht jetzt angucken?« Er warf ihn Høyer hinüber, ohne auf eine Antwort zu warten, und goss Kaffee ein.

»Die müssen geschuftet haben, bis sie Blut und Wasser geschwitzt haben«, sagte Høyer ironisch. »Hast du reingesehen?«

»Flüchtig«, sagte Therkelsen. Er sah Høyer mit dem erwartungsvollen Ausdruck eines Kindes an, das ein Geschenk übergeben hat und jetzt, wo es ausgepackt wird, gespannt auf die Reaktion wartet.

»Es *war* also die Flasche, mit der er erschlagen wurde«, bemerkte Høyer ohne aufzusehen.

»Ja«, sagte Therkelsen. »Eigentlich eine ziemlich elegante Waffe.«

»Elegant!«, schnaubte Høyer und sah ihn ärgerlich an.

»Jedenfalls klug«, sagte Therkelsen. »An dem Ort. Da gibt es Massen von Leuten, die eine Flasche Wein mit an den Strand nehmen. Es fällt nicht weiter auf. Es ist keine Waffe. Bis zu dem Moment, wo sie auf dem Schädel von jemandem landet, ist sie ein vollkommen normaler und alltäglicher Gegenstand, mit dem jeder herumlaufen kann.«

»Vielleicht war sie auch nicht als Waffe gedacht«, sagte Høyer. »Vielleicht war sie nie als etwas anderes gedacht als als eine Flasche Wein, die am Strand getrunken werden sollte. Ich glaube nicht, dass die Tat im Voraus geplant war.«

Er las weiter in dem Bericht.

»Verdammt!«, rief er verblüfft und sah zu Therkelsen hinüber.

»Ja, was sagst du jetzt?«, fragte Therkelsen, zufrieden mit Høyers Reaktion.

»Verdammt noch mal!«, wiederholte Høyer. »Du hast es also gesehen? Das ist doch völlig absurd. Fingerabdrücke – *vermutlich von einem Kind!*«

Lone schloss die Tür zu Nummer 22 auf. Einen Augenblick sah sie sich im Zimmer um. Das Bett war noch immer unbenutzt. Sie ging ins Bad. Die sauberen Handtücher, die sie am Vortag aufgehängt hatte, hingen unberührt da.

Sie fischte Zigaretten und Feuerzeug aus der Kitteltasche, schloss die Tür zum Balkon auf, warf sich in einen der Liegestühle und zündete eine Zigarette an.

Ein bisschen merkwürdig war das schon mit dem Typen, dem das Zimmer gehörte. Einfach so wegzubleiben. All seine Sachen schienen noch hier zu sein. Abgesehen von dem, was er angehabt hatte, als er ging, natürlich. Man sollte doch meinen, dass er zumindest die Unterwäsche wechseln wollte. Aber vielleicht kaufte er ja einfach etwas Neues, da, wo er war. Er hatte bestimmt Geld genug, wenn er so ohne weiteres ein Zimmer für über 200 Kronen mieten konnte, ohne es zu benutzen. Am Sonntag hatte er ihr ein Trinkgeld gegeben und das kam auch nicht häufig vor. Und erst recht nicht nach nur einem Tag. Aber er *war* auch schwierig gewesen. Trotz des fantastischen Wetters hatte er fast bis mittags geschlafen, sodass sie nicht ins Zimmer kommen und sauber machen konnte. Und als er endlich aufgestanden war, war er zu ihr auf den Gang hinausgekommen und hatte sie um Kaffee und etwas Natron gebeten. Er hatte furchtbar ausgesehen. Bestimmt hatte er am Vorabend reichlich gebechert. Als er gegangen war, hatte er etwas besser ausgesehen und ihr 20 Kronen gegeben. Er war übrigens ein sehr attraktiver Mann. Für sein Alter. Einen Augenblick blickte sie vor sich hin, während sie vor ihrem Inneren Auge sein Bild passieren ließ. Jedenfalls konnte er nicht der Ermordete sein, da der, wie sie gesagt hatten, um die vierzig gewesen sein sollte, und Nummer 22 war mindestens fünfzig. Außerdem hatte er etwas angehabt.

Sie stand auf, drückte die Zigarette aus und schnippste den Stummel über die Balkonkante. Gut, dass sie nicht bei der Polizei angerufen hatte. Sie hatte auch der Hotelbesitzerin nichts davon gesagt, dass das Zimmer hier nicht benutzt wurde. Es war äußerst angenehm, zwischendurch eine kleine Zigarettenpause zu haben. Und was sie nicht wusste, kümmerte sie nicht.

»Fingerabdrücke von einem Kind!«, wiederholte Høyer. »Nun ja, das klingt idiotisch, aber dafür kann es selbstverständlich eine ganz natürliche Erklärung geben. Wäre es nicht vorstellbar, dass irgendein Kind die Flasche aufgehoben und später wieder weggeworfen hat?«

»Ja«, sagte Therkelsen. »Und es wäre auch vorstellbar, dass ein großer Bursche … die Frage ist, was man unter Kind versteht, nicht?«

»Es ist jedenfalls nicht vorstellbar, dass ein Kind, ein kleines Kind, mit einer riesigen Weinflasche unten in den Dünen herumrennt und plötzlich Amok läuft und einem wildfremden Mann den Kopf damit einschlägt.«

»In den USA machen sie das«, sagte Therkelsen.

»Aber keine *kleinen* Kinder«, sagte Høyer. »Und wir sind nicht in den USA. Ich habe versucht, konstruktiv zu denken, während du weg warst, und meine Theorie ist die, dass der Mann dort unten gelegen und ein Sonnenbad genommen hat. Vielleicht hat er auch gedöst. Irgendein junger Kerl kommt vorbei, ein Rauschgiftsüchtiger vielleicht, ein Badefreak, sieht die Brieftasche des Mannes, die neben ihm liegt, und beschließt, die Gelegenheit beim Schopf zu greifen.«

»Wir wissen nicht, ob er eine Brieftasche bei sich gehabt hat.«

»Davon gehen wir aus. Oder ein Portemonnaie. Also, der Kerl hat die Weißweinflasche in der Hand, als er sich geräuschlos in die Mulde schleicht. Er streckt die Hand aus, schnappt sich die Brieftasche und in dem Moment öffnet der Mann die Augen und sieht ihn. Und wie im Reflex knallt er ihm die Flasche auf den Kopf. Und als er einmal zugeschlagen hat, muss er noch einmal zuschlagen, um sicherzugehen, dass der Mann tot ist.«

Høyer schwieg.

Therkelsen dachte nach.

»Was hältst du von der Theorie?«, fragte Høyer.

»Nun ja. Vielleicht gar nicht so dumm. Ich kann nur nicht ganz sehen, warum er eine Brieftasche aus einer Mulde stehlen soll, in der jemand liegt. In der Regel gibt es Gelegenheiten genug, wenn die Leute baden. Überall wimmelt es nur so von Uhren und Geld.«

»Ich glaube, dass er in Versuchung geraten ist, als er sie gesehen hat. Und der Mann sah aus, als würde er schlafen.«

»Du glaubst also an einen nicht geplanten Mord.«

»Ja. An einen Raubmord. Oder besser an einen Diebstahl, aus dem ein Mord wurde.«

»Aber warum hat er die Leiche umgedreht und mit dem Handtuch zugedeckt?«

»Je länger es dauerte, bevor sie entdeckt wurde, desto größer war seine Chance zu entkommen.«

»Tja, ich meine trotzdem, dass es leichtsinnig war, sich mit der Leiche abzumühen. Er hätte sich damit begnügen können, sie mit dem Handtuch zuzudecken.«

»Das wäre schnell blutdurchtränkt gewesen und dann hätte ihn jemand entdeckt.«

»Ja, aber er brauchte nicht viel Zeit. In dem Moment, wo er unten am Strand war oder in der Stadt, war er praktisch in Sicherheit.«

»Was meinst du? Warum hat er sie umgedreht?«

»Ich weiß es nicht. Ich wundere mich nur.«

»Was könnten wir uns sonst noch vorstellen?«

»Es könnte ja auch ein normaler Mord sein. Geplant. Der Mörder wusste, dass der Mann am Strand lag. Ist ihm vielleicht sogar gefolgt, und als niemand in Sichtweite war, bums aus!«

»Das setzt ein Motiv voraus«, sagte Høyer.

»Ja, klar. Aber das könnte ja die Brieftasche gewesen sein. Oder etwas anderes. Vielleicht stoßen wir auf etwas, wenn wir herausfinden, wer er ist.«

»Es muss ihn doch jemand vermissen, verdammt noch mal«, meinte Høyer.

»Wir haben immer noch Ferien«, sagte Therkelsen pessimistisch.

Høyer dachte eine Weile nach. »Ich glaube jedenfalls nicht, dass er seinen Mörder gekannt hat«, sagte er. »Oder er wusste nicht, was er vorhatte. Sonst hätte er da nicht so friedlich gelegen und sich einfach erschlagen lassen. Nichts deutet darauf hin, dass er sich gewehrt hat.«

»Nee, aber das kann auch daran gelegen haben, dass er gedöst hat. Du weißt, wie das ist, wenn man am Strand liegt. Die Leute können fast auf einen treten, ohne dass man reagiert. Vielleicht hat er es nicht einmal geschafft, die Augen aufzuschlagen.«

»Meine Theorie gefällt mir besser«, sagte Høyer.

»Ja, jeder hält seine Schäfchen für die besten.« Therkelsen hob die Kaffeekanne hoch. »Noch Kaffee?«

»Ja, danke. Es wäre unleugbar eine Hilfe, wenn wir etwas mehr über das Opfer wüssten. Wer weiß, vielleicht haben die Pathologen etwas?« Høyer streckte die Hand nach dem Telefon aus. »Es kann jedenfalls nicht schaden, da unten anzurufen.«

Er wählte die Nummer, während Therkelsen aufstand, die inzwischen leere Kuchenschachtel zusammenknüllte und in den Papierkorb warf.

»Es ist der liebe Gott persönlich«, flüsterte Høyer mit der Hand über dem Hörer.

Therkelsen nickte zufrieden. Dann wurde wenigstens nichts übersehen.

»Habt ihr was für uns?«, fragte Høyer.

»Lieber Høyer«, sagte die Stimme am anderen Ende. »Könnt ihr einem alten Mann nicht etwas Zeit lassen?«

»Habt ihr gar nichts?«

»Nicht viel. Nicht viel.«

»Nicht viel ist auch etwas«, sagte Høyer. »Wir haben gar nichts. Wir wissen noch nicht einmal, wer der Mann ist.«

»Ja, wenn du glaubst, dass wir dir sagen können ...«

»Nein, natürlich nicht, aber vielleicht gibt es trotzdem etwas, das uns weiterhilft. Reich uns einen Strohhalm und wir klammern uns mit Armen und Beinen daran.«

»Morgen bekommt ihr den vorläufigen Bericht. Willst du ihn jetzt mündlich haben?«

»Ja, danke, aber nur in groben Zügen.«

»Etwas anderes hatte ich auch nicht vor. Mit Größe und Gewicht wart ihr nahe dran.«

»Das war Therkelsen«, sagte Høyer. »Er hat fast die gleiche Statur.«

Der andere lachte. »Also wie gesagt, Größe 1,87, Gewicht 77 Kilo.«

»Magerer Hering«, sagte Høyer. Mit einem Hauch von Neid in der Stimme.

»Das hat vielleicht seine Gründe, aber dazu kommen wir noch. Im Hinblick auf das Alter lagt ihr ziemlich daneben.«

»Ja?«, sagte Høyer. »War er jünger?« Er dachte an den Freund des Norwegers.

»Jünger? Nein, ganz im Gegenteil. Ihr habt gesagt, zirka vierzig. Ich würde sagen, zirka fünfzig.«

»Verdammt!«, rief Høyer. »Bist du dir sicher?«

»Sicher kann man sich nie sein, aber alles deutet darauf hin. Zirka fünfzig, würde ich sagen. Eher etwas darüber als darunter.«

»Da kann man mal sehen. Der Körper machte ansonsten einen ziemlich fitten Eindruck. Ein gut erhaltener Mann, was?«

»Er war schlank, wenn es das ist, was du meinst. Über das Gesicht wissen wir ja nicht viel. Aber von innen sah er nicht besonders gut erhalten aus. Es war völlig unnötig, ihn derart zu malträtieren, wenn es nur darum ging, ihn loszuwerden. Innerhalb eines halben Jahres wäre er sowieso gestorben. Vielleicht auch früher.«

»Verdammt ...«

»Seine Herzkranzarterien klangen wie Sandpapier, als ich sie aufgeschnitten habe, so verkalkt waren sie.«

»Meinst du, er wäre an einem Blutgerinnsel gestorben?«

»Nee, deine klingen bestimmt genauso.« Er konnte den anderen nahezu lächeln hören. Høyer fand das nicht lustig.

»Es ist immer so aufbauend, mit dir zu reden«, sagte er.

»Danke. Nein, der Mann litt an Cancer pancreatis.«

»An was?«

»An Cancer pancreatis. Bauspeicheldrüsenkrebs.«

»Aber dann muss er doch in Behandlung gewesen sein. Glaubst du, im Krebsregister ...«

»Ich glaube nicht, dass er in Behandlung war. Aber das werden die Laborproben zeigen. Die könnt ihr ja nicht von einem Tag auf den anderen erwarten.«

»Mach so viel Druck, wie du kannst, okay? Was hast du noch?«

»Ja, die Todesursache war also eine Kraniumfraktur mit allem, was dazugehört. Wir konnten drei Schläge mit einem stumpfen Gegenstand feststellen, von denen schon der erste tödlich war. Er hatte einen ziemlich dünnen Schädel. Aber da hat auch jemand gute Arbeit geleistet.«

»Wir gehen davon aus, dass er mit einer Flasche erschlagen wurde«, sagte Høyer. »Oder besser gesagt, das steht fest.«

»Mit einer Flasche?« Die Stimme klang leicht verblüfft. »Ich hätte nicht gedacht, dass die schwer genug ist, aber wenn ihr das positiv wisst, dann ...«

»Mit einer 2-Liter-Flasche, vermutlich *mit* Inhalt«, erklärte Høyer.

»Okay, dann ist es klar. Das klingt ziemlich wahrscheinlich. Schickt ihr sie herunter?«

»Ja. Gibt es noch mehr?«

»Den Rest kannst du im Bericht lesen. Alles das Übliche. Er hatte eine Narbe von einer Blinddarmoperation.«

»Das haben doch Gott und die Welt«, wandte Høyer ein.

»Ja, aber die hier ist ziemlich speziell. Sie ist nicht länger als 33 Millimeter.«

Høyer maß 33 Millimeter auf seinem Lineal ab. »Das ist unmöglich!«, sagte er dann.

»Nicht unmöglich, aber ungewöhnlich. Sie war kaum sichtbar, lag fast ganz unten in der Leiste. Gute Arbeit. Vor ein paar Jahren gab es einen Oberarzt, der für diese Blinddarmoperationen bekannt war. Mit ganz winzigen Schnitten. Sieht nach seiner Arbeit aus.«

»Wo hat er praktiziert?«

»Oben bei euch. Im Gemeindekrankenhaus. Aber du musst selbst sehen, was die Information wert ist. Wahrscheinlich nicht sehr viel.«

»Aber du glaubst, dass er Däne ist?«, fragte Høyer.

»Ja, ich habe zwar nicht mit ihm gesprochen«, sagte der Prosektor trocken, »aber darauf würde ich wetten. Nordisch auf jeden Fall. Blaugraue Augen, langer Schädel und so weiter. Ich tippe, dass ihr nicht so furchtbar weit entfernt suchen müsst. Aber wie gesagt, morgen bekommst du einen genaueren Bericht.«

»Eins noch«, sagte Høyer. »Glaubst du, dass eine Frau den Schlag ausgeführt haben kann?«

»Nun muss man ja furchtbar vorsichtig sein, was man heute sagt, aber ich glaube nicht. Zumindest müsste es eine große, durchtrainierte Dame gewesen sein. Handballspielerin oder so etwas.«

»Vielen Dank. Ihr behaltet ihn vorläufig, ja?«

»Ja, aber hoffentlich nicht zu lange. Allmählich bekommen wir hier die reinsten EU-Probleme.«

»EU-Probleme?«

»Ja, der *Fleischberg*.«

»Pfui, zum ... aber trotzdem danke.«

»Nicht der Rede wert.«

Høyer legte den Hörer auf und sah zu Therkelsen hinüber. »Hast du alles mitbekommen?«

»Im Großen und Ganzen.«

»Er war um die fünfzig. Das ergibt eine etwas andere Personenbeschreibung. Und er glaubt nicht, dass eine Frau die Flasche geführt haben kann. Das heißt, dass wir ein Kind ebenfalls ausschließen können.«

»Ach so, darauf wolltest du mit deiner Frage hinaus«, sagte Therkelsen. »Ich hatte mich ein bisschen gewundert.«

»Er hätte mich doch für verrückt gehalten, wenn ich ihn gefragt hätte, ob es ein Kind gewesen sein kann.« Høyer schielte auf das Bäckerpapier hinunter, das im Papierkorb lag. »Weiß Gott, was diese verdammte Torte mit meinen Herzkranzarterien gemacht hat.«

Alice Larsen nahm ihr Tablett, blieb kurz stehen und sah sich suchend in der Kantine um. Dann erblickte sie ihre Freundin, die ihr eifrig von einem der Fenstertische zuwinkte, und ging zu ihr hinüber.

Die Freundin guckte auf ihr Tablett. »Aha, da will wohl jemand abnehmen.«

»Ja, es ist zum Verrücktwerden. Ich habe in den Ferien eineinhalb Kilo zugenommen. Ich fasse es nicht. So viel haben wir doch auch nicht gegessen.«

»Ich nehme in den Ferien *immer* zu«, bemerkte die Freundin mit einem Seufzer. »Ich glaube, das liegt daran, dass man die Zeit hat, länger beim Essen zu sitzen. Und etwas mehr isst man ja doch im Laufe des Tages.«

»Das habe ich, glaube ich, nicht«, sagte Alice. »Ein Glas Wein zwischendurch, mehr nicht.«

»Dann liegt es daran. Wein ist proppevoll mit Kalorien oder Kilojoule und die machen genauso dick.«

»Offenbar.« Alice kaute energisch auf den geriebenen Karotten herum.

»Du, der Mord, ist der nicht da oben passiert, wo ihr wart?«

»Ja, aber zum Glück an unserem letzten Tag. Sonst hätte ich mich nicht mehr an den Strand getraut.« Sie senkte die Stimme ein wenig. »Ich glaube übrigens, dass wir den Ermordeten gesehen haben.«

»Nein, ist das wahr?«

Die Freundin saß mit großen Augen da, während Alice ihr von dem Mann in der Mulde erzählte.

»Und weißt du, es war so merkwürdig, dass er einfach liegen blieb«, schloss Alice. »Es war eiskalt und alle anderen stürzten vom Strand nach Hause.«

»Du erlebst immer etwas«, sagte die Freundin neidisch. »Hast du die Polizei angerufen und das erzählt?«

»Nein. Jan meinte, wir sollten uns nicht einmischen. Er glaubt nicht, dass er es war. Und er sagt, dass wir uns nur Ärger einhandeln. Und wir *wissen* ja auch nichts.«

»Natürlich tut ihr das. Wenn du glaubst, dass er es war, dann wisst ihr doch, dass er tot war, als ihr gegangen seid. Zeitangaben und so sind immer sehr wichtig.«

»Jaaa«, sagte Alice und machte einen nachdenklichen Eindruck. »So etwas können die Ärzte doch bestimmt feststellen, nicht wahr?« Plötzlich tauchte ein Gedanke in ihrem Kopf auf. »Ja du meine Güte, wir wissen ja nicht einmal, ob er noch lebte, als wir kamen.«

»Das hoffe ich doch nicht«, sagte die Freundin. »Denn dann ist er vielleicht ermordet worden, während ihr daneben gelegen habt.«

»Und ich habe da ganz alleine gelegen!«, rief Alice entsetzt.

Sie sahen einander erschrocken an.

»Aber vielleicht *war* er es ja gar nicht«, sagte Alice schließlich.

»Ruf die Polizei an«, riet die Freundin. »Ich an deiner Stelle würde das tun. Dann erfährst du es ja. Du kannst von hier aus anrufen. Du musst es Jan ja nicht erzählen.«

Alice nickte langsam. Ja, das konnte sie natürlich tun. Sie konnte von hier aus anrufen. Sie hätte ohnehin nicht eher Ruhe, bis sie angerufen hatte.

Høyer nahm Alices Anruf entgegen. Seine tiefe, brummende Stimme wirkte beruhigend auf sie, er klang wie ein alter, netter Weihnachtsmann. Fast bereute sie ihren Entschluss schon wieder, als sie endlich anrief. An dem Ganzen war ja eigentlich nichts dran. Doch Høyer klang sehr interessiert. Sie musste alles erzählen, von dem Moment an, wo sie gekommen waren, bis sie wieder gegangen waren. Besonders interessierte ihn, ob sie jemanden getroffen hatten. Alice dachte nach.

»Ja, ganz vorn am Parkplatz haben wir ein paar Leute getroffen, aber die meisten gehen wohl am Strand entlang, und sobald man sich ein Stück von der Stadt entfernt, sieht man fast niemanden mehr.«

»Stimmt«, sagte Høyer und sah den Weg vor sich, während sie erzählte.

»Auf dem letzten Stück haben wir eigentlich nur einen getroffen. Einen jungen Mann. Er joggte ...«

»Er joggte?« Man konnte nahezu hören, wie Høyer die Ohren spitzte. »Könnte er von der Mulde gekommen sein?«

Alice dachte noch einmal nach.

»Ja, das könnte er. Wir waren ja nicht so nahe dran, dass wir sehen konnten, woher er eigentlich kam.«

»Und er ist gelaufen, da sind Sie sich sicher?«

»Ja, weil es so warm war, war es schon etwas auffällig.«

»Vermutlich handelte es sich um niemanden, den Sie kennen«, sagte Høyer. »Aber glauben Sie, Sie würden ihn wiedererkennen? Vielleicht bei ...«

»Aber es *war* jemand, den ich kenne«, unterbrach ihn Alice. »Das heißt, ich kenne ihn nicht so gut, aber ich weiß, wer er ist. Er ist Kunstmaler und er wohnt genau gegenüber von dem Haus, das wir gemietet hatten.«

»Sie können sich wohl nicht erinnern, wie er heißt?«

»Ich glaube nicht, dass ich das weiß. Jedenfalls kann ich mich nicht daran erinnern.«

»Gut, aber darüber brauchen Sie sich keine Gedanken zu machen. Es kann nicht so schwer sein, das herauszufinden. Wissen Sie was, Frau Larsen, ich könnte doch einen Mann zu Ihnen herausschicken, der ein Protokoll aufnimmt. Das wäre wohl das Beste.«

Alice zögerte. Aber sie hätte Jan ja sowieso alles erzählt. Außerdem hatte sie doch Recht gehabt.

»Ja«, sagte sie. »Aber ich bin nicht vor drei zu Hause. Ich bin hier um zwei fertig.«

»Gut«, sagte Høyer. Ihm fiel etwas ein. »Ach, Frau Larsen, können Sie sich vielleicht daran erinnern, ob Sie auf dem Weg eine Weinflasche gesehen haben? Oder direkt neben dem Weg? Eine große 2-Liter-Flasche?«

»Das haben wir«, sagte sie. »Jens, mein Sohn, wollte sie mitnehmen, aber sie war zu schmutzig, deshalb habe ich ihm gesagt, dass er sie wieder wegwerfen soll.«

Und das war die Erklärung für die Fingerabdrücke, dachte Høyer zufrieden. Vermutlich ein Kind. Ja, ganz gewiss ein Kind.

Er lehnte sich in seinem Stuhl zurück. Kunstmaler. So konnte sich ja jeder nennen. Aber jedenfalls ein junger Mann. Das passte doch ausgezeichnet zu seiner Theorie. Ob die Dinge wohl langsam in Fluss gerieten?

Pia und eine ihrer Freundinnen standen vor der Polizeiwache und sammelten Mut, um anzuklopfen. Pia hatte *ein bisschen* Angst vor Jønsson. Er sah immer so grimmig aus. Aber sie hatte ja nichts verbrochen.

»*Du* musst anklopfen«, sagte die Freundin.

»Das kannst du genauso gut«, sagte Pia.

»Nein«, protestierte die Freundin. »Ich komme bloß mit.«

»Angsthase«, sagte Pia und fühlte sich ein wenig mutiger, als sie das sagte. Sie zögerte noch kurz, dann klopfte sie.

Jønsson saß hinter seinem Schreibtisch. Er sah aus, als wäre er gerade aus dem Mittagsschlaf erwacht und noch nicht ganz wach. Er war schläfrig und reizbar. Die Wärme war drückend und dieser Mord hatte ihm eine Menge Extraarbeit beschert. Vor zehn, fünfzehn Jahren hätte er das vielleicht mächtig interessant gefunden, aber jetzt wollte er am liebsten seine Ruhe haben. Vielleicht war es diese Erkenntnis, die ihn irritierte.

»Was wollt ihr?«, fragte Jønsson und sah den Schuh fast widerwillig an.

»Ich habe das hier gefunden«, sagte Pia nicht ganz wahrheitsgemäß.

»Hm«, Jønsson holte ein Formular heraus.

»Wie heißt du?«, fragte er.

»Pia Kristensen.«

»Adresse?«

»Elmevej 6.«

»Bist du eine der Töchter des Fuhrunternehmers?« Jønsson sah jetzt etwas freundlicher aus.

»Ja«, sagte Pia.

»Wann hast du das gefunden?«

»Am Sonntag«, sagte Pia kleinlaut.

»Und warum kommst du erst jetzt?«

»Ich war gestern schon einmal hier«, beeilte sie sich zu erklären. »Aber da war es fünf und es war geschlossen.«

Jønsson sah die beiden Mädchen an. Ja, natürlich war da geschlossen. Ob sie wohl glaubten, dass sie einen 24-Stunden-Betrieb hatten?

»Gut, also Sonntag. Nachmittags?«

»Ja.«

»Und du hast die Sachen zusammen gefunden?«

»Ja, die Uhr lag im Schuh. Und ein Socke war auch noch da.«

»Und wo hast du diese Herrlichkeiten, wenn ich das so sagen darf, gefunden?«

Pia warf der Freundin einen schnellen Blick zu, als wollte sie bei ihr Hilfe suchen. Die Freundin zuckte mit den Schultern. Sie wusste auch nicht wo.

»In den Dünen«, sagte Pia vorsichtig und hoffte, dass das genügen würde.

»In den Dünen, in den Dünen!«, wiederholte Jønsson. »Das ist, wenn ich das so sagen darf, ein ziemlich weiter Begriff. Wo ungefähr in den Dünen?«

Pia atmete tief durch. Es gab wohl keine andere Möglichkeit, als ins kalte Wasser zu springen.

»Ja, also eigentlich habe nicht ich das gefunden.«

Jønsson starrte sie an.

»Ich soll das nur abliefern. Damit ich den Finderlohn bekomme, falls es welchen gibt.« Sie fand selbst, dass das ein bisschen verwirrend klang, aber Jønsson schien zu begreifen.

»Wer hat das denn gefunden?«

»Bo.«

»Bo Sander?«

»Ja.«

»Gut, aber das ist so gesehen wohl in Ordnung«, sagte er mehr zu sich selbst. Er sah Pia an. »Aber frag Bo, wo er das gefunden hat. Dann kannst du es mir sagen, wenn du mich in der Stadt siehst.«

»Bekommen wir einen Finderlohn?«

»Ja, vielleicht. Aber nicht jetzt. Warum ist Bo nicht selbst gekommen?«

»Er hatte keine Lust. Er hat gesagt, dass ich den Finderlohn haben kann, wenn ich die Sachen hier abliefere.«

»Hm«, brummte Jønsson.

»Erfahren wir, wenn jemand kommt und ...«

»Jaja«, sagte Jønsson und klappte das Protokoll zu.

Die Mädchen atmeten erleichtert auf und verschwanden schnell durch die Tür. Sie hatten verstanden, dass die Audienz beendet war.

»Hallo, Meister!«

Der Maschinenmeister drehte sich in der Tür um. »Verdammt, Sie sind das!«, rief er. »Ist ja ganz was Neues, Sie hier zu sehen.« Er warf einen Blick auf den Müllsack, den der andere bei sich trug. »Arbeiten Sie in Ihrer Freizeit als Müllmann?«

Der andere lächelte. »Nee«, sagte er. »Nicht offiziell. Ich habe ein paar Sachen, die vernichtet werden sollen. Sie wissen schon, Krankengeschichten und so etwas, das am besten nicht auf der Mülldeponie landen soll. Meinen Sie, das geht in Ihre Abfallmühle?«

»Na klar. Die fasst eine schöne, gut gewachsene Wirtschafterin. Wenn ich irgendwann einmal einen Mord begehe, werde ich die Leiche da hineinschmeißen. Da bleibt nichts übrig bis auf ein bisschen Rattenfutter, das ist alles. Aber ich denke, das hier werfen wir besser in den Verbrennungsofen.«

»Ja, natürlich.«

Der Maschinenmeister griff sich den Müllsack. »Ich kümmere mich darum.«

»Eigentlich würde ich den Ofen gerne einmal sehen. Können wir hingehen?«

Der Maschinenmeister warf ihm einen schnellen Blick zu. Die Leute hatten vielleicht Ideen. Aber wenn er den Mist brennen *sehen* wollte, konnte er das gerne haben.

»Wollen Sie den Sack wieder zurückhaben?«, fragte er, als sie vor dem Ofen standen.

»Nein, danke, werfen Sie einfach alles hinein.«

Der Maschinenmeister öffnete den Deckel und nahm den Müllsack.

»Ist das wirklich alles Papier?«, fragte er. »In der Regel sind die Säcke schwerer.«

»Nein, ich habe auch ein paar ausrangierte Kittel und so etwas hineingepackt, als ich schon einmal dabei war aufzuräumen.«

Der Müllsack flog in den flammenden Rachen.

»So, jetzt hoffe ich, dass nichts dabei war, was Sie noch brauchen. Denn jetzt ist es zu spät. Der Ofen ist fantastisch effektiv.«

Er schloss den Deckel.

Der andere stand in Gedanken versunken da. Dann richtete er sich auf. »Okay, ich bin weg. Danke für die Hilfe.«

»Keine Ursache. Die meisten haben doch ihre Geheimnisse, nicht?«

Der andere starrte ihn einen Moment lang leer an.

»Ach so, Sie meinen die Krankengeschichten. Ja, genau. Genau.«

Der Maschinenmeister sah ihm nach, als er ging, und schüttelte den Kopf. Er hatte bestimmt einen seiner schlechten Tage. Seiner richtig schlechten Tage.

Jønsson sah sich gerade die Uhr an, als das Telefon klingelte. Er behielt sie in der Hand, als er den Hörer abnahm. Es schien eine gute Uhr zu sein. Verhältnismäßig teuer. Aber das hieß nicht unbedingt, dass jemand nach ihr fragen würde. Nach Jønssons Geschmack hatte sie ein etwas zu elegantes Armband. Aber es gab ja Leute, denen so etwas viel bedeutete. Jønsson empfand Leuten gegenüber, denen *so etwas* viel bedeutete, ein gewisses Misstrauen.

»Wachtmeister Jønsson«, brummte er.

Es war Høyer.

»Hallo, Jønsson«, sagte er, »ich wollte nur hören, ob Sie einen Kunstmaler kennen.«

»Bei uns gibt es ein paar davon.«

»Er ist bestimmt ortsansässig. Ein junger Mann. Er soll im Klitvej wohnen. Sagt Ihnen das was?«

»Hm«, Jønsson dachte nach.

»Er malt Meerbilder.«

»Das tun sie alle.« Jønsson blickte auf die Uhr und hatte eine Idee. »Es kann sich natürlich um Bo handeln. Er ist eigentlich kein Kunstmaler. Er studiert Architektur. Aber es stimmt, im Sommer malt er ein bisschen.«

»Wie sieht er aus?«

»Groß. Helle Haare und heller Bart. Hübscher Junge. In den Zwanzigern. Übrigens ein lustiger Zufall, wenn ich das so sagen darf, dass Sie nach ihm fragen. Bei mir war gerade ein kleines Mädchen mit einer Uhr, die er gefunden hat.«

»Einer Uhr?«, rief Høyer.

Jønsson sah wieder auf die Uhr. Plötzlich nahm sie eine ganz andere Bedeutung an.

»Ja, mit einer Uhr und einem Schuh«, sagte er und ihm war ein ganz kleines bisschen unbehaglich zumute. »Es war auch ein Schuh dabei.«

»Wo hat er das gefunden?«

»In den Dünen. Nach dem, was sie gesagt hat. Aber ich glaube, dass sie keine Ahnung hatte. Warum? Was ist mit ihm?«

»Ich habe gerade mit einer Frau gesprochen, die behauptet, gesehen zu haben, wie er am Sonntagnachmittag vom Tatort gekommen ist. Laufend.«

»Bo! Verdammt.«

»Wir wollen natürlich keine voreiligen Schlüsse ziehen, aber es ist schon sonderbar, dass er selbst überhaupt nicht reagiert hat.«

»Ja«, räumte Jønsson ein. »Das mag vielleicht etwas merkwürdig aussehen.«

»Was wissen Sie sonst noch über ihn?«, fragte Høyer.

»Nichts Besonderes. Netter Junge. Student. Leicht links orientiert, aber das sind sie ja alle. Bei ihm hat es etwas länger gedauert, bis er ein Studium angefangen hat, aber das ist allmählich ja auch normal. Er ist mit meiner Tochter in dieselbe Klasse gegangen. Da gibt es nichts zu sagen, bis auf ...« Jønsson schwieg. Es war aber auch verteufelt.

»Was wollten Sie gerade sagen?«, fragte Høyer.

»Ja, letztes Frühjahr ist er verurteilt worden. Wegen Gewalt gegen Unschuldige. Aber ... äh ... da steckte, wenn ich das so sagen darf, mit Sicherheit mehr dahinter, als offensichtlich war.«

»Hm«, sagte Høyer. »Ich glaube, es wäre nicht schlecht, wenn ich mit dem jungen Mann einmal reden würde. Vielleicht ist es ja der Mühe wert.«

4. Kapitel

Bo blieb einen Augenblick stehen und sah leicht verwirrt auf das Telefon. Jønsson hatte so merkwürdig geklungen. Und Bo hatte nicht ganz begriffen, was er eigentlich gewollt hatte. Es hatte jedenfalls irgendetwas mit dem verdammten Schuh und der Uhr zu tun, die er am Sonntag gefunden hatte. Pia hatte sich offensichtlich endlich dazu aufgerafft, beides abzuliefern, und natürlich hätte er daran denken müssen, dass das Mädchen nicht wissen konnte, wo er die Sachen gefunden hatte.

»Ja, verdammt noch mal«, hatte er zu Jønsson gesagt. »Ich habe bestimmt vergessen, ihr das zu sagen. Aber es war direkt oberhalb der Treppe am Parkplatz, Sie wissen schon. Die Sachen lagen unter einem der Hagebuttensträucher.«

»Nun gut«, hatte Jønsson gesagt.

»Warum? Ist das besonders wichtig?«

Jønsson hatte nicht geantwortet, sondern eine neue Frage gestellt. »Wann?«

»Sonntagnachmittag.«

»Um wie viel Uhr ungefähr? Können Sie sich daran erinnern?«

»Ich schätze, gegen halb drei. So ungefähr, glaube ich. Ist das wichtig?«, hatte er wiederholt.

Jønsson hatte sich mit der Antwort so lange Zeit gelassen, dass Bo geglaubt hatte, die Verbindung sei unterbrochen worden. »Hallo, sind Sie noch da?«, hatte er gefragt.

»Jaja, ich habe bloß nachgedacht. Hören Sie, können Sie nicht hier vorbeikommen, damit wir alles ganz genau aufnehmen können.«

»Jetzt?«

»Nein, in einer Stunde. Sagen wir um fünf?«

»Das ist okay.«

Das war alles gewesen. Aber es war genug, dass Bo ziemlich verwirrt war. Man sollte glauben, es drehe sich um die Kronjuwelen.

Langsam ging er hinaus in sein *Atelier.* In Wirklichkeit war es die alte Waschküche. Hier draußen entstanden seine Horrorbilder, wie Maja sie nannte. Bei dem Gedanken lächelte er leicht. Onkel Lars nannte sie Ölschinken. Aber beide meinten wohl ungefähr das Gleiche. Und sie hatten beide Recht. Kunst war das jedenfalls nicht. Er übertrug ein Farbfoto auf die Leinwand und dann ging's zur Sache. Manchmal hatte er das Gefühl, diese Bilder allmählich im Schlaf malen zu können. Hin und wieder kam es vor, dass er ein *richtiges* Bild malte und es auch einigermaßen anständig verkaufte wie das am Sonntag, aber das passierte nicht mehr oft. Einmal hatte er davon geträumt, Kunstmaler zu werden, aber als er allmählich besser wurde, hatte er eingesehen, dass er nie gut *genug* werden würde. Er hatte weder das Talent noch den Willen, der dazu gehörte, und deshalb hatte er angefangen, Architektur zu studieren. In Wirklichkeit hatte er die Künstlerträume ohne sonderliche Trauer beiseite gelegt; vielleicht waren sie nicht mehr als ein Glied in einer verlängerten Pubertät gewesen.

Er begann, seine Pinsel zu säubern. Heute bekam er jedenfalls nichts mehr getan. Wieder grübelte er über das Rätsel Jønsson nach. Der Mann pflegte sich nicht zu überanstrengen. Normalerweise achtete er genau darauf, dass die Bürozeit nicht länger als bis fünf dauerte. Bo hatte oft darüber gelacht. Es wirkte ein wenig grotesk, für Verbrechen eine feste Zeit festzusetzen. Gott weiß, ob es sich um eine gestohlene Uhr handelte, die irgendjemand verloren oder weggeworfen hatte. Bei seinem Glück würde es ihn nicht wundern, wenn er in eine dumme Diebstahlgeschichte verwickelt würde. Aber das erklärte noch immer nicht Jønssons plötzlichen Arbeitseifer. In den Augen der Polizei musste so eine Uhr doch fast eine Bagatelle sein. Es sei denn, sie konnte auf die Spur von weiteren Diebstählen führen. Er atmete tief durch. Etwas in der Richtung musste es sein. Das war die einzig mögliche Erklärung. Jedenfalls bestand nicht der geringste Grund, unruhig zu sein. Er hatte nichts Unrechtes getan. Man konnte ihn nicht einmal des ungesetzlichen Umgangs mit Fundsachen bezichtigen. Die leise Unruhe, die er spürte, kam sicher daher, dass ihn alles etwas zu sehr an damals erinnerte, als Jønsson ihn Weihnachten angerufen und gebeten hatte *vorbeizuschauen* und als sich herausgestellt hatte, dass er wegen Gewalttätigkeit angezeigt worden war. Offenbar hatte er die Geschichte noch immer nicht richtig verarbeitet. Er war total überrascht gewesen, dass der Typ Anzeige erstattet hatte, aber okay, damals hatte er sich etwas zu Schulden kommen lassen, doch jetzt war er unschuldig wie ein Kind. Und Jønsson konnte doch unmöglich glauben, dass er selbst die Uhr gestohlen hatte? Nein, das war zu weit hergeholt. Jønsson war schließlich kein Idiot.

Aber jedenfalls war es ärgerlich, dachte er und warf das Terpentintuch weg. Er hätte seinem ersten Impuls nachgeben und den verdammten Schuh liegen lassen sollen. Aber passiert war passiert.

»Il est inutile de pleurer du lait perdu!«, sagte er zu Belle, als er auf dem Weg ins Bad durch die Küche kam.

»Wie bitte?«, sagte sie.

»Das war Französisch und bedeutet, dass es nichts nützt, über vergossene Milch zu weinen.«

»Ich wusste doch nicht, dass das Französisch war«, sagte Belle. »Vielleicht habe ich es deshalb nicht verstanden. Sag es noch einmal.«

»Nee, ganz bestimmt nicht«, lachte er und ging ins Bad.

»Was wollte Jønsson?«, fragte sie, als er gewaschen und frisiert wieder auftauchte.

»Er wollte wissen, wo ich die Uhr gefunden habe, du weißt schon. Ich soll jetzt zu ihm kommen.«

»Zu Jønsson?« Sie sah ihn verblüfft an. »Warum?«

»Das wissen die Götter. Oder Jønsson. Es wundert mich auch, aber ich werde es wohl gleich erfahren.«

»Bist du zum Essen zurück?«

»Ja, natürlich. Das kann nicht lange dauern«, sagte Bo. Und im gleichen Moment spürte er wieder die leichte nagende Unruhe.

»Was haben Sie gemeint, als Sie am Telefon sagten, dass bestimmt mehr hinter der Geschichte mit unserem jungen Freund steckte?«, fragte Høyer.

Jønsson steckte sich eine Zigarre an. Das Büro war bereits völlig verraucht. Høyer dachte, dass Jønssons Herzkranzarterien wohl auch nicht die besten sein konnten.

»Ach, wissen Sie, wenn man in so einem kleinen Ort arbeitet, lässt es sich nicht umgehen, dass man das eine oder andere hört. Der andere hatte ihn provoziert. Er hatte eine abfällige Bemerkung über seine Tante gemacht.«

»Über seine Tante?« Høyer klang leicht verblüfft.

»Sie ist eher wie eine Mutter für ihn«, erklärte Jønsson. »Deshalb war vielleicht gar nicht so viel dabei, dass Bo ihm eine heruntergehauen hat. Der andere ist umgekippt wie ein Baum. Betrunken war er ja schon und dann ist er so unglücklich gefallen, dass er sich den Kopf an der Theke angeschlagen hat. Ich nehme jedoch an, dass sein Stolz ernsthaft verletzt worden ist, wenn ich das so sagen darf.«

Høyer grübelte ein wenig. »Sagen Sie mal, ist es normal, dass die jungen Leute sich hier draußen wegen Gewalttätigkeit anzeigen, wenn so etwas passiert?«, fragte er schließlich.

»Aha, das hat Sie also auch gewundert. Nein, das ist nicht normal. Das meinte ich damit, dass mehr dahinter steckte. Bo ist ja immer *anders* gewesen, wenn ich das so sagen darf. Er kam aus der Großstadt, seine Eltern waren geschieden, er drückte sich *vornehm* aus und sein Onkel und seine Tante waren auch ein bisschen anders, sodass es immer jemanden gegeben hat, der meinte, dass er Haue verdiente. Nicht weil er überheblich oder eingebildet ist, aber die Leute sehen ja das, was sie sehen wollen, nicht? Und dann malt er auch noch«, schloss Jønsson, obwohl das eigentlich nichts mit der Sache zu tun hatte.

»Das ist doch kein Verbrechen«, sagte Høyer mit einem kleinen Lächeln.

»Nein?«, sagte Jønsson. »Nee, vielleicht nicht, aber es unterscheidet ihn von der Norm. Ehrlich gesagt, glaube ich, dass die Kerle, in deren Gesellschaft er an dem Abend geraten ist, eine Chance gewittert haben, ihn fertig zu machen. Auf ihre Weise, wenn ich das so sagen darf. Und er hat ihnen noch dabei geholfen, nicht? Er hätte niemals zuschlagen dürfen.«

»War es das erste Mal, dass er in so etwas verwickelt worden ist?«

»Ja, er ist nicht der Typ dafür. Ganz im Gegenteil. Während der Schulzeit musste er häufig Schläge einstecken und er hat nie zurückgeschlagen. Wie er selbst gesagt hat, er wusste nicht einmal, dass er schlagen *kann.*«

»Aber jetzt weiß er es«, sagte Høyer nachdenklich. »Und was, wenn er damals nicht mit der Faust, sondern mit einer Flasche zugeschlagen hätte?«

Jønsson sah ihn an, aber er kam nicht dazu zu antworten, da es in dem Moment klopfte.

»Da ist er«, sagte Jønsson. »Wollen Sie oder soll ich?«

»Spielen wir nach Gehör«, sagte Høyer. »Zweistimmig.«

Offenbar handelt es sich wohl doch um eine größere Diebstahlgeschichte, dachte Bo, als er hereinkam und Høyer vorgestellt wurde. Jønsson schob ihm einen Stuhl hin und er setzte sich.

»Es geht, wie gesagt, um die Uhr hier«, begann Jønsson. »Und um den Schuh. Wo, sagten Sie, haben Sie das gefunden?«

»Die Uhr habe ich eigentlich gar nicht gefunden«, sagte Bo, und als er sah, dass Jønsson ihn verblüfft ansah, fügte er schnell hinzu: »Ich meine, ich wusste nicht, dass auch eine Uhr da war. Ich habe den Schuh gefunden.« Geduldig wiederholte er das, was er Jønsson bereits am Telefon gesagt hatte.

»Zuerst wollte ich ihn liegen lassen«, sagte er zuletzt.

»Warum?«, fragte Jønsson.

»Es wäre doch denkbar gewesen, dass der, der ihn verloren hat, zurückkommen und nach ihm suchen würde.«

»Aber dann haben Sie ihn doch mitgenommen«, sagte Høyer. »Warum?«

Bo wandt sich leicht auf dem Stuhl. »Ehrlich gesagt, um ein paar Witze damit zu machen.«

»Wie?«

Bo wurde rot. »Einfach so.«

»Sie müssen doch an etwas Spezielles gedacht haben.

Können Sie etwas genauer werden?« Høyer sah ihn weiter an.

Bo biss sich auf die Lippe. Sie mussten ihn für verrückt halten. »Ich war auf dem Weg zum Grill und ich wollte fragen, ob sie mir eine Krähe braten können«, sagte er schließlich und kam sich wie ein kompletter Idiot vor.

Høyer verbiss sich ein Lächeln und Jønsson sah völlig verwirrt aus.

»Und dann haben Sie die Uhr gefunden?«, fragte Høyer nach einer kurzen Pause.

»Nein, erst draußen beim Grill. Sie steckte ganz unten in der Schuhspitze. Hinter der Socke. Da war auch noch eine Socke. Und da haben wir gedacht, dass es am besten sei, die Sachen hier abzugeben.«

»Aber das haben Sie nicht gemacht«, sagte Høyer.

Bo klang leicht verärgert. »Zumindest habe ich dafür gesorgt, dass sie abgeliefert wurden. Man muss wohl nicht persönlich erscheinen.«

»Sie haben die Sachen am Sonntag gefunden und abgegeben wurden sie heute.«

»Pia war gestern hier. Sie ist nur zu spät gekommen.«

»Wann ungefähr haben Sie die Sachen gefunden?«, fragte Høyer.

»Gegen drei, glaube ich.«

»Am Telefon haben Sie halb drei gesagt«, wandte Jønsson ein.

»Das kann auch sein. Ich habe nicht auf die Uhr gesehen. Als ich aus dem Grill kam, war es ungefähr halb vier. Und auf dem Weg habe ich ein Bier getrunken.«

»Sie kamen den Weg entlang, der oben durch die Dünen führt, nicht?«, fragte Høyer.

»Ja?« Bos Stimme war fragend. War es nicht wurschtegal, welchen Weg er genommen hatte?

»Was haben Sie da gemacht?«

»Ich bin gelaufen«, sagte Bo.

»Gelaufen? Es war doch ziemlich warm.« Høyers Stimme klang jetzt schärfer.

Bo zuckte mit den Schultern. »Schon möglich. Ich bin auch nicht so lange gelaufen wie sonst. Nur drei oder vier Kilometer.«

Høyer schob ihm eine Karte hin. »Können Sie uns hier auf der Karte Ihre Route zeigen?«

Bo markierte mit einem Kugelschreiber, welchen Weg er gekommen war.

»Haben Sie jemanden getroffen?«, fragte Høyer.

»Ja, natürlich. Das lässt sich nicht vermeiden. Aber niemanden, den ich kenne. Nicht bis ungefähr hier.« Er markierte ein kleines Kreuz. »Da habe ich Pia und ihre Freundinnen getroffen.«

»Und sonst haben Sie niemanden getroffen?«

»Nicht soweit ich mich erinnere. Das heißt doch, die Sommergäste, die gegenüber wohnten. Ansonsten habe ich niemanden getroffen, glaube ich.«

»Nach dem, was Sie hier erzählen, sind Sie dicht an der Stelle vorbeigekommen, an der am Sonntagnachmittag ein Mord passiert ist«, sagte Høyer. »Ihnen ist nichts Ungewöhnliches aufgefallen?«

»War das da?«, rief Bo verblüfft und sah auf die Karte. »Ich dachte, dass es viel weiter draußen passiert ist. Ich habe das nicht verfolgt.«

»Haben Sie Sonntagabend nicht die Nachrichten gesehen?«

»Nee, ich war ...« Er unterbrach sich selbst. »Ja, verdammt, dann war das vielleicht der Mann, den ich gesehen habe.«

»Dann ist Ihnen also doch etwas aufgefallen?«

»Ja, in einer Mulde lag ein Mann und nahm ein Sonnenbad ... ich meine, das habe ich zumindest angenommen, dass er das tat, aber ...«

»Was genau war mit ihm?«

»Also, gerade als ich vorbeikam, gab es einen riesen Krach. Ein paar Düsenjäger haben die Schallmauer durchbrochen und der Mann hat überhaupt nicht reagiert, obwohl der Krach einen Toten hätte wecken können.«

Bo schwieg abrupt. Der Vergleich war vielleicht ein bisschen unglücklich gewählt.

»Und das fällt Ihnen erst jetzt ein?«, fragte Høyer.

»Ja.«

»Ist das nicht etwas merkwürdig?«

»Das finde ich nicht. Ich habe mir bisher keine Gedanken über den Mord gemacht.«

»Wo waren Sie Sonntagabend?«, fragte Høyer plötzlich.

Bo starrte ihn an. Jetzt fand er, ehrlich gesagt, dass sie sich sehr weit vom Thema entfernten. Was in aller Welt ging die das an? Andererseits war es ja kein Geheimnis. »Ich war aus, essen.«

»Wo?«

»In der Redningskro«, antwortete Bo kurz. Jetzt mussten sie doch um Himmels willen bald fertig sein. Er schielte zu seiner Uhr.

Aber Høyer machte weiter. Bo hatte das Gefühl, dass die Fragen sich in Kreisen bewegten, die sich bald ausweiteten, bald zusammenzogen. Mit wem war er zusammen gewesen? Wer hatte bezahlt? Woher hatte er das Geld? Wer war der Deutsche, der ein Bild von ihm gekauft hatte? Wann hatte er den Schuh gefunden? Wann war er aus dem Grill gekommen? Immer im Kreis herum, aber immer mit dem gleichen Zentrum: Er war Sonntagnachmittag am Tatort vorbeigekommen.

Es war halb acht, als er endlich gehen durfte. Bo fühlte sich völlig groggy. Müde, verärgert und ... ängstlich. Er war schon fast zu Hause, als ihm aufging, dass er nicht erfahren hatte, was sie eigentlich von ihm gewollt hatten.

Oder hatte er das?

Høyer war fast ebenso müde wie Bo, als er zurückfuhr. Müde und verschwitzt. Zum Abend hin war es fast noch drückender geworden. Schwere, blauviolette Wolken waren am Horizont aufgezogen und die Sonne ging mit einem schwefelgelben Glanz hinter ihnen unter. Die Luft machte einen giftigen Eindruck. Høyer schnupperte, als er aus dem Auto stieg. Ja, es lag Regen in der Luft. Regen und Gewitter. Er wünschte, dass es bald losbrechen würde. Es war wie ein Geschwür, das sich zusammenzog. Entnervend.

Therkelsen war noch da. Er hatte es zurzeit nicht besonders eilig, abends nach Hause zu kommen. Høyer hatte das Gefühl, dass er absichtlich die Zeit hinauszögerte, um nicht nach Hause zu müssen oder zumindest um es hinauszuschieben. Therkelsen tat ihm Leid – und Ida natürlich auch –, hoffentlich fanden sie eine Lösung. So oder so. Merkwürdigerweise schien das Therkelsens Arbeit nicht zu beeinflussen und falls doch, dann eher zum Besseren hin. Vielleicht war die Arbeit für ihn eine Art Flucht. Hoffentlich redete er heute Abend nicht mehr zu lange, Høyer hatte nichts dagegen, nach Hause zu kommen.

»Nun, was hältst du von ihm?«, fragte Therkelsen.

Høyer dachte nach. Was hielt er eigentlich von Bo Sander? Anscheinend ein netter, begabter und darüber hinaus noch ziemlich höflicher junger Mann, der für alles, wonach er gefragt wurde, schöne, natürliche Erklärungen hatte. Aber nichtsdestotrotz war es eine Tatsache, dass man ihn ungefähr zu dem Zeitpunkt, zu dem der Mord begangen worden war, vom Tatort herkommend gesehen hatte. Er war auch genau der Typ, der mit einer Flasche Wein in der Hand durch die Gegend laufen konnte, auch wenn er natürlich behauptete, das nicht getan zu haben. Außerdem hatte er an dem Abend Geld in der Tasche gehabt. Das Mädchen zum Essen eingeladen. Und er war nicht selbst zur Polizei gegangen.

»Auf seine Weise passt er sehr gut zu der Theorie, die ich aufgestellt habe«, schloss Høyer seinen Bericht und sah Therkelsen an.

»Aber?«, fragte Therkelsen, der hören konnte, das Høyer trotzdem nicht besonders überzeugt klang.

»Ja, er ist zwar wegen Gewalt gegen Unschuldige verurteilt worden, aber nach Jønssons Aussage war das mehr oder weniger ein Unglücksfall. Außerdem war er provoziert worden. Er befand sich auch nicht in akuter Geldnot, soweit ich das beurteilen konnte, und ist mit Sicherheit nicht rauschgiftsüchtig. Auf mich wirkt er schon eher wie einer, der sich von einer Brieftasche in Versuchung führen lässt, aber man soll ja nichts beschwören; was mich in Wirklichkeit am meisten stört, sind die Uhr und der Schuh.«

»Du meinst, falls er trotzdem nicht unser Mann ist?«

»Nein, im Gegenteil. Ich meine, falls er unser Mann ist. Ich glaube nicht, dass Bo Sander so dumm wäre, die Sachen mitzunehmen und erst recht nicht so dumm, sie durch das Mädchen zu Jønsson bringen zu lassen. Irgendetwas ist da vollkommen unlogisch. Das Ganze ist vollkommen unlogisch. Wenn der Kerl in den Dünen Kleidung bei sich hatte, warum hat der Mörder sie dann mitgenommen. Die Brieftasche ja, falls sie der Grund für den Mord war, aber warum die restlichen Sachen? Das ergibt überhaupt keinen Sinn.«

»Stimmt, wenn wir an der Theorie festhalten, dass es sich um einen nicht geplanten Mord handelt«, sagte Therkelsen. »Wenn er jedoch geplant war, dann hat der Mörder die Sachen mitgenommen, damit wir den Mann nicht identifizieren können. Oder zumindest, um uns die Arbeit zu erschweren.«

»Aber zu welchem Zweck?«

»Um Zeit zu gewinnen. Nach ein paar Tagen vergessen die Leute, wen sie gesehen haben und wo sie denjenigen gesehen haben. Und an so einem Ort verschwinden die Leute ja auch einfach wieder. Die, die in der einen Woche da sind, sind in der nächsten weg. Ja, in dem Fall wäre das schon vernünftig.«

»Ja«, sagte Høyer. »Da ist übrigens noch etwas anderes, das mir Sorgen macht. Ich glaube, dass wir leicht ein falsches Bild bekommen können. Die Leute sehen so viele Menschen da draußen, dass sie kaum auf einen Deutschen mehr oder weniger achten. Höchstwahrscheinlich erinnern sie sich nur an die Leute, die sie ohnehin kennen. Etwa so, weißt du: ›Ja, wir haben übrigens Sander gesehen.‹ ›Haben Sie noch jemanden gesehen?‹ ›Nicht soweit wir uns erinnern.‹ Und dann stehen wir da mit Sander, obwohl sie vielleicht noch zwei oder drei andere gesehen haben. Ich weiß nicht, ob du mir folgen kannst.«

Therkelsen nickte.

»Aber ich habe meine ursprüngliche Theorie noch nicht aufgegeben«, sagte Høyer.

»Wahrscheinlich gehören ihm der Schuh und die Uhr gar nicht. Wahrscheinlich hatte er nichts an oder zum Strand mitgenommen. Nichts, bis auf seine Brieftasche. Aber das werden die Laborberichte morgen vermutlich be- oder entkräften. Und wenn ich Recht habe, setzen wir dem jungen Bo Sander zu, bis wir alles aus ihm herausgeholt haben.« Er stand auf und streckte sich. »Meinst du nicht, wir sollten es für heute genug sein lassen?«

»Ich fühle mich, als wäre ich durch den Fleischwolf gedreht worden«, sagte Bo zu Maja.

Sie sah ihn an. Er sah wirklich ziemlich verzweifelt aus.

»Was haben Lars und Belle gesagt?«, fragte sie.

»Nichts. Sie wollten glücklicherweise gerade aus der Tür, als ich kam, sodass keine Zeit für Erklärungen blieb«, sagte Bo. »Ich habe ihnen erzählt, dass ich einen Kommilitonen getroffen und ein Bier mit ihm getrunken habe. Das haben sie geglaubt.«

»Wirst du es ihnen erzählen?«

»Ja, natürlich. Aber nicht zwischen Tür und Angel. Dann klingt es nur noch schlimmer, als es ist. Falls das überhaupt möglich ist«, fügte er düster hinzu.

Er hatte es gewusst. Er hatte es gewusst, schon als Jønsson angerufen hatte. Dass irgendetwas nicht in Ordnung war. Er hatte das Gefühl, als würde sich der Boden unter ihm öffnen, als würde irgendetwas Furchtbares nur darauf warten, ihn zu verschlingen. Er war zu Maja gegangen, sobald er mit Lars und Belle gesprochen hatte, und hatte sie gefragt, ob sie mit ihm spazieren gehen würde. Er musste sich bewegen, musste mit jemandem reden, das Ganze immer wieder und wieder erzählen in der Hoffnung, dass ihm dabei klar würde, dass alles gar nicht so schlimm war. Sie waren kreuz und quer durch den Park gegangen und er hatte geredet und geredet und es hatte nicht die Spur geholfen. Es *war* einfach so schlimm. Zuletzt setzten sie sich auf eine

Bank am Weiher und Bo merkte, dass er am liebsten den Kopf in Majas Schoß vergraben und losheulen würde. Sie würde ihn für verrückt halten, wenn er das täte.

Unruhig sprang er wieder auf und ging zum Wasser. Ein paar Goldfische glitten direkt unter der Wasseroberfläche vorbei. Er drehte sich zu Maja um, die auf der Bank sitzen geblieben war.

»Das kommt alles von der alten Geschichte. Sie haben mich ein für alle Mal zum psychopathischen Gewalttäter abgestempelt.«

»Ich glaube noch immer, dass du übertreibst«, wandte sie ein. »Ich meine, du *bist* doch hier. Sie haben dich gehen lassen.«

»Aber du kannst mir verdammt noch mal glauben, dass sie mich gerne eingesperrt hätten«, sagte er. »Nicht Jønsson, aber der andere. Für ihn war ich ein gefundenes Fressen, das kannst du mir glauben. Wenn du selbst da gewesen wärst, würdest du nicht daran zweifeln.«

Einen Augenblick sah sie ihn stumm an. Dann sagte sie langsam: »Vielleicht ist das nicht der richtige Augenblick, das zu sagen, aber in gewisser Weise ist es schön zu sehen, dass du einmal etwas ernst nimmst.«

Er starrte sie verblüfft an.

»Einmal? Wie meinst du das?«

»Ich meine, dass du immer mit allem deine Späße machst. So als würdest du nichts ernst nehmen.«

Er ging zu ihr. »Aber das tue ich doch. Da irrst du dich gewaltig. In Wirklichkeit nehme ich fast alles sehr ernst. Viele Dinge. Und viele Menschen. Lars und Belle, mein Studium, das Leben, die Liebe ...« Er warf ihr einen schnellen Blick zu. »Dich!«

»Mich?«

»Ja, dich! Stell dir nur mal vor, ein Mädchen zu treffen, das Diplomgärtnerin werden will. Das ist doch wunderbar. Eine, die nichts mit Menschen zu tun haben will. Und das gerade du, die du hier draußen im wilden Westen, wo nichts wächst, groß geworden bist. Das ist so absurd, dass ich mich in dem Moment, in dem du das erzählt hast, in dich verliebt habe.«

»Da siehst du es«, sagte Maja seufzend. »Du kannst nicht ernst sein.«

»Ja, aber ich *bin* ernst, verdammt noch mal!«, rief Bo. »So bin ich, wenn ich ernst bin. Was willst du, dass ich tun soll? Ich kann eben nicht durch die Gegend laufen und reden wie in einem Trauerspiel.« Er legte ihr die Hände auf die Schultern. »Maja, ich habe dir das mindestens hundert Mal gesagt, aber ich kann es gerne noch hundert Mal wiederholen: ICH LIEBE DICH.«

Sie sah ihn an, lange und forschend. Dann lächelte sie. »Stell dir vor, ich glaube wirklich, du meinst das.«

Lone kamen langsam Bedenken. Jetzt waren drei Tage vergangen und der Gast von Nummer 22 war immer noch nicht wieder aufgetaucht. An einem der Tage hatte sie oben im Zimmer in die Schränke geguckt; seine Sachen hingen noch ordentlich auf den Bügeln oder lagen in den Fächern. Im Bad standen seine Toilettensachen. Das passte nicht zu jemandem, der sich vor der Rechnung drücken wollte, allein sein Koffer war mehr wert als die paar hundert Kronen, die eine Nacht kostete. Und wahrscheinlich hatte er sogar für die ganze Woche im Voraus bezahlt. Aber wenn nun trotzdem irgendetwas an der Sache nicht stimmte, würde es damit enden, dass sie den Ärger bekam. Sie *wusste* ja nicht, ob Peter daran gedacht hatte, den Bescheid an den Hotelbesitzer weiterzuleiten. Manchmal war er ein bisschen vergesslich und am Tag nach dem Anruf war er abgereist. Vielleicht war es doch klüger, mit Brandt zu sprechen, selbst wenn das bedeutete, dass es dann mit ihrer kleinen freien Viertelstunde vorbei war.

Den ganzen Tag zählte sie an den Knöpfen ab: *Soll ich – soll ich nicht,* und endete bei *Ich soll.* Sie fand den Hotelbesitzer im Büro.

»Was ist, Lone?« Er warf ihr einen fragenden und gleichzeitig leicht ärgerlichen Blick zu. Sicher wollte sie aufhören. Das war der Nachteil daran, Studenten einzustellen. Immer hörten sie zur Unzeit auf. Viele Wochen, bevor die Saison vorbei war, und dann stand man da und guckte in die Röhre. Aber soweit dachten sie natürlich nicht.

»Es geht um den Gast von Nummer 22«, sagte Lone.

»Was ist mit ihm?« Er hatte das Mädchen doch wohl nicht belästigt. So etwas war verdammt unangenehm. Natürlich sollten die Mädchen sich nicht alles gefallen lassen, aber auf der anderen Seite ... naja, man wollte ja auch keinen Ärger mit den Gästen.

»Er ist nicht da. Er ist seit Sonntag nicht mehr hier gewesen. Und ich war nicht sicher, ob Sie das wissen.«

»Nummer 22. Sehen wir mal nach, da war irgendetwas mit Nummer 22. Ich glaube, Peter hat gesagt, dass er angerufen und angekündigt hat, dass er vielleicht ein paar Tage wegbleiben würde. Und er hat für eine Woche bezahlt, das ist in Ordnung, Lone.«

»Ja«, sie zögerte leicht.

»Sonst noch etwas?«

»Ich habe nur gedacht, die Polizei war ja hier, um zu fragen, ob wir einen Gast vermissen.«

»Und das tun wir nicht. Er hat doch angerufen«, sagte der Hotelbesitzer kurz angebunden.

»Ja, wenn er das selbst war, der angerufen hat«, wagte Lone zu sagen.

»Wer sollte denn sonst ...?«, begann er, dann ging

ihm auf, was sie meinte, und er schüttelte den Kopf. »Nee, Lone, das ist einfach zu weit hergeholt.«

»Aber vielleicht ist er auch der Mörder«, sagte Lone beharrlich. »Und ist deshalb abgehauen. All seine Sachen sind noch hier. Auch seine Toilettensachen.«

»Ja?« Der Hotelbesitzer sah einen Moment interessierter aus, dann schüttelte er noch einmal den Kopf. »Sie werden sehen, morgen taucht er auf.«

»Wenn er das nicht tut, denke ich, dass Sie die Polizei anrufen sollten«, sagte Lone.

»Jaja, warten wir es ab. Schlafen wir noch einmal darüber. Wir schlafen darüber und morgen können wir immer noch etwas unternehmen.«

»Jaa«, sagte Lone. Sie ärgerte sich ein wenig, dass sie überhaupt zu ihm gegangen war. Aber jetzt lag es zumindest nicht mehr in ihrer Verantwortung.

Das Unwetter brach erst nach Mitternacht los. Es begann mit einem schwachen Grummeln in der Ferne und plötzlich war es über der Stadt. Høyer registrierte es noch, bevor er einschlief, ohne sich von Donner oder Regen stören zu lassen, der einen Moment später draußen herunterprasselte.

Der Fahrer des silbergrauen Wagens, der langsam den stillen Villenweg hinunterfuhr, beugte sich verärgert vor, um besser sehen zu können. Die Scheibenwischer arbeiteten langsam und schwerfällig bei den Kaskaden von Wasser. Er fuhr an den Straßenrand, stellte den Motor ab, machte das Licht aus und wartete, dass der Regen aufhörte. Er zündete sich eine Zigarette an. Jedes Mal, wenn er daran zog, wurde die kleine, rote Glut ein wenig kräftiger.

Nummer 22. Das musste die weiße Villa ein paar Häuser weiter vorne sein. Aber er sollte das Auto wohl besser hier stehen lassen. Kein Grund, das Glück herauszufordern.

Er machte die Zigarette aus und schaltete den Scheibenwischer an, stellte ihn wieder aus und guckte auf die Scheibe. Es regnete noch immer, aber jetzt war es nur noch ein leichter Nieselregen, der möglicherweise die ganze Nacht anhalten würde. Er konnte es genauso gut hinter sich bringen.

Er stieg aus dem Auto und ging schnell auf die weiße Villa zu, während er darauf achtete, nahe bei der Hecke zu bleiben. Als er die Einfahrt erreichte, blieb er einen Moment stehen und sah sich um. In keinem der Fenster brannte Licht. Das hatte er auch nicht erwartet, aber das Gewitter hätte sie wecken können. Auf lautlosen Gummisohlen glitt er wie ein Schatten die Einfahrt hinauf und weiter zur Rückseite des Hauses. Suchend ging er am Haus entlang. Wo zum Teufel war die verdammte Treppe. In dem Moment, als er mit dem Fuß in etwas hängen blieb, das ihn an ein Krockettor erinnerte, und er mit einem kleinen, erschrockenen Schrei hinfiel, begriff er, dass etwas nicht stimmte.

Im Haus begann ein Hund zu bellen. Er hatte das Gefühl, dass er im ganzen Viertel zu hören war. Jeden Moment würde das Licht angehen, Fenster würden geöffnet werden, ärgerliche Stimmen würden erklingen und der Hund würde herausgelassen werden, um ihn zu greifen. Er rappelte sich auf und blieb ein paar Minuten stehen, ohne sich zu rühren. Dann war wieder alles still. Lautlos ging er den Weg zurück, den er gekommen war, erreichte kurz darauf das Auto und setzte sich hinein. Er schwitzte, dass ihm das Wasser hinunterlief und er am ganzen Körper zitterte. Verdammtes Pech. So ein verdammtes Pech. Das falsche Haus. Es war das falsche Haus! Mit zitternden Händen zündete er sich eine Zigarette an. Er musste eine Weile warten. Sich beruhigen. Er war noch zu nervös. Und es durfte nicht noch einmal schief gehen. Er musste in das verdammte Haus hinein. *Musste.* Sonst war alles umsonst.

5. Kapitel

Am Mittwochmorgen fühlte Høyer sich frisch und gut aufgelegt. Es war ein wunderbares Gefühl gewesen, aufzuwachen ohne sich warm und verschwitzt zu fühlen, eingewickelt in klamme, zusammengeknüllte Laken. Er war zeitig aufgestanden und hatte eine Runde durch den Garten gedreht. Das Gewitter und der leise fallende Regen hatten Wunderwerke vollbracht. Jetzt war der Himmel hoch und klar, die Luft kühl und rein wie ein Gebirgsbach. Høyer trank sie geradezu. Sie schmeckte nach Septembermorgenden vor langer, langer Zeit. Der letzte Rest Ferienmüdigkeit hatte ihn verlassen, er fühlte sich topfit, Herzkranzarterien hin oder her. Selbst hier im Büro hatte er noch das Gefühl, die neue, frische Luft ahnen zu können, aber dem würde Therkelsen mit seiner widerwärtigen Stummelpfeife bald ein Ende gemacht haben.

Er saß Høyer gegenüber und hatte bereits die erste Pfeife gestopft und angezündet, während sie sich in den neuen Tag hineinredeten. Das war ein Ritual. Sie hatten so lange zusammengearbeitet, dass nach und nach gewisse Rituale entstanden waren. Sie waren fast wie ein altes Ehepaar, dachte Høyer; dann musste er an Therkelsens Ehe denken und verwarf den Vergleich.

»Herrlicher Morgen«, sagte er.

»Hm«, Therkelsen paffte an seiner Pfeife. Er war am Morgen immer frisch – am Abend übrigens auch –, frischer als Høyer, der in der Regel kein Morgenmensch war, aber heute sah Therkelsen leicht grau im Gesicht aus.

»Schlecht geschlafen?«, fragte Høyer.

»Es hat doch gewittert«, sagte Therkelsen als Erklärung.

»Aber das war doch schnell wieder vorbei, hat Rigmor erzählt.«

»Ja, aber Ida hat Angst bei Gewitter, deshalb sind wir aufgestanden und haben Gewitterkaffee getrunken.«

Høyer lachte. »Und dann konntest du nicht mehr einschlafen.«

»Nicht deshalb. Nee, wir haben angefangen zu reden. Ich habe gesagt, dass es schön ist, dass sie etwas vermissen wird, wenn ich nicht mehr da bin. Sie mag bei Gewitter nicht alleine sein. Und dann hat sie gefragt, was ich damit meine. Wir haben uns eigentlich ganz gut unterhalten. Ich meine, wir haben wirklich miteinander *geredet.* Nicht nur dagesessen und uns Beschuldigungen an den Kopf geworfen, jeder aus seinem Schützengraben. Langsam fange ich an zu glauben, dass es vielleicht doch funktionieren kann – wieder.«

»Hm«, sagte Høyer und versuchte, nicht zu skeptisch zu klingen. Er hatte nicht viel Vertrauen in Reden. Aber Therkelsen sah nur müde, nicht traurig aus.

»Ich weiß, dass wir das Problem nicht durch Reden lösen können«, sagte Therkelsen, als hätte er Høyers Vorbehalte geahnt. »Aber ich habe eine Idee, wie wir es angreifen können. Glaube ich.«

»Und worauf beruht die?«

»Ich muss sie noch ein bisschen durchdenken. Vielleicht ist sie total verrückt. – Okay, fangen wir an.«

Høyer nickte. »Wir haben noch immer keinen Bericht über die Uhr und den Schuh, deshalb schlage ich vor, dass du damit anfängst, Bo Sanders Auskünfte zu überprüfen. Aber diskret«, fügte er hinzu. »Das ist eine Kleinstadt.«

»Genau«, Therkelsen zuckte mit den Schultern. »Deshalb könnte ich mich eigentlich auch gleich auf den Markt stellen und alles ausrufen. Ich gehe davon aus, dass du wissen willst, wann er von zu Hause weggegangen oder -gelaufen ist. Ob er irgendwo Halt gemacht und auf dem Weg zum Grill ein Bier getrunken hat. Ob er wirklich am Sonntag ein Bild verkauft hat. Ob jemand ihn mit einer Flasche Wein gesehen hat. Aber offensichtlich hat ihn ja außer Larsens niemand gesehen. Und ob …«

»Ich will alles wissen«, unterbrach ihn Høyer. »Alles, was du ausgraben kannst. Er ist vielleicht nicht unsere beste Karte, aber er ist unsere einzige.«

Lone sah nur kurz in Nummer 22. Dann schloss sie die Tür wieder und ging zu dem Hotelbesitzer hinunter. Sie fand ihn an der Rezeption.

»Er war auch heute Nacht nicht da, Herr Brandt«, sagte sie.

»Wer?« Brandt sah sie an; er hatte bereits alles über den Gast von Nummer 22 vergessen. Lone warf ihm einen ärgerlichen Blick zu. Wie dieser Mann ein Hotel führen konnte, ging über ihren Verstand. Er war hoffnungslos. Wenn seine Frau nicht gewesen wäre und darauf geachtet hätte, alles zu organisieren und sich um das feste Personal zu kümmern, wenn es nötig war, wäre es auch nicht gegangen.

»Der von Nummer 22«, sagte Lone langsam und deutlich, als spräche sie mit einem Tauben. »Der, der angerufen und …«

»Jajaja, ich verstehe, ich verstehe. Und was soll ich Ihrer Meinung nach tun? Der Mann hat ja bezahlt, sodass es eigentlich nicht unsere Sache ist, was er mit dem Zimmer macht.«

Geld.

Das war das Einzige, worum es sich drehte, dachte Lone. Typisch Brandt. *Der Mann hat ja bezahlt.* Gestern hatte er gesagt, dass sie darüber schlafen sollten, jetzt klang es so, als hätte er das ganze Problem weggeschlafen. Vielleicht sollte sie doch besser mit Frau Brandt reden.

»Gestern haben Sie gesagt, dass Sie heute die Polizei anrufen, wenn er nicht kommt«, sagte Lone. Das war bestimmt nicht ganz richtig, aber Brandt konnte sich sicher nicht erinnern, was er genau gesagt hatte.

Brandt dachte nach. Hatte er das gesagt? Vielleicht hatte er das. Und falls sich zeigen sollte, dass mit dem Mann etwas nicht stimmte, war es vielleicht am klügsten, sein Schäfchen im Trockenen zu haben. Es war immer eine gute Politik, sich mit den Behörden gut zu stellen, sodass sie einem nicht zu viele Steine in den Weg legten.

Er streckte die Hand nach dem Telefon aus. »Das war Sonntagabend, als er angerufen hat, ja?«, fragte er Lone, als er den Hörer abnahm.

»Ja«, nickte Lone und nahm ihre unterbrochene Reinigungsarbeit wieder auf. Jetzt hatte sie wenigstens getan, was sie konnte.

Therkelsen war auf dem Weg zum Auto, als Høyer ihn einholte.

»Hei, Therkelsen, warte, wir können zusammen fahren.«

Therkelsen blieb stehen und sah ihn fragend an. »Fährst du auch da raus?«

»Ja«, Høyer öffnete die Beifahrertür. »Der Besitzer des Badehotels hat gerade angerufen. Sie vermissen seit Sonntagabend einen Gast.«

»Man muss aber auch alles selbst machen«, sagte

Therkelsen verärgert, als er das Auto anließ und vom Parkplatz fuhr. »Bach hat übrigens gesagt ...«

»Er hat bestimmt eine legitime Entschuldigung. Außerdem klang alles etwas verworren. Der Hotelbesitzer hat gesagt, dass der Mann Sonntagabend angerufen und gesagt hat, dass er die nächsten paar Tage nicht kommt. Das behauptet er jedenfalls jetzt. Aber es kann auch gelogen sein, oder er erinnert sich falsch. Ich will der Sache jedenfalls gleich nachgehen.«

Therkelsen setzte Høyer am Badehotel ab. Die Türen zur Vorhalle, die kühl und dunkel war, standen offen. An der Rezeption war niemand. Høyer wartete kurz, dann ging er ins Restaurant, wo ihn eine große, kantige Bedienung in Empfang nahm.

»Wo finde ich Herrn Brandt?«, fragte Høyer.

»Ich glaube nicht, dass er jetzt gestört werden will«, sagte die Bedienung und sah Høyer misstrauisch an, als könnte sie sich nicht darüber klar werden, ob er ein Gläubiger war oder jemand, der etwas verkaufen wollte.

»Wir haben eine Verabredung. Høyer, Kriminalpolizei.«

»Ach ja, das hat er gesagt«, plötzlich war sie das Lächeln in Person. »Er sitzt da hinten.«

Der Hotelbesitzer saß an einem Tisch im hintersten Teil des Raums, von dem aus er einen Überblick über das ganze Restaurant hatte.

Brandt begrüßte Høyer entgegenkommend, fast zu entgegenkommend, und zog sofort einen Stuhl für ihn vor.

»Dürfen wir Ihnen etwas anbieten?«, fragte er. »Bier, Schnaps, Kaffee?«

»Eine Tasse Kaffee wäre vielleicht nicht schlecht«, sagte Høyer. Er ging davon aus, dass der Hotelbesitzer sich wohler fühlte, wenn er ihm etwas anbieten durfte.

»Magda, bring uns zwei Kaffee«, sagte der Hotelbesitzer zu der Bedienung, die fast ergeben abwartend dagestanden hatte.

Høyer und der Hotelbesitzer sprachen über das Wetter, bis Magda mit dem Kaffee auftauchte. Høyer hoffte, der Hotelbesitzer würde sich etwas mehr konzentrieren, wenn der Kaffee erst vor ihnen stand, langsam kam er sich richtiggehend merkwürdig vor. Der Blick des Hotelbesitzers wanderte durch das Restaurant. Manchmal schien er steif auf etwas direkt hinter Høyer zu starren, sodass der fast schon fühlen konnte, wie ihm etwas in den Nacken blies. Dann ging der Blick wieder auf Wanderung.

»Sie sagen, Sie vermissen einen Gast?«, fragte Høyer, als er den ersten Schluck Kaffee getrunken hatte.

»Vermissen ist zu viel gesagt«, sagte Brandt, der Høyer jetzt wieder über die Schulter guckte. »Der Mann hat für die ganze Woche bezahlt und er hat, wie gesagt, Sonntagabend selbst angerufen und mitgeteilt, dass er vielleicht ein paar Tage wegbleiben wird.«

»Aber Sie haben uns trotzdem angerufen«, erinnerte ihn Høyer.

Einen kurzen Moment sah der Hotelbesitzer ihn direkt an. »Ja, das Zimmermädchen fand es seltsam, dass er alle Sachen im Zimmer gelassen hat. Einschließlich Toilettensachen.«

»Haben Sie selbst Sonntagabend mit ihm gesprochen?«

»Nein, das war unser Portier, Peter. Er ist inzwischen abgereist. Sonntag war sein letzter Abend hier. Studenten. Sie wissen, wie das ist«, sagte er. »Alles muss man selbst machen.«

»Er ist also Samstag gekommen, hat eine Nacht hier geschlafen und ist Sonntag wieder verschwunden. Können Sie sich erinnern, wie er ausgesehen hat? Können Sie ihn beschreiben?«

Diesmal verweilte der Blick des Hotelbesitzers lange auf einem fernen Punkt, als würde die Frage seine ganze Aufmerksamkeit erfordern. »Nein«, sagte er schließlich. »Nein. Natürlich nicht. Wissen Sie, wie viele Gäste ... Ich habe keine Ahnung, ob ich ihn überhaupt gesehen habe. Ich habe keine Ahnung, ob *jemand* ihn gesehen hat. Vielleicht das Zimmermädchen. Fragen Sie sie.«

»Wie heißt er?«, fragte Høyer.

»Wer?« Der Hotelbesitzer warf ihm einen schnellen, desorientierten Blick zu. »Ach so, irgendwas ... einen Augenblick, ich hole das Buch.«

Er beugte sich leicht zur Seite und hob die Augenbrauen und einen Moment später stand die Bedienung am Tisch. »Das Gästebuch, Magda«, sagte er. »Und Lone.«

»Können wir uns gegebenenfalls das Zimmer ansehen?«, fragte Høyer.

»Ja, Lone kann es Ihnen zeigen. So, hier haben wir das Gästebuch.«

Magda hatte das Buch vor ihm auf den Tisch gelegt und er ließ einen dicken, gepflegten Finger die Seite hinunterfahren.

»Hier haben wir ihn. Nummer 22. Ditlev Joensen. Er hat das Zimmer bezahlt – inklusive Freitagnacht.«

Høyer schrieb sich den Namen auf. Eine Berufsbezeichnung war nicht angegeben, aber eine Adresse. Høyer hätte den letzten Schluck Kaffee beinahe in den falschen Hals bekommen, als der Hotelbesitzer sie vorlas. *H.P. Clausensvej.* Das war eine der Straßen im alten Villenviertel. Kaum weiter weg, als Høyer von seinem Balkon spucken konnte.

Gerade wollte er HEUREKA! schreien, dann nahm er

sich zusammen. Vielleicht stellte sich alles doch nur als Blindgänger heraus.

Lone war an den Tisch gekommen und Høyer empfand es fast als physische Erleichterung, als der Hotelbesitzer aufstand, ihr seinen Platz überließ und sich bei Høyer entschuldigte. Da war etwas, um das er sich kümmern musste. Er entfernte sich mit dem Ausdruck eines Mannes, der die Last dieser Welt auf den Schultern trüge.

Lone sah ihm nach, dann sah sie Høyer an und lachte verständnisvoll. »Ja, er ist scharf, nicht? Wenn er nur aufhören würde, sich einzumischen, dann wäre alles einfacher.«

Das konnte Høyer sich lebhaft vorstellen. Er sah Lone prüfend an. Sie schien zu den Leuten zu gehören, die sagten, was Sache ist – oder zumindest was sie dafür hielten. Umso besser.

»Sie haben Brandt darauf aufmerksam gemacht, dass der Gast von Nummer 22 nicht da ist, nicht wahr?«

Lone nickte. »Ja, das heißt, er wusste das eigentlich, denn es war ja angerufen worden, aber ich fand es trotzdem merkwürdig, dass er seine ganzen Sachen im Hotel gelassen hat.«

»Was meinen Sie mit ›seine ganzen Sachen‹?«

»Kleidung und Koffer und Toilettensachen und Schuhe und ... ja, also, alles.«

»Haben Sie ihn am Sonntag gesehen?«, fragte Høyer.

»Ja, sicher«, sagte Lone und erzählte ihm ausführlich von ihrem Zusammentreffen mit dem Gast von Nummer 22.

»Gut«, sagte Høyer. »Das ist natürlich ein paar Tage her, aber vielleicht erinnern Sie sich trotzdem, was er anhatte, als er gegangen ist. Er *hatte* doch etwas an, oder?«

»Ja, sicher«, lachte Lone. »*Etwas* Kleidung hat er also

bei sich. Also, er war ziemlich schick gekleidet. Das klingt vielleicht ganz gewöhnlich, aber man konnte sehen, dass die Sachen teuer waren. Und sie saßen super. Er trug eine hellgraue Hose, kein Flanell, sondern so eine Art Leinen, glaube ich, ein bisschen strukturiert, nicht? Dann hatte er ein hellblaues T-Shirt mit kurzen Ärmeln und einem schicken Kragen an; irgendetwas stand auf der Brusttasche und an Ärmeln und Kragen war eine dunkelblaue Borte. Und er hatte ein paar superschicke Schuhe an. Sehr hell und geflochten. Keine Sandalen, richtige Schuhe.«

Høyer sah sie aufmerksam an. Er hatte die Brauen leicht gerunzelt. Diese Beschreibung klang fast zu schön, um wahr zu sein. Gott weiß, ob sie sich das alles ausgedacht hatte, um sich interessant zu machen. Gut, das mussten sie herausfinden.

»Wie sah er sonst aus?«, fragte er. »Groß oder klein, dick oder dünn. Glauben Sie, dass er größer oder kleiner war als ich?«

Lone schüttelte den Kopf. »Das weiß ich nicht, ich habe Sie ja nicht stehen sehen. Jedenfalls war er dünner. *Sehr* dünn. Groß und schlank. Fast mager. Gewöhnliche Haarfarbe und fast blaue Augen.«

»Sehen Sie sich die Leute immer so genau an?«, fragte Høyer.

»Ich habe doch mit ihm gesprochen«, sagte sie, als würde das als Erklärung reichen. Dann fügte sie nach näherem Nachdenken hinzu: »Vielleicht lag es auch daran, dass er fast schon *zu* schick war. Es sah irgendwie verkehrt aus, denn er hatte ein altes Gesicht. Faltig und mit Säcken unter den Augen. Er sah krank aus. Es war fast schon unangenehm. Als hätte man ihm einen falschen Kopf aufgesetzt. Ein alter Kopf auf einem jungen Körper.«

Høyer nickte. Sie klang überzeugend. Und das konnte sie nirgendwo gelesen haben. Es gab Leute, die diese Gabe hatten. Eine Art fotografisches Gedächtnis. Sie ließen offensichtlich ohne die geringte Anstrengung einfach das Bild der Person oder der Sache, die sie beschreiben sollten, vor ihrem inneren Auge entstehen.

Und alles, was sie gesagt hatte, klang, als wären der Gast von Nummer 22 und der Mann in der blauen Badehose ein und dieselbe Person.

Aber das führte zu einer weiteren Frage. Wer hatte dann Sonntagabend im Hotel angerufen? Denn zu dem Zeitpunkt war der Mann in der blauen Badehose bereits seit mehreren Stunden tot gesesen.

»Ja, das klingt zweifellos so, als wäre er es«, sagte Therkelsen, als sie sich draußen vor Jønssons Büro trafen. »Aber das wird sich ja bald zeigen. Was machen wir jetzt? Denn das ändert das Bild, oder?«

»Tja«, sagte Høyer. »Tut es das? Sander ist immer noch der Einzige, der ungefähr zu der Zeit, zu der wir annehmen, dass der Mord passiert ist, in der Nähe des Tatorts gesehen worden ist. Er kann Ditlev Joensen gekannt haben, vorausgesetzt, dass er es ist. Oder er kann aufgrund von etwas, das er in seiner Brieftasche gefunden hat, geschlossen haben, dass Joensen im Badehotel wohnte. Mit anderen Worten: Sander kann am Sonntagabend durchaus im Hotel angerufen haben.«

»Wie willst du dann erklären, dass er das Mädchen mit Uhr und Schuh zu Jønsson geschickt hat. Um zu wissen, dass beides ihm gehört, brauchen wir die Laborberichte wohl kaum abzuwarten«, wandte Therkelsen ein.

»Ich könnte mir mehrere Eklärungen vorstellen. Jedenfalls meine ich immer noch, dass er unser vielversprechendster Tipp ist. Aber während du dich auf ihn konzentrierst, werde ich mich auf Ditlev Joensen konzentrieren. Sobald wir wissen, ob er es ist, werde ich dem H.P. Clausensvej einen Besuch abstatten.«

Høyer fuhr langsam die stille Villenstraße hinunter, während er nach Nummer 22 Ausschau hielt. Er befand sich im alten *feinen* Viertel der Stadt. Da, wo *man* wohnte. Jetzt gab es neue attraktivere Viertel mit neuen attraktiveren Häusern, die aus dem Boden geschossen waren, neue Generationen von Trendsettern, und das Viertel hier hatte sich um sich selbst geschlossen, um seine Rentner und Pensionäre, und ließ die Welt außen vor.

Aber es gab noch immer ein paar imponierende alte Kästen, dachte Høyer, während er zwischen Büschen und Bäumen hindurchspähte, um auch nur eine einzige Hausnummer zu erblicken. Falls es welche gab, wurden sie von üppiger Belaubung verdeckt oder waren mit Jungfernreben zugewachsen. Es machte die Sache nicht leichter, dass die meisten Häuser vornehm zurückgezogen hinter hohen Rotdornhecken, Buchen oder Ligustern lagen.

Er hielt vor einem großen, weißen Haus, stieg aus dem Auto und ging langsam den Gartenweg hinauf, doch dann fiel sein Blick auf ein Schild, das versteckt hinter einer Kletterrose hing. Nummer 20. Als er sich umdrehte und zum Auto zurückging, begann im Haus ein Hund anzuschlagen und er hatte das unangenehme Gefühl, auf verbotenen Wegen zu wandeln.

Dann musste es also das nächste Haus sein. Übrigens ein lustiger Zufall, dass er genau in Nummer 22 gewohnt hatte. Denn dass es sich um den geheimnisvollen Gast handelte, daran bestand kein Zweifel mehr. Das hatten die Fingerabdrücke eindeutig bewiesen.

Nummer 22 war eine alte Villa aus rotem Backstein.

Ein breiter, gefliester, von alten Rosen gesäumter Weg führte zu einer imposanten Eingangstür mit einem ungewöhnlich hässlichen und hinterhältig aussehenden Löwenkopf hinauf. Auf der breiten Tür war eine ovale Messingplatte angebracht, auf der *A. Chr. Berg, Rechtsanwalt* stand. Høyer hatte noch nie von einem A. Chr. Berg, Rechtsanwalt, gehört. Er schätzte, dass Berg ein sehr alter Herr war. Joensens Name stand nirgendwo, aber die Adresse musste stimmen.

Über dem Löwenkopf befand sich eine altmodische Messingklingel. Høyer sah sie misstrauisch an, sie sah nicht aus, als würde sie funktionieren. Er drückte darauf und ahnte ein sprödes Klingeln auf der anderen Seite der Tür. Es schien unmöglich, dass der Ton weiter drinnen in dem riesigen Haus zu hören war.

Høyer drückte noch einmal, diesmal erheblich energischer, und der spröde Laut erklang etwas kräftiger, aber es tat sich nichts. Vielleicht war niemand zu Hause.

Høyer wartete ab und sah sich den Löwenkopf an. Halb in Gedanken steckte er einen Finger in den offenen Mund der Kreatur.

Im gleichen Moment wurde die Tür einen Spalt breit geöffnet und Høyer zog schnell den Finger zurück. Er kam sich auf frischer Tat ertappt vor.

»Wenn Sie gelogen haben, beißt er Ihnen den Finger ab!«

Die Stimme klang fast so spröde wie die Türglocke.

Unwillkürlich sah Høyer auf seinen Finger und kam sich albern vor.

Ein Paar klare blaue Augen unter lockigem schneeweißem Haar sah ihn durch den Türspalt an.

»Ich bin von der Polizei. Kriminalkommissar Høyer.« Er klang barscher als gewöhnlich, weil er das Gefühl hatte, sich lächerlich gemacht zu haben.

»Einen Augenblick«, sagte die Stimme. Die Tür schloss sich, sodass die Sicherheitskette entfernt werden konnte, dann wurde sie ganz geöffnet. Einen Moment stand Høyer einfach nur da und guckte verblüfft. Vor ihm stand eine kleine, alte Dame. Die bezauberndste alte Dame, die er je gesehen hatte. Der personifizierte Traum einer Großmutter. Oder besser einer Feen-Großmutter. Ein kleines, zerbrechliches Wesen mit weißem Haar, munteren, blauen Augen und einer leichten Röte auf den runzligen Wangen. Sie hatte ein fast bodenlanges, taubenblaues Kleid an und einen dünnen, weißen gehäkelten Schal um die Schultern gelegt.

Høyer kam es fast wie Gotteslästerung vor, einfach so daherzukommen und sie mit Mord und Tod zu belästigen. Er gelobte sich, vorsichtig vorzugehen. Sie sah aus, als brauchte es nicht viel, um sie umzupusten.

»Ja, so kommen Sie doch herein, junger Mann«, sagte sie. »Dann können wir die Tür schließen.«

Es war sehr, sehr lange her, seit jemand Høyer zuletzt einen *jungen Mann* genannt hatte, aber in diesem Augenblick kam er sich tatsächlich wie ein grüner Polizist vor.

Sie schloss die Tür und trippelte ihm voraus in die Halle.

»Es geht wohl um die vielen Einbrüche, die wir hier im Viertel gehabt haben?«, sagte sie und drehte sich zu ihm um, während sie die Tür zum Wohnzimmer öffnete. »Kommen Sie herein, aber ich muss Sie leider enttäuschen, ich weiß überhaupt nichts, das Ihnen helfen kann.«

Høyer hatte das Gefühl, plötzlich ein halbes Jahrhundert in der Zeit zurückversetzt zu werden. Oder vielleicht hundert Jahre. Es war ein großes, etwas dunkles Wohnzimmer, das sich über die ganze Breite des Hauses erstreckte, mit schweren, gediegenen Sesseln, die mit Sesselschonern versehen waren, weinroten Samtgardinen von der Decke bis zum Boden, klassischen Malereien an den Wänden und überwältigenden Mengen königlichen Porzellans.

Sie folgte seinem Blick. »Ja«, sagte sie. »Mein Mann hatte gerade die fünfzig erreicht, als wir mit einer Menge königlichem Nippes gesegnet wurden. Und als die Sachen erst einmal da waren, haben die Leute natürlich geglaubt, dass ich so etwas sammle, und seitdem bin ich an jedem Geburtstag damit überschüttet worden. Und es waren viele Geburtstage«, fügte sie hinzu und warf ihm einen komisch verzweifelten Blick zu. »Das hätten sie von mir aus gerne stehlen können, denn es geht doch wohl um die Diebstähle?«

»Eigentlich nicht«, begann Høyer zögernd. »Nicht dieses Mal.«

Sie sah ihn fragend an.

»Haben Sie einen Untermieter, der Ditlev Joensen heißt?«

»Ja, das habe ich. Er bewohnt die kleine Wohnung oben. Es kann schon ein bisschen bedrückend, ja nahezu beängstigend sein, in so einem großen Haus alleine zu wohnen, verstehen Sie. Aber es ist auch ein bisschen umständlich, umzuziehen, nicht? Man hängt ja an dem Haus. Aber ich habe mich wirklich ein bisschen unsicher gefühlt. Können Sie sich vorstellen, dass ich jeden Abend *Stunden* damit verbracht habe, unter den Betten und an allen möglichen anderen Stellen nachzusehen? Dabei bin ich mir wirklich wie eine alte Frau vorgekommen. Wie eine *sehr* alte Frau.«

Høyer lächelte unwillkürlich.

»Zwischenzeitlich habe ich daran gedacht, mir einen Hund anzuschaffen. Keinen großen Hund, nur einen kleinen, bissigen Köter, der ungebetene Gäste vertreiben kann. Aber dann hat meine alte Freundin zu mir gesagt: »Einen Hund! Was willst du denn mit einem Hund? Nein, such dir einen Untermieter.« Und damit hat sie natürlich Recht gehabt. Die machen nicht annähernd so viel Mühe. Sie müssen nicht gelüftet werden, sie graben nicht im Garten und sie bellen nicht zur Zeit und Unzeit. Sie hat selbst einen gehabt, von dem sie total begeistert war, und was glauben Sie, wer das war?«

Høyer schüttelte den Kopf. Er hatte keine Ahnung.

»Das war natürlich Herr Ditlev«, lachte sie und schlug die Hände zusammen. »Ja, das verblüfft Sie. Aber ich habe diese Wohnung oben einrichten lassen und zuerst hat ein Pädagogikstudent hier gewohnt. Er war wirklich ein lieber junger Mensch, aber er spielte Violine, was er ja auch sollte, und es war ganz furchtbar. Die armen Kinder! Als er auszog, habe ich einen jungen Ingenieur aufgenommen, aber der war so unfassbar langweilig, dass ich unsäglich erleichtert war, als er woanders Arbeit gefunden hat. Und denken Sie nur, dann ist meine Freundin gestorben, das war selbstverständlich tragisch, sie war erst vierundsiebzig, aber sie hatte ein schwaches Herz, und ich habe Herrn Ditlev geerbt. Irgendwo musste er ja wohnen und das Haus musste er verkaufen.«

»Welches Haus?«, fragte Høyer verwirrt.

»Das von meiner Freundin. Er war ihr Erbe. Sie war so vernarrt in ihn und hatte keine Verwandten. Aber der Staat hat den Löwenanteil bekommen, also musste er das Haus verkaufen.«

»Und dann ist er zu Ihnen gezogen?«

»Ja, das ist jetzt fast eineinhalb Jahre her.«

»Und damit sind Sie zufrieden?«

»Ja, das können Sie mir glauben. Ich wüsste überhaupt nicht, was ich ohne ihn anfangen sollte. Er ist unterhaltsam und hilfsbereit, er begleitet mich hin und wieder zu Konzerten oder ins Theater, ja, einmal sind wir sogar zusammen verreist. Ich habe natürlich bezahlt.«

»Er ist also ein sympathischer Mensch?«, sagte Høyer vorsichtig. Er hatte das Gefühl, dass es immer schwerer wurde, der alten Dame zu sagen, was passiert war.

Sie warf ihm einen raschen Blick zu.

»Das habe ich bestimmt nicht gesagt, nicht?«

Høyer sah sie verblüfft an.

»Nee, aber ich habe Sie so verstanden, dass …«

»Dann muss ich mich schlecht ausgedrückt haben. Herr Ditlev und ich profitieren voneinander. Er wohnt hier zu einer sehr günstigen Miete und er ist ein einfacher und angenehmer Mieter. Natürlich muss man nicht unbedingt weise werden, weil man alt wird, meine Freundin war eine Närrin, aber die meisten Menschen haben doch ein wenig Menschenkenntnis und ich kann Ihnen versichern, dass ich Herrn Ditlev weder in mein Abendgebet einschließe noch in meinem Testament bedenke. Und wenn ich das getan hätte, wäre ich jedenfalls nicht so dumm gewesen, ihm das zu erzählen.«

»Meinen Sie …?«

»Ich meine, dass man die Katze nicht ins Mauseloch lassen soll.«

»Sie würden Joensen also als *charmanten Schurken* bezeichnen?«, schlug Høyer vor.

»Nein, das ist nicht der richtige Ausdruck«, wandte die alte Dame ein. »Er war nicht besonders charmant. Er war unterhaltsam, aber das ist nicht das Gleiche. Ihm fehlte in verblüffendem Maße das gewisse Etwas.«

Der Ausdruck klang komisch aus ihrem Mund.

Sie schwieg eine Weile.

»Und er war doch so gepflegt«, sagte sie. »Du lieber Gott, wenn ich an meinen Mann denke, der war wirklich keine Augenweide, er glich einem Affen, Gott bewahre, einem sehr charmanten Affen, aber er hatte das *gewisse Etwas*, das können Sie mir glauben.«

»Sie haben gesagt war«, sagte Høyer. »Sie haben gesagt, dass Herr Ditlev so gepflegt war.«

»Ja«, sagte sie. »Sie sind sehr geduldig gewesen, Sie haben mich reden lassen und das bestimmt nicht wegen meiner blauen Augen. Und Sie haben mich nach Herrn Ditlev gefragt. Deshalb gehe ich davon aus, dass er tot ist. Er *ist* tot, nicht wahr?«

»Ja«, sagte Høyer.

»Hm.« Sie saß einen Moment stumm da. »Ich werde ihn trotz allem vermissen«, sagte sie dann. »Nicht weil ich glaube, dass der Welt etwas verloren gegangen ist, sondern weil ich mich an ihn gewöhnt hatte. Außerdem war er immer freundlich und aufmerksam mir gegenüber.« Sie machte eine kleine Pause, dann sagte sie mit einem schiefen Lächeln: »Jetzt muss ich mir wohl einen neuen *Hund* anschaffen.«

»Sie finden bestimmt einen«, sagte Høyer.

»Vermutlich war er das, der am Sonntag ermordet worden ist, nicht wahr?«, fragte sie. Aber es klang mehr wie eine Feststellung. Und Høyer sagte sich, dass er hätte wissen müssen, dass man nicht so alt wurde wie sie, wenn man sich allzu leicht umpusten ließ.

»Ja«, sagte er. Er erhob sich. »Ob ich mir wohl mal seine Wohnung ansehen kann?«

»Ja, natürlich«, sie trippelte ihm voraus zur Tür.

Wenn Ditlev Joensens Wohnung ein Ausdruck seiner Persönlichkeit war, dann hatte er keine. Es gab nichts, das irgendetwas über den Mann aussagte. Keine Bilder an der Wand, keine Fotografien, nicht einmal eine Zeitung. In einem Hängeregal standen ein paar juristische Werke, das war alles.

Høyer drehte sich zu der alten Dame um. »Was machte er eigentlich?«

Sie lächelte. »Er hat sich Rechtsberater genannt. Er war Jurist und er hatte ein paar Mandanten, das stimmt. Vier, um genau zu sein. Und er hat gesagt, dass das reicht. Er war nicht besonders fleißig, glaube ich, und er bekam, bestimmt schon bevor er meine Freundin beerbt hat, ein paar Zinsen.«

»Hm«, sagte Høyer. Er sah zum Schreibtisch. Dort standen eine Reiseschreibmaschine und ein Behälter mit Kugelschreibern. Das war alles.

»Hatte er ein Büro in der Stadt?«, fragte er.

»Nein, er hatte alles hier. Er arbeitete, wie gesagt, nicht sehr viel.«

»Aber was zum Teufel hat der Mann gemacht?«, sagte Høyer mehr zu sich selbst als zu ihr, indem er die Schubladen des Schreibtisches öffnete. Auch sie schienen nichts von Interesse zu enthalten. Die Schubladen auf der linken Seite waren offenbar den Mandanten vorbehalten, in ihnen lagen drei dünne Aktendeckel. Die auf der rechten Seite beinhalteten, soweit Høyer das sehen konnte, Joensens Privatleben. Persönliche Papiere, Kontoauszüge seiner Bank und die Autopapiere.

»Er hatte ein Auto?«, fragte Høyer verblüfft.

»Ja, das hatte er allerdings. Ein großes Auto. Autos und Kleidung waren mit Sicherheit das Einzige, wofür er Geld ausgab«, sagte sie. »Und er ging oft aus. Ins Restaurant. Nicht dass er getrunken hat, aber er ging gerne aus.«

»Und damit hat er die Zeit herumgebracht?« Høyer schüttelte den Kopf. Das war fast schon bemitleidenswert.

»Ja«, sagte sie. »Und er hat Zeitung gelesen«, fügte sie mit einem kleinen Lachen hinzu.

»Zeitung?« Høyer sah sich um. Da waren keine Zeitungen.

»In der Bücherei«, erklärte sie. »Er ging jeden Tag zum Zeitunglesen in die Bücherei, und wenn ihn etwas interessiert hat, hat er die Zeitung gekauft und den Artikel ausgeschnitten. Die Ausschnitte liegen bestimmt auch da.«

Richtig. Da war eine Mappe mit Zeitungsausschnitten.

Høyer hatte alles auf den Schreibtisch gelegt. Es nahm nicht viel Platz ein.

»Ich nehme das mit, Frau Berg«, sagte er. »Dann können wir es uns genauer ansehen.« Er sah sich den Stapel einen Moment lang an. »Sagten Sie nicht gesagt, dass er vier Mandanten hatte?«

»Ja, das hatte er. Er hat mir selbst einmal die Akten gezeigt und dabei gesagt: Sehen Sie, hier habe ich vier Mandanten und damit ist für alles gesorgt, was ich brauche. Ihr Mann hatte einen ganzen Haufen und war mit fünfzig verbraucht.«

»Hier sind nur drei«, sagte Høyer. »Aber er kann ja einen verloren haben.«

»Ist seine Schwester benachrichtigt worden?«, fragte die alte Dame plötzlich.

»Nein«, Høyer schüttelte den Kopf. »Hat er eine Schwester?«

»Ja, allerdings. Ich habe ihre Adresse unten. Ich kann sie Ihnen geben, wenn Sie gehen«, sagte sie. »Ein sympathisches Mädchen übrigens. Ich habe die beiden ein paar Mal bei meiner Freundin getroffen. Eins dieser Arzt-Krankenpfleger-Paare, Sie wissen schon.« Sie lächelte schwach. »Ja, die Zeiten haben sich wirklich geändert. Früher war es für eine Frau eine Berufung, Krankenschwester zu werden. Von Heirat konnte keine Rede sein. Vielleicht stieß man deshalb hin und wieder auf diese furchtbaren, alten Oberschwestern. Sie müssen irgendetwas missverstanden haben.«

Høyer lachte. Sie war eine verblüffende alte Dame. Er ging auf eine Tür zu, die einen Spalt breit zu einem anderen Raum hin offen stand. »Ist das das Schlafzimmer?«, fragte er und öffnete die Tür. Es sah nicht so aus, als würde sich hier mehr von Interesse finden.

Das Schlafzimmer lag zum Garten hin. Es gab einen Balkon, von dem eine Treppe zu einem breiten gepflasterten Weg hinunterführte. Høyer schaute zur Tür und schüttelte den Kopf. Typisch. Sicherheitskette und solides Schloss an der Eingangstür und ein ganz gewöhnliches Zylinderschloss auf der Rückseite, wo es am leichtesten war, einzubrechen. Die Leute wurden einfach nicht klüger.

Das Schlafzimmer war genauso spartanisch eingerichtet wie das Wohnzimmer. Ein Bett, ein Stuhl und ein Nachttisch – und ein riesiger Kleiderschrank.

Die alte Dame war zu der Balkontür gegangen und sah verwundert auf den Teppich.

»Das ist aber komisch«, sagte sie. »Ich war mir sicher, dass Frau Jensen hier oben sauber gemacht hat, und jetzt ist hier ein großer Fleck. Das sieht wie Erde aus.«

Høyer hatte die Kleiderschranktüren geöffnet und betrachtete verblüfft den Inhalt des Schranks. Hier war bestimmt nicht gespart worden.

Deshalb hörte er nicht, was die alte Dame sagte.

Jedenfalls ging er nicht weiter darauf ein.

Und das sollte er noch bereuen.

6. Kapitel

Høyer hatte das Frühstück übersprungen. Vielleicht hatte der mannshohe Spiegel in der Halle des H.P. Clausensvej 22 ihn mehr oder weniger dazu inspiriert. Als Therkelsen ins Büro kam, saß er an seinem Schreibtisch und schwankte zwischen asketischer Zufriedenheit und leichten Hungergefühlen.

»Ditlev Joensen?«, fragte Therkelsen und zeigte mit der Pfeife auf die Papiere. »Er *war* es also?«

»Ja, da gab es keinen Zweifel, nachdem wir die Fingerabdrücke hatten. Jetzt wissen wir also, mit wem wir es zu tun haben.«

»Dann wollen wir hoffen, dass uns das weiterhilft«, sagte Therkelsen. »Denn nach dem, was ich heute herausbekommen habe, ist Bo Sander aus dem Spiel.«

»Warum?«

»Ich werde es dir Punkt für Punkt erklären. Erstens stimmt es, dass er ein Bild an einen Deutschen verkauft hat. Für tausend Kronen. Dafür gibt es Zeugen. Ebenso dafür, dass er zwischen Viertel vor drei und Viertel nach drei ein Bier getrunken hat. Er war zu dem Zeitpunkt der einzige Gast, sodass das Mädchen sich an ihn erinnern konnte. Das beweist natürlich nichts, denn da war Ditlev schon tot. Der wichtigste Punkt ist der, dass er genau um zwei von zu Hause fortgegangen oder -gelaufen ist. Sein Onkel und seine Tante können das ebenso wie eine Nachbarin bestätigen, denn die Nachrichten hatten gerade angefangen. Er hatte einfach nicht die Zeit, um die Strecke zu laufen, stehen zu bleiben und Ditlev mehrere Male eine Flasche über den Kopf zu hauen, seine Sachen zusammenzusuchen und wieder loszuwerden, bevor er die Familie Larsen traf. Vergiss nicht, dass es nach ihrer Aussage halb drei war, jedenfalls nicht später.«

»Aber wir haben nur sein Wort, dass er die Strecke gelaufen ist. Er kann direkt in die Dünen gelaufen sein«, wandte Høyer ein.

Therkelsen schüttelte den Kopf. »Nein, kann er nicht. Wo ist die Karte?« Er suchte in seinen Papieren und fand die Karte von dem Dünengebiet. »Nach Sanders Erklärung ist er in einem Dreieck gelaufen, ungefähr so.« Therkelsen zeichnete den Weg mit der Pfeifenspitze nach. »Und ungefähr hier, ganz in der Ecke des Dreiecks wurde er von einer Familie in einem Sommerhaus gesehen, die sich rührend einig war, dass der Mann verrückt sein musste, sich bei fast 30 Grad so abzuquälen. Ich möchte behaupten, dass es ihm rein physisch nicht möglich war, die Tat zu begehen.«

Høyer seufzte. »Aber er ist der Einzige, von dem wir wissen, dass er in der Nähe des Tatorts war.«

»Es muss noch ein anderer da gewesen sein«, sagte Therkelsen. »Der möglicherweise am Strand zurückgegangen ist. Aber ich habe auch noch eine kleine positive Information. Sie hilft uns in jedem Fall, den Zeitpunkt des Todes genauer zu bestimmen. Kurz vor zwei hat ein schwedisches Ehepaar Ditlev in der Mulde gesehen – lebendig.«

»Woher wissen sie, dass er noch lebte?«

»Weil er sich die Brust mit Sonnenöl eingeschmiert und sich anschließend auf den Rücken gelegt hat«, sagte Therkelsen. »Und das hätte er wohl kaum gemacht, wenn er tot gewesen wäre«, fügte er trocken hinzu.

»Kurz vor zwei, sagst du. Und sie haben niemanden in der Nähe gesehen?«

»Sie meinen nicht, aber natürlich kann ihnen noch etwas einfallen. Es hat ja auch ein bisschen gedauert, bis sie uns diese Information gegeben haben. Andererseits können durchaus Leute in einer der anderen Mulden gelegen haben, ohne dass man sie sehen konnte.«

»Genau«, sagte Høyer und schüttelte resigniert den Kopf. »Das ist ein teuflisches Gelände. Und vermutlich sind keine anderen Hinweise aufgetaucht, oder?«

»Nein«, sagte Therkelsen. »Vielleicht wäre es eine Idee, uns mit der Geschichte an das Fernsehen zu wenden. Jetzt haben wir etwas, worauf wir sie aufbauen können.«

»Ja, sehen wir uns erst einmal den Zeitpunkt des Verbrechens an«, meinte Høyer. »Wir müssen uns ja auch noch damit beschäftigen.« Er machte eine ausladende Bewegung zu dem Stapel auf dem Tisch hin.

»Aha, du warst also im H.P. Clausensvej. Klingt teuer.«

Høyer zuckte mit den Schultern. »Ja, die Adresse liegt sicherlich im teueren Teil der Stadt, aber Ditlev wohnte nur zur Untermiete. Ein alter Junggeselle, kurz und gut. Ich habe mit seiner Vermieterin gesprochen«, fügte er hinzu und musste bei dem Gedanken unwillkürlich lächeln. »Sie war fantastisch.«

»Du siehst richtig verliebt aus«, sagte Therkelsen und sah ihn verblüfft an.

»Das bin ich auch. Sie war wirklich bemerkenswert. Ein kleines, zartes Wesen, eine richtige Meißener Figur, in einem bodenlangen blauen Kleid mit einem weißen Schal, großen blauen Augen und einem bezaubernden Lächeln. Wäre ich nicht ein glücklich verheirateter Mann, hätte ich auf der Stelle um ihre Hand angehalten.«

»Sei vorsichtig, Høyer. Die in den langen Kleidern mit den Schals sind die Schlimmsten. Sie verstecken ihre feministischen Neigungen hinter einer scheinbaren

Weiblichkeit. Aber ich hätte sie wirklich gerne gesehen, du scheinst ja schwer angeschlagen. Wie alt ist denn das Wunder von einer Frau?«

»Siebenundachtzig«, lachte Høyer.

»Siebenundachtzig!«, wiederholte Therkelsen verblüfft und brach in Lachen aus. »Du bist nicht ganz richtig im Kopf.«

»Stimmt, aber ich meine, was ich sage«, wandte Høyer ein. »Sie war prächtig. Und man sollte sich nicht von ihrem sanften, zerbrechlichen Äußeren täuschen lassen. In Wirklichkeit ist sie scharf wie ein Rasiermesser und zynisch wie der Teufel.«

»Wenn jemand dieses Alter erreicht hat, heißt das nicht zynisch, sondern lebenserfahren«, sagte Therkelsen. »Und was konnte sie dir über Ditlev erzählen?«

»Dass er nicht sehr fleißig, unredlich, ein bisschen gemein und berechnend war und dass er ihrer Meinung nach nicht vor einem Mord zurückschrecken würde, wenn der ihm einen Vorteil einbrächte.«

»Verdammt! Was für eine Grabinschrift. Hat sie das wirklich gesagt? Warum um alles in der Welt hat sie ihn dann in ihrem Haus wohnen lassen?«

»Er hat ihr ja nichts getan. Sie hat das sicherlich auch nicht so direkt gesagt, aber das war im Grunde das, was sie gesagt hat. Und sie hat die ganze Zeit geredet, von dem Moment an, in dem ich gekommen bin, bis ich wieder gegangen bin.«

»Sie war also nicht der Ansicht, dass Ditlev vor einem Mord zurückschrecken würde«, sagte Therkelsen. »Das ist interessant. Das Dumme ist nur, dass er es ist, der umgebracht worden ist.«

»Genau«, sagte Høyer. »Aber hin und wieder kann es schon helfen, das Opfer zu kennen. Er hat eine Schwester, hat meine alte Freundin erzählt. Wir müssen sie auch informieren. Vielleicht ist es eine gute Idee, wenn du zu ihr rausfährst. Es kann ja sein, dass sie uns ein sympathischeres Bild von ihrem Bruder zeichnet. In der Zwischenzeit werde ich mir das hier ansehen. Er hat sich Rechtsberater genannt. Mit sage und schreibe vier Mandanten. Nein, das stimmt nicht, eigentlich sind es nur drei. Es ist also überschaubar. Hier ist die Adresse der Schwester.« Høyer riss ein Blatt aus seinem Notizblock und gab es Therkelsen. »Sie ist Krankenpflegerin und er Arzt, gute Fahrt.«

Vor dem doppelten Carport, in dem nur ein Auto stand, lag ein Sammelsurium von Fahrrädern und Mofas und schon von weitem hörte Therkelsen eine Stereoanlage die neuesten Hits herausposaunen. Wenn er die Augen schloss, fühlte er sich fast wie zu Hause. Er drückte auf die Klingel und hoffte, dass jemand sie über den Lärm hinweg hören würde, war aber dennoch überrascht, als die Tür fast augenblicklich von einem fünfzehn-, sechzehnjährigen Mädchen geöffnet wurde.

»Guten Tag, ist deine Mutter zu Hause?«, fragte Therkelsen.

Das Mädchen maß ihn misstrauisch, dann drehte sie sich halb um und schrie: »Mutter! Hier ist ein Mann.«

Sie blieb stehen und behielt ihn im Auge, bis ihre Mutter in der Diele erschien, dann verschwand sie mit einem letzten misstrauischen Blick auf Therkelsen in Richtung Musik.

Jutta Thomsen hatte wenig Ähnlichkeit mit ihrem Bruder. Jedenfalls nicht äußerlich. Sie war ziemlich klein, etwas rundlich und hatte halblange blonde Haare, die zu einem unordentlichen Pferdeschwanz zusammengebunden waren. Eitelkeit war offensichtlich keine Familienschwäche.

»Ja?«, sagte sie fragend und warf ihm einen ziemlich abweisenden Blick zu.

»Guten Tag, Frau Thomsen, ich bin von der Polizei. Kriminalkommissar Therkelsen. Haben Sie einen Moment Zeit?«

Sie sah nicht sehr überrascht aus. »Ja, kommen Sie bitte herein«, sagte sie. Sie hob die Stimme und rief: »Könnt ihr das nicht etwas leiser stellen!« Dann wandte sie sich wieder Therkelsen zu. »Wir gehen besser in das andere Wohnzimmer hinunter. Entschuldigung, dass es hier etwas unordentlich ist.«

Sie bahnten sich einen Weg durch Schultaschen und Jacken, die im Gang herumlagen, und Therkelsen versuchte seinen gewohnten Ärger über den Anblick zu bekämpfen. Das waren verdammt noch mal nicht seine Kinder.

Im Wohnzimmer saßen drei oder vier jüngere Kinder und sahen fern. Sie reagierten überhaupt nicht, als Therkelsen und Jutta Thomsen durch das Zimmer gingen.

»Wir haben vier«, sagte sie erklärend. »Und sie schleppen immer jemanden mit nach Hause.«

Therkelsen fühlte eine plötzliche Solidarität mit ihrem Mann. In so ein Haus nach Hause zu kommen. Als Arzt verdiente er bestimmt genug, dass sie nicht arbeiten musste, aber das wollten sie heute ja alle. Sie mussten sich selbst verwirklichen, als wäre es nicht ebenso gut, die eigenen Kinder zu erziehen, wie Krankenpflegerin zu sein.

Sie kamen in ein ziemlich kleines, voll gestelltes Zimmer, offenbar eine Art Büro oder Arbeitszimmer, in dem eine gewisse Ordnung herrschte. Die Musik war nur als rhythmisches Brummen zu ahnen.

»Es geht um Ihren Bruder, Frau Thomsen«, begann Therkelsen. Er fühlte sich immer linkisch und unbehaglich, wenn er die Angehörigen von einem Todesfall unterrichten musste. Glücklicherweise geschah das nicht oft.

»Ditlev?«, fragte sie. »Was ist mit ihm?«

Sie wandte den Blick von ihm ab, während sie ein Päckchen Zigaretten vom Schreibtisch nahm, eine herauszog und anzündete. Therkelsen betrachtete sie, ohne etwas zu sagen. Auf einmal war er überzeugt, dass sie sich durchaus darüber im Klaren war, warum er hier war.

»Es tut mir Leid, Ihnen sagen zu müssen, dass Ihr Bruder tot ist«, sagte er schließlich.

»Aha«, sagte sie. Sie streifte die Asche von ihrer Zigarette ab, dann sah sie ihn direkt an. »Ja, das habe ich mir gedacht«, sagte sie. »Dann war er das also.«

»Wer, meinen Sie …?«

»Der in der Badehose.« Sie lachte kurz auf. »Das ist so typisch für Ditlev. Er war so stolz auf seinen Körper.« Sie schüttelte den Kopf.

»Sie meinen, Sie haben geahnt, dass das Ihr Bruder sein könnte?«

»Ja«, sagte sie nur.

»Und trotzdem haben Sie sich nicht an die Polizei gewandt.«

»Nein.«

Sie hatte offenbar nicht das Bedürfnis, diese Aussage zu vertiefen.

»Warum nicht?«

»Warum sollte ich? Weil es jedes Bürgers Pflicht ist und so weiter?«

»Uns hätte das natürlich geholfen«, sagte Therkelsen. »Aber Sie wussten ja auch nicht, ob es Ihr Bruder war, deshalb könnte man sich doch vorstellen, dass Sie sich Sorgen gemacht haben.«

»Um Ditlev?« Wieder lachte sie kurz auf. »Nein.«

Therkelsen holte tief Luft. Von großer Geschwisterliebe konnte hier offenbar keine Rede sein.

»Warum glaubten Sie, dass es sich um Ihren Bruder handeln könnte?«

»Zum einen wusste ich, dass er hier Ferien machte. Zum anderen kam es mir nicht die Spur unwahrscheinlich vor, dass jemand eines Tages genug von dem alten Ditlev hatte.«

»Meinen Sie, dass er Feinde hatte?«

»Ja.«

»Wen?«

»Mich unter anderem. Aber ich habe es nicht getan. Ich hätte es eleganter gemacht. Aber es gab bestimmt andere. Jedenfalls hatte er keine Freunde.«

»Was war der Grund für das schlechte Verhältnis zwischen Ihnen und Ihrem Bruder?«

»Er war ein Arsch!«, sagte sie kurz. »Und das ist er eigentlich immer gewesen. Von Kindheit an. Wir waren drei Geschwister. Ich hatte eine große Schwester, die jetzt tot ist, und Ditlev ist ... war der Älteste. Und er war ... er hat uns tyrannisiert. Auf eine äußerst subtile Weise. Sie wissen schon, wie Kinder zueinander sagen können: ›Ätsch-bätsch, du traust dich doch nicht ...‹, um andere dazu zu bringen, etwas Gefährliches oder Verbotenes zu tun. Darin war Ditlev ein Meister. Und anschließend hat er gedroht zu petzen. Über unseren Köpfen hing immer die eine oder andere Drohung und jede Woche mussten wir Ditlev unser Taschengeld abliefern, um uns sein Schweigen zu erkaufen. Ich möchte fast sagen, er hat unsere Kindheit verpestet. Und unsere Jugend. Denn es ging weiter. Er war auch ein Meister darin, uns unsere Geheimnisse zu entlocken oder sie auszukundschaften. Damals hatte man ja mehr Geheimnisse. Ich hatte eine Abtreibung während des Studiums, einerseits war das verboten und andererseits wage ich nicht, daran zu denken, wie meine Eltern reagiert hätten. Ditlev hat es herausgefunden und das war ein Alptraum. Schließlich habe ich ihn ganz gemieden. Mehrere Jahre hatten wir fast gar keinen Kontakt. Aber dann sind wir hierher gezogen, meine Schester war tot und ... na ja, ich hatte den Wunsch, eine Verbindung zu meiner Vergangenheit zu haben, zu meiner Kindheit. Man vergisst wohl auch oder glaubt, dass Menschen sich ändern. Wie naiv kann man eigentlich sein? Jedenfalls habe ich die Verbindung zu Ditlev wieder aufgenommen.«

»Aber es hat nicht funktioniert?«, fragte Therkelsen.

»Doch, anfangs. Aber Ditlev hatte sich nicht verändert. Ich war auf einer dreimonatigen Studienreise in den USA und Ditlev hat den traurigen Strohwitwer *unterhalten.* Wir befanden uns vielleicht auch in einer Phase, in der es nicht so ganz stimmte, und das Resultat war, dass mein Mann viel mit Ditlev ausgegangen ist.« Sie schwieg einen Moment. »Und natürlich war auch eine Frau mit im Spiel«, fügte sie schließlich mit einer Grimasse hinzu.

»Hm«, sagte Therkelsen.

»Und dadurch war mein Mann plötzlich zu seinem Opfer geworden. Die ganze Zeit hielt Ditlev die Geschichte oder besser deren Aufdeckung wie ein Damoklesschwert über seinem Kopf.«

»Was hatte Ditlev davon?«

»Nichts. Nichts, außer der perversen Freude, ihn im Netz zappeln zu sehen. Das gab ihm ein Gefühl von Macht. Ich bin sicher, dass das dahinter steckte. Er liebte es, andere klein zu sehen. Das war seine Weise, sich groß zu machen. Er studierte damals Medizin, aber glücklicherweise war er zu faul, das Studium abzuschließen. Begreifen Sie, welche Möglichkeiten er gehabt hätte? Es wäre genauso schrecklich gewesen, wenn er Anwalt geworden wäre. Sicher, er wurde Jurist, mit Müh und Not, und ein paar Jahre hat er auch in einer Anwaltskanzlei gearbeitet. Ich habe jedoch das Gefühl, dass er hier und da sein Wissen missbraucht hat und gefeuert worden ist.«

»Es endete also damit, dass er Ihnen erzählt hat, was Ihr Mann ...?«, fragte Therkelsen.

»Nein«, unterbrach sie ihn. »Das Merkwürdige ist, dass ich mich nicht erinnern kann, dass er jemals *geplaudert* hat. Man wusste nur, dass er es *könnte,* und das reichte. Auch für meinen Mann. Ditlev hat kleine Andeutungen über seine Eskapaden gemacht, die ich überhaupt nicht verstanden habe, aber mein Mann hat sie verstanden und schließlich ist er zusammengebrochen und hat mir alles erzählt. Zuerst war ich rasend. Eifersüchtig und rasend.« Sie warf Therkelsen einen ironischen Blick zu. »Man ist ja doch nicht so freizügig und modern, wie man selbst glaubt. Aber dann wurde mir klar, dass das Ganze Ditlevs Werk war. Es war eine seiner *Ätsch-bätsch-du-traust-dich-nicht*-Nummern und seitdem hat er keinen Fuß mehr in unser Haus gesetzt.«

Sie machte die Zigarette aus und zündete sich gleich eine neue an.

»Aber für uns hat er etwas kaputtgemacht. Jedes Mal wenn einer von uns alleine verreisen muss, ist die Geschichte wieder da. Wir sprechen nicht darüber, aber sie ist da. Wie ein Gespenst, das wir nicht vertreiben können.«

Therkelsen räusperte sich. »War Ihr Bruder jemals verheiratet?«

»Er? Nein. Er hat nie jemanden geliebt. Sich nie an jemanden gebunden. Und Sex interessierte ihn nicht sonderlich, nach dem, was er selbst gesagt hat. Und im

Grunde glaube ich ihm. Es gab nur eins auf dieser Welt, das Ditlev interessierte, und das war Ditlev Joensen. Er war wahnsinnig eitel. Er hat Unmengen von Geld für Kleidung ausgegeben. Manchmal glaube ich, dass er nur ausging, um sich zu zeigen. Und er hatte panische Angst vorm Älterwerden. Er hat sich immer mit allen möglichen Arten von Kräutermedizin selbst behandelt und man sollte ihn doch für klüger gehalten haben. Er hat alles versucht. Apfelessig, Rote Beete, Selen, Gerovitalkuren, nennen Sie mir eine Kur, er hat sie bestimmt ausprobiert.«

»Um auf die etwas spezielle Art Ihres Bruders von ... nun, ich weiß nicht, wie ich es nennen soll, zurückzukommen, Sie meinen also, dass auch andere davon betroffen waren?«, fragte Therkelsen.

»Jedenfalls sollten Sie es nicht Humor nennen«, sagte sie. »Falls es das war, was Ihnen auf der Zunge lag. Ja, davon bin ich überzeugt. Er hat nie Freunde gehabt. Bekannte vielleicht, aber nach einer gewissen Zeit sind diese Bekanntschaften eingeschlafen und die Leute haben ihn gemieden. Ich weiß definitiv, dass es einen Kollegen gab, einen Rechtsanwaltsgehilfen, der Selbstmord begangen hat. Ich kann das natürlich nicht mit Sicherheit sagen, aber ich habe das Gefühl, dass Ditlev ihn dazu getrieben hat. Und wenn Ditlev jetzt umgebracht worden ist, kann ich Ihnen versichern, dass er es verdient hat.«

Sie drückte die Zigarette im Aschenbecher aus und plötzlich liefen ihr Tränen über die Wangen.

Es war sehr still im Zimmer. Man hörte nur das entfernte Geräusch der Stereoanlage.

Sie schniefte, holte ein Taschentuch hervor, trocknete sich die Augen und putzte sich die Nase.

»Entschuldigung«, sagte sie. »Sie müssen mich für eine Idiotin halten. Aber ich weine nicht um Ditlev. Vielleicht weine ich um den Traum von einem Bruder. Er war der Einzige, den ich noch hatte.«

Sie lehnte sich leicht im Stuhl zurück, schloss die Augen und atmete tief durch.

Therkelsen rutschte unruhig hin und her.

Dann öffnete sie wieder die Augen und sah ihn an. »Entschuldigung«, sagte sie noch einmal. »Jetzt ist es bestimmt vorbei.«

Therkelsen erhob sich. »Ich glaube auch nicht, dass ich noch mehr habe. Vermutlich wird eine offizielle Identifizierung nicht erforderlich sein, aber gegebenenfalls kann vielleicht Ihr Mann …?«

»Das ist nicht nötig«, sagte sie. »Ich kann das machen. Als Ärztin ist man ja so einiges gewohnt.«

»Als Ärztin? Ich hatte geglaubt, Sie sind Krankenpflegerin«, rief Therkelsen.

Sie lächelte. »Nein, ich bin Ärztin. Mein Mann ist Krankenpfleger.«

Therkelsen starrte sie verblüfft an.

Sie warf ihm einen ironischen Blick zu.

»Das Gegenteil hätte Sie nicht gewundert, was?«

»Jetzt weiß ich, was Spießrutenlaufen ist«, sagte Bo. Er hatte Maja um vier draußen beim Grill abgeholt und sie waren zusammen durch die Stadt zum Strand hinuntergegangen. »Die ganze Stadt scheint zu wissen, dass ich der Lieblingsverdächtige der Polizei bin.«

»Unsinn«, sagte Maja. »Das bildest du dir ein.«

»Meinst du?«, sagte Bo.

Pia und ein paar ihrer Freundinnen kamen vom Wasser her auf sie zugelaufen.

»Bo«, rief Pia schon von weitem. »Bo, stimmt es, dass die Polizei glaubt, dass du das getan hast?«

»Hör doch auf mit dem Geschrei«, rief Maja ärgerlich und warf Bo einen fast entschuldigenden Blick zu.

»Hört die Stimme der Unschuldigen«, sagte Bo.

»Ja, aber stimmt das?«, fragte Pia. »Das hast du doch nicht, oder?«

»Nee«, sagte Bo. »Das habe ich nicht. Aber ich war so dumm und habe dich mit dem Schuh, den ich oben an der Treppe gefunden habe, zu Jønsson geschickt, und eh ich mich versah, stand ich da mit einem langen Gesicht.«

»Musst du jetzt ins Gefängnis?«, fragte Pia interessiert.

»Hoffentlich nicht«, sagte Bo.

»Willst du ein Eis?«, fragte Pia.

»Danke!«, rief Bo. »Offenbar steht es viel schlimmer, als ich gedacht habe. Nein, danke, aber das ist lieb von dir.«

»Jetzt macht, dass ihr weiterkommt«, sagte Maja. Und Pia und ihre Freundinnen liefen weiter den Strand entlang.

»Nun, was habe ich gesagt?« Bo drehte sich zu Maja um. »Die ganze Stadt *weiß* es. Es tut mir Leid, dass ich dich da mit hineinziehe. Wenn du meinst ... ich meine, vielleicht sollten wir uns nicht mehr sehen, bis das hier ausgestanden ist.«

»Sei nicht albern«, sagte Maja. »Natürlich sollen wir uns sehen.«

»Habe ich dir schon mal gesagt, dass ich dich liebe?«, sagte Bo.

»In den letzten zehn Minuten nicht«, lachte Maja.

»Du bist schön, du sollst Maja heißen«, sagte Bo. »Und ich liebe dich.«

»War das ein Zitat?«

»Ja, aus Däumelinchen«, sagte Bo. »Aber nur das Erste. Das Letzte habe ich selbst erfunden.«

»Offenbar bist du ein H.-C.-Andersen-Fan. Stell dir vor, ich habe Däumelinchen nie ganz zu Ende gelesen oder gehört. Ich fand es zu grausam. Ein Gräuel nach dem anderen, von den furchtbaren Kröten bis hin zu dem armen Sommervogel und der toten Schwalbe. Weiter bin ich nie gekommen.«

»Aber es endet gut«, sagte Bo. »Das tun alle Märchen. Es endet damit, dass der Prinz Maja bekommt. Meinst du, ich habe Ähnlichkeit mit einem Prinzen?«

»Ja, natürlich. Und selbstverständlich endet es gut«, Maja schickte ihm ein kleines Lächeln.

»Ja, hoffen wir's«, sagte Bo bekümmert. »Hoffen wir's.«

»Rechtsberater, dass ich nicht lache!«, murmelte Høyer vor sich hin und schielte zu dem grauen Aktendeckel hinüber, der auf dem Vordersitz neben ihm lag. »Wenn das etwas mit Jura zu tun, bin ich der König von Schweden.«

Berit Åen stand auf dem Aktendeckel, aber er hätte genauso gut den wählen können, auf dem *Leif Davidsen* stand oder den, auf dem *Preben Holm* stand. Irgendwo musste er ja anfangen.

Als Therkelsen zu Ditlevs Schwester gefahren war, hatte Høyer begonnen, die Papiere aus Ditlevs Schreibtisch durchzusehen. Persönliches, Kontoauszüge, die Mandantenakten. Es war verblüffend schnell gegangen.

Anschließend hatte er eine Weile dagesessen und mit den Fingern auf den Tisch getrommelt und hin und wieder einen nachdenklichen Blick auf die drei Aktendeckel geworfen, die vor ihm lagen. Schließlich war er zu einem Entschluss gekommen, hatte Therkelsen eine Nachricht geschrieben und mit einer der Akten in der Hand das Büro verlassen.

Er hielt vor dem Haus, stellte den Motor ab, nahm den Aktendeckel und stieg zur Haustür hinauf.

Auf dem Türschild stand B. Åen.

Vernünftig, dachte Høyer. Es bestand kein Grund gleich preiszugeben, dass hier eine allein stehende Frau wohnte.

Die Frau, die ihm öffnete, war groß und sehr schlank. Auf den ersten Blick schien sie in den Vierzigern zu sein, aber dieser Eindruck hielt einer näheren Betrachtung nicht stand. Um die großen graublauen Augen waren Falten und um den Mund ein paar scharfe Linien. Das dunkle Haar hatte einen schwachen rötlichen Schimmer, der sicher nicht echt war. Fünfzig, schätzte Høyer. Mindestens fünfzig.

Sie lächelte, während sie die Tür öffnete, aber das Lächeln verblasste, als sie Høyer sah.

»Oh«, sagte sie überrascht. Es war unübersehbar, dass sie jemand anderen erwartet hatte.

»Berit Åen?«, fragte Høyer.

Sie nickte und sah ihn fragend an.

»Kriminalpolizei. Høyer«, sagte er.

»Wollen Sie mit mir reden?« Der Tonfall war leicht zweifelnd, um anzudeuten, dass er sich irren musste.

»Ja, wenn Sie einen Augenblick Zeit hätten, Frau Åen?«

»Ja, natürlich. Aber … es wird doch sicher nicht lange dauern. Ich erwarte einen Gast.«

»Nein, ich habe nur ein paar Fragen, die Sie mir vielleicht beantworten können.«

»Wir können ins Büro gehen. Bitte.«

Høyer folgte ihr in einen großen, hellen Raum mit einem Fenster zu einem gepflegten Garten hin.

»Wir werden bestimmt nicht gestört«, sagte sie mit einem Blick auf die beiden Telefone auf dem Schreibtisch. »Das Büro schließt um vier.«

»Sie haben eine Zeitpersonalagentur?«

»Ja.«

»Bei der derzeitigen Arbeitslosigkeit ist das wohl nicht gerade das Wahre?«, fragte Høyer.

»Das hat nicht viel zu sagen. Mädchen, die einspringen und eine tüchtige Sekretärin ersetzen können, die krank geworden oder auf einem Seminar ist oder Ferien hat, sind immer noch Mangelware. Und diese Ware haben wir.« Sie schob ihm eine Schachtel Zigaretten hin. »Möchten Sie rauchen?«

»Nein, danke.« Høyer schüttelte den Kopf.

Sie selbst nahm eine, zündete sie an und lehnte sich im Stuhl zurück. »Aber Sie sind wohl kaum gekommen, um sich über mein Büro zu erkundigen, und ich erwarte, wie gesagt, einen Gast, wenn wir also …«

»Es geht um Ditlev Joensen.«

»Ist Ditlev etwas passiert?«, fragte sie schnell, ein wenig zu schnell, dachte Høyer, der registrierte, dass sie ihn beim Vornamen nannte.

»Ditlev Joensen ist ermordet worden«, sagte Høyer.

»Du meine Güte, das war doch nicht er, der … Aber warum kommen Sie zu mir? Ich dachte, das war ein Raubmord.«

Høyer sah sie einen Moment lang an. Eine elegante, gut gekleidete und sehr kompetente Dame. Sie ließ sich bestimmt nicht leicht aus der Fassung bringen.

»Wir wissen, ehrlich gesagt, immer noch nicht, was passiert ist«, sagte Høyer. »Deshalb untersuchen wir alle Möglichkeiten.«

»Und ich bin eine Möglichkeit?«, fragte sie mit einem kleinen Lächeln.

»Wohl kaum. Aber wir versuchen, uns ein Bild von Joensens Hintergrund zu machen, und Sie scheinen eine Mandantin von ihm gewesen zu sein.«

»Ah so«, sagte sie. Høyer glaubte, eine leise Unruhe hinter der kühlen Fassade zu ahnen.

»Er war Ihr Rechtsberater, nicht wahr? Was heißt das?«

»Das versteht sich doch wohl von selbst. Er hat mich in juristischen Dingen beraten. Ökonomisch, steuermäßig und wenn es Probleme mit dem Personal oder den Kunden gab.«

»Hat er sich um Ihre Buchführung gekümmert?«

»Nein, ich habe einen Buchhalter.«

»Sie haben Joensen monatlich 2500 Kronen für juristische Beratung bezahlt und Sie haben einen Buchhalter. Es fällt mir ein bisschen schwer zu sehen, womit Joensen sich das Geld verdient hat. Warum haben Sie ihm so viel gezahlt?«

»Warum nicht? Ditlev war sehr hilfsbereit. Er hat sich um Verschiedenes gekümmert. Und er hatte nur ganz wenige Mandanten, sodass er mir immer zur Verfügung stand.«

»Deshalb also?«

»Das war einer der Gründe«, antwortete sie.

»Gab es andere?«

»Ja, Ditlev war mein Vetter.«

Einen Moment schwieg Høyer. Ditlev war also ihr Vetter. Ja, warum nicht? Aber das änderte nicht viel an der Sache.

»Ich habe hier eine Akte. Ihre Akte, wenn ich so sagen darf.« Diesmal war Høyer sicher, einen unruhigen Schimmer in ihren Augen zu sehen. »Soweit ich sehen kann, sind Sie seit sechs Jahren seine Mandantin und hier sind nicht mehr Papiere als bei einer einfachen Steuererklärung. Es gibt ein paar Vorschläge für Investitionen, unter anderem in Schiffsanteile, dann macht er auf potenzielle Kunden aufmerksam, mit denen Sie Kontakt aufnehmen sollten, und das ist im Großen und

Ganzen alles. Es fällt mir schwer zu sehen, was das mit Rechtsberatung zu tun hat.«

»Irgendwie mussten wir ihn ja bezeichnen und Ditlev war mir wirklich nützlich. Er hatte eine große Berührungsfläche, ging viel aus, traf viele Menschen und hörte viel. Aber ein Großteil dessen, was er für mich getan hat, geschah telefonisch oder hier im Büro.«

»Haben Sie selbst keine Unterlagen, die seine Arbeit betreffen?«

Sie zögerte einen Moment. »Nein«, sagte sie schließlich. »Es ist schon möglich, dass Ditlevs Lohn oder Honorar sich an der oberen Grenze bewegte. Aber Blut ist bekanntlich dicker als Wasser und er hatte früher das Glück nicht gerade auf seiner Seite. Ich glaube, eine regelmäßige Arbeit war nichts für ihn, und von den geringen Zinseinnahmen konnte er nicht leben. Er ... er hat mir einmal ein paar Gefallen getan und ich hielt es für angemessen, ihm ebenfalls zu helfen und so sind wir uns einig geworden, dass er mein Rechtsberater wurde.«

Høyer betrachtete sie aufmerksam. Das, was sie gesagt hatte, klang alles ganz plausibel und trotzdem klang es falsch.

»Wessen Vorschlag war das?«, fragte er.

»Daran erinnere ich mich nicht. Ich gehe davon aus, dass es meiner war.«

»Sie kennen keinen seiner anderen Mandanten?«

»Nein, natürlich nicht. Nicht soweit ich weiß«, sagte sie kühl.

»Ich meine nur, es wäre doch möglich, dass Sie ihn Freunden oder Bekannten empfohlen haben«, erklärte Høyer.

»Nein, ich glaube auch nicht, dass Ditlev daran interessiert war. Er hatte nicht vor, sich eine Kanzlei aufzubauen.«

Nein, das kann man wohl sagen, dachte Høyer. Nicht mit drei Mandanten.

»Mal abgesehen vom Geschäftlichen, wie war Ihr Verhältnis zu Ihrem Vetter? Wie würden Sie ihn charakterisieren?«

»Er war ein ruhiger und höflicher Mensch. Tüchtig und begabt. Zeitweise ganz unterhaltsam. Wir sind seit unserer Kindheit immer gut miteinander ausgekommen.«

»Es hat also nie Unstimmigkeiten zwischen Ihnen gegeben?«

»Keine so ernsthaften, dass ich mich daran erinnere«, sie warf ihm einen leicht ungeduldigen Blick zu und sah verstohlen auf die Uhr.

»Wissen Sie, ob er Feinde hatte?«

»Das kann ich mir nicht vorstellen. Und erst recht nicht jemanden, der … nein.«

»Tja«, sagte Høyer beiläufig und erhob sich, »natürlich können weitere Fragen auftauchen, wenn wir sein Schließfach geöffnet haben, aber im Moment wäre das alles.«

Wieder ein Schimmer von Unruhe oder vielleicht Angst, als er das Schließfach erwähnte.

»Wussten Sie übrigens, wo Ihr Vetter Ferien machte?«, fragte er, während sie ihm die Tür öffnete.

»Ja, das wusste ich. Er hat es mir gesagt.«

»Ach so. Nur der Ordnung halber, wo waren Sie Sonntagnachmittag?«

Sie sah ihn direkt an. »Ich habe das ganze Wochenende mit einem Bekannten im Sommerhaus verbracht – weniger als zwei Kilometer von der Stelle entfernt, wo Ditlev ermordet wurde.«

Sie warf ihm ein kleines, leicht spöttisches Lächeln zu, als wollte sie sagen: »Und was gedenken Sie, jetzt zu tun?«

7. Kapitel

»Sie hat gelogen«, sagte Høyer wütend zu Therkelsen. »Die Frau hat dagesessen und mir direkt ins Gesicht gelogen, von dem Moment an, in dem ich gekommen bin, bis ich wieder gegangen bin. Und ich fresse jeden einzelnen Bericht über diese Sache, wenn sie sich nicht ganz genau darüber im Klaren war, dass der Ermordete Ditlev Joensen war.«

»Damit steht sie offenbar nicht alleine da«, sagte Therkelsen. »Aber niemand verspürte den überwältigenden Drang, uns das zu erzählen.«

»Nein, und warum nicht? Kannst du mir das sagen? Die Schwester zum Beispiel, was zum Teufel ist das? Und Berit Åen! Herr im Himmel noch mal.« Er schüttelte den Kopf. »Für wie dumm hält sie mich eigentlich? Rechtsberater!« Høyer schnaubte wütend. »Weißt du übrigens, wer der Gast war, auf den sie gewartet hat? Und es würde mich wirklich nicht wundern, wenn sie auch mit ihm im Sommerhaus war. Rechtsanwalt Halgreen. Was zum Teufel wollte sie also mit einem Rechtsberater?«

»Gerechterweise muss man sagen, dass der Vetter seit fünf, sechs Jahren für sie gearbeitet hat«, warf Therkelsen ein. »Soweit ich weiß, ist Halgreen erst seit einem Jahr Witwer, und die Geschichte könnte noch ganz neu sein.«

»Ja, aber trotzdem. 2500 Kronen im Monat für nichts. Weil Blut dicker ist als Wasser, rutsch mir den Buckel runter! Würdest du deinem Vetter 2500 Kronen pro Monat für Rechtsberatung zahlen?«

»Nein«, sagte Therkelsen grinsend. »Mein Vetter ist Mechaniker.«

»Zuerst hatte ich die vage Idee, dass es sich um einen Steuerbetrug im Miniformat handeln könnte«, sagte Høyer, »aber das können wir mit Sicherheit ausschließen. Dafür glaube ich, dass das, was die Schwester über ihn erzählt hat, uns gewisse Perspektiven eröffnet.«

»Du meinst, dass er Frau Åen mit irgendetwas erpresst hat?«

»Nach dem, was du erzählt hast, wäre das nicht unwahrscheinlich, oder?«

»Nun war die Einstellung der Schwester vielleicht ein bisschen davon beeinträchtigt ...«, begann Therkelsen.

»Das glaube ich eigentlich nicht«, sagte Høyer. »Ich denke, dass sie sehr gut zu der Einschätzung meiner alten Freundin passt. Und selbst wenn Berit Åen gelogen hat, hat sie das sehr subtil getan. Sie hat nichts Negatives über ihn gesagt, aber in Wirklichkeit hat sie auch nichts Positives gesagt. Sie hat sich sehr vage ausgedrückt. – Du hast meine Nachricht bekommen, nehme ich an. Und du hast mit Preben Holm gesprochen. Was konnte *er* erzählen?«

»Ich habe deine Nachricht bekommen, ja«, sagte Therkelsen. »Und es ist mir gelungen, sie zu deuten, obwohl sie etwas geheimnisvoll klang. *Sieh dir Preben Holms Akte an! Was hältst du davon? Sprich mit P. H., wenn du kannst. Denk an Sonntag.* Aber als ich mir die Akte angesehen hatte, war mir klar, was du gemeint hast. Sie war ja auch ziemlich dünn. Also bin ich zu ihm gefahren.«

»Wie hat er reagiert?«

»Kühl. Gelinde gesagt. Er ist der Typ: *Wissen Sie eigentlich, wer ich bin.* Deshalb habe ich ihn grob angefahren und gefragt, wo er Sonntagnachmittag war. Das hat ihn etwas auf den Boden zurückgeholt. Er hat übrigens behauptet, dass er zu Hause war, und seine Frau hat das bestätigt. Was Ditlev Joensens Rolle betrifft, hat er eingeräumt, dass es vielleicht seltsam aussehen mag, dass eine große Firma wie seine, die natürlich ohnehin einen Anwalt hat, auch Joensen auf der Lohnliste hatte, aber er hat erklärt, dass es dabei um Sachen ging, die ›off the record‹ waren. So hat er das ausgedrückt.«

»Und wie soll man das verstehen?«

»Danach habe ich ihn auch gefragt. Er wurde zum Beispiel zu Rate gezogen, wenn man die Verhältnisse eines Bewerbers oder eventuell auch eines Angestellten etwas näher untersuchen wollte. Diskret, sozusagen.«

»Fast eine Art Privatdetektiv?«

»Nenn es, wie du willst. Ich habe das Gefühl, dass er sich das stehenden Fußes ausgedacht hat. Und er hätte verdammt gerne gesehen, was ich in der Akte hatte.«

»Das Frustrierende ist nur, dass in den Akten nichts ist«, sagte Høyer. »Wenn Joensen irgendetwas gegen diese Leute in der Hand hatte und wenn es etwas gibt, das sie entlarven kann, ist es jedenfalls nicht hier.«

»Und im Bankschließfach?«, fragte Therkelsen.

»Nichts. Ich habe Larsen runtergeschickt, bevor ich zu Frau Åen gefahren bin. Sobald ich den Durchsuchungsbefehl hatte. Und da war nichts. Nur ein paar Pfandbriefe, Obligationen und einige Aktien. Er hatte knapp hunderttausend durch Zinseinnahmen.«

»Das ist doch ganz schön«, sagte Therkelsen. »Aber natürlich nicht genug zum Leben – jedenfalls nicht, um in dem Maße Klamotten zu kaufen.«

»Nee, und der größte Teil stammt wahrscheinlich aus dem Erbe seiner Vermieterin und das ist ja etwas ziemlich Neues. Im Übrigen war er über vierzig, bevor er fertiger Jurist war. Er muss also eine Art ewiger Student gewesen sein. Dann hat er ein paar Jahre in einer Anwaltskanzlei gearbeitet und danach war er nirgendwo mehr angestellt. Die Götter mögen wissen, wovon er gelebt hat – von den geringen Zinseinnahmen einmal abgesehen.«

»Er kann natürlich Geld aufgenommen haben. So wie ich die Schwester verstanden haben, haben die Eltern einiges zu vererben gehabt«, sagte Therkelsen.

»Vielleicht«, sagte Høyer. »Aber wir haben ja noch einen Mandanten. Leif Davidsen. Sollen wir ihn hinter uns bringen, wo wir schon mal dabei sind? Dann haben wir alle durch.«

Therkelsen nickte. »Es ist schwer, einen Zusammenhang zwischen den dreien zu sehen, nicht? Ein Major, eine Inhaberin einer Zeitpersonalagentur und ein Direktor einer Riesenfirma. Wo zum Teufel ist die Verbindung?«

»Im Leichenschauhaus«, sagte Høyer trocken.

Frau Davidsen öffnete ihnen. Høyer überlegte, ob es der Anblick von zwei Polizisten war, der sie erschreckte, oder ob sie immer so aussah, als stünde sie am Rande eines Nervenzusammenbruchs. Dafür wirkte der Major auffallend ruhig, wie ein Mann, der sich für die Schlacht gerüstet hat, dachte Høyer.

»Es geht vermutlich um Ditlev Joensen?«, sagte er, sobald sie sich im Wohnzimmer hingesetzt hatten.

Therkelsen und Høyer wechselten einen schnellen Blick. Der Major beabsichtigte, offenbar direkt zur Sache zu kommen.

»Ja, das tut es allerdings«, sagte Høyer. »Aber wie …?«

»Ich ahnte, dass er der Mann war, der kürzlich ermordet worden ist. Die Beschreibung passte irgendwie. Und wir hatten ja eine gewisse … Verbindung zu ihm«, erklärte der Major.

»Sie wussten also, wo er die Ferien verbrachte?«

Einen Augenblick wurde der Major unsicher. »Nein, nee, das wusste ich ganz bestimmt nicht, aber ... na ja, es muss wohl eine Art Intuition gewesen sein.«

Seine Frau rang die Hände im Schoß und sah ihn unverwandt an.

»Er war Ihr Rechtsberater«, sagte Høyer. »Was hieß das ganz konkret?«

Der Major blickte kurz auf seine Frau, dann richtete er den Blick wieder auf Høyer. »Nichts«, sagte er. »Überhaupt nichts. Abgesehen davon, dass es uns im Monat ein paar tausend Kronen gekostet hat.«

Høyer sah ihn verblüfft an. Das hatte er trotz allem nicht erwartet. »Was meinen Sie mit ›nichts‹? Meinen Sie, dass er nichts für das Honorar geleistet hat, das Sie ihm bezahlt haben?«

Der Major warf seiner Frau aufs Neue einen kurzen Blick zu, als wollte er grünes Licht bekommen und sie neigte bekräftigend den Kopf.

»Meine Frau und ich haben die Sache durchdiskutiert«, sagte der Major langsam. »Und wir haben uns darauf geeinigt, Ihnen die ganze Geschichte zu erzählen. Wenn Sie uns ausfindig machen. Sie hat nichts mit dem Mord an Ditlev Joensen zu tun, aber sie sagt Ihnen etwas über den Mann, das für Sie nützlich sein kann. Ich gehe davon aus, dass das, was Sie erfahren werden, nicht über diese vier Wände hinausgeht.«

»Soweit es mit dem Mord nichts zu tun hat und soweit es sich nicht um etwas Kriminelles handelt, wird ...«

»Das tut es nicht. Oder doch. Joensen war kriminell. Das war er, ja.« Er schwieg einen Augenblick, dann räusperte er sich. »Wir haben nur ein Kind, meine Frau und ich. Eine Tochter, die wir natürlich beide sehr lieben. Sie ist neunzehn und hat diesen Sommer mit dem Studium angefangen. Wenn Sie Kinder haben, wissen Sie, dass man bereit ist sehr weit zu gehen, um sie zu schonen vor …« Er sah sich suchend um, wie um den richtigen Ausdruck zu finden. »Um sie vor der Schlechtigkeit der Welt zu schonen«, sagte er schließlich.

Høyer nickte. Er hatte selbst eine etwas ältere Tochter als der Major und verstand ihn gut, aber er begriff nicht, worauf der Major hinauswollte. Was hatten die Tochter des Majors und Ditlev Joensen miteinander zu tun? Drogen kamen ihm in den Sinn.

»Meine Frau und ich kennen uns seit unserer Schulzeit«, fuhr der Major fort. »Wir waren ein paar Jahre zusammen, haben uns verlobt und dann … nun, wir waren wohl zu jung. Jedenfalls ist die Verlobung geplatzt. Meine Frau ist nach Kopenhagen gegangen und erst ein paar Jahre später haben wir uns ganz zufällig wiedergetroffen und diesmal hatte keiner von uns mehr Zweifel. Drei Wochen später waren wir verheiratet.«

Therkelsen warf Høyer einen verständnislosen Blick zu. Verstand er, worum es ging? Frau Davidsens Augen hingen an den Lippen ihres Mannes.

Der Major holte tief Luft. »Meine Frau war schwanger, als wir uns wiedertrafen. Das Kind wurde fünf Monate nach der Hochzeit geboren. Aber von dem Augenblick seiner Geburt an, ja, eigentlich schon seit unserer Heirat, habe ich es als mein Kind betrachtet. Es *ist* mein Kind. Und niemand außer meiner Frau und mir – und natürlich dem leiblichen Vater – weiß, dass ich nicht der Vater bin. Unsere Tochter hat keine Ahnung davon und soll es auch nie erfahren.«

Høyer und Therkelsen tauschten einen Blick aus.

»Ich habe gesagt, dass niemand davon wusste«, begann der Major wieder. »Jedenfalls haben wir das geglaubt. Aber dann tauchte Ditlev Joensen auf der Bildfläche auf. Wir haben ihn bei Freunden getroffen, er war der Bruder der Ehefrau und machte einen angenehmen Eindruck. Er war Junggeselle und immer zur Stelle, wenn man für eine Gesellschaft noch einen Herrn brauchte. Mit der Zeit kam er recht oft in unser Haus. Manchmal schaute er auch einfach nur herein, wenn er vorbeikam. Er wurde eine Art Hausfreund. Und dann begann er mit seinen Andeutungen. Anfangs bin ich nicht weiter darauf eingegangen, weil ... na ja, ich hatte fast vergessen, dass sie nicht meine Tochter ist, und außerdem waren wir, wie gesagt, davon überzeugt, dass niemand etwas ahnte. Aber eines Abends, als er zum Abendessen hereingeschneit war, begann er über den *pater-est*-Begriff zu reden. Das klingt vielleicht ziemlich unschuldig, der Mann war ja Jurist, aber das war es nicht. Plötzlich wurde mir klar, worauf er anspielte. Ich war davon überzeugt, dass er jeden Augenblick auf meine Tochter zeigen und sagen könnte: Da haben wir doch schon ein Beispiel. Und das war keine Einbildung. Meine Frau hat das genauso empfunden und später zeigte sich, dass wir Recht hatten.«

»Was ist dann passiert?«, fragte Høyer, als der Major wieder eine kurze Pause machte.

»Er ließ das Thema für diesen Abend fallen und meine Frau und ich sprachen nicht darüber. Das taten wir erst später. Als er den Spaß wiederholte. In einer anderen Version, aber mit derselben Absicht. Um uns zu verunsichern, nervös zu machen. Zuletzt habe ich den Stier bei den Hörnern gepackt und ihn gefragt, worauf er anspielte. Er hat gelacht und gesagt, dass ich das doch genau wüsste. Ich hätte ... und er hat es genossen. Das kann ich Ihnen versichern! Er hat es *genossen.* Und ich konnte nichts tun, um ihm Einhalt zu gebieten. Ich konnte ihn nicht einmal hinauswerfen.«

Høyer rieb sich das Kinn. »Sie hätten natürlich Ihrer Tochter die Wahrheit sagen können«, sagte er.

»Nein. Was glauben Sie, wie ein sensibles Mädchen von sechzehn Jahren reagieren würde, wenn es plötzlich erfährt, dass ihr Vater nicht ihr richtiger Vater ist. Dann hätte sie es von Anfang an wissen müssen, aber damals hatten wir ja beschlossen, dass sie unser Kind sein soll, nur unseres, und so war es ja auch geworden. Und das sollte diese kleine Ratte nicht zerstören.« Er schnitt eine Grimasse. »Und selbst wenn ich diese Möglichkeit erwogen hätte, hatte er dafür gesorgt, dass das ausgeschlossen war. Indem er kurz darauf anspielte, dass all das, was ein leiblicher Vater mit seiner Tochter macht, ihr einen Klaps auf den Po geben oder einen Kuss, auch weniger edle Motive haben kann, wenn es sich um den Stiefvater handelt. Lächerlich natürlich, aber die Atmosphäre war vergiftet. Ich hätte die Folgen nicht absehen können, wenn das mit dem Schock, plötzlich die Wahrheit zu erfahren, kombiniert worden wäre. Ich *konnte* es ihr nicht erzählen. Das war ausgeschlossen.«

»Und so haben Sie ihm Geld angeboten?«

»Ja, damit er nicht mehr kam und unserer Tochter nichts erzählte. Ja, ich habe ihm Geld angeboten.«

»Und er hat es genommen?«

»Ja. Er bot sogar an, es als Rechtsberatung zu deklarieren. Damit ich es absetzen konnte. Er war wirklich sehr kulant.« Der Major lachte bitter.

»Sie meinen also, er hat Steuern auf den Betrag gezahlt?«

Irgendwie wirkte das absurd.

»Ja, ich denke schon. Aber er hat natürlich ein paar fiktive Ausgaben abgezogen. Büro, Autofahrten, was weiß ich. Er war ziemlich clever.«

Der Major richtete sich in seinem Stuhl auf.

»Ja, das war die ganze Geschichte. Und ich kann Ihnen versichern, dass ich entzückt bin, dass irgendjemand den Mut gehabt hat, ihn umzubringen. Erst jetzt kann ich mich sicher fühlen. Verstehen Sie, es war nicht nur das Geld, obwohl das, weiß Gott, schlimm genug war, aber ich wusste nie, ob er nicht doch eines Tages auf den Gedanken kommen würde, dass es sich lohnen könnte, meiner Tochter die Wahrheit zu sagen. So war er. Gemein!« Das letzte Wort spuckte er fast aus.

»Major Davidsen, wo waren Sie am Sonntag?«

»Das müssen Sie natürlich fragen und ich kann Ihnen sagen, dass ich in der Kaserne war. Ich war der wachhabende Kommandant.«

Høyer dachte einen Moment lang nach. »Sie haben keine Ahnung, woher Ditlev Joensen sein Wissen hatte?«

»Nein, absolut nicht.«

»Wie hieß oder heißt der leibliche Vater Ihrer Tochter?«, fragte Høyer. »Vielleicht ist das die Lösung.«

»Das weiß ich nicht«, sagte Davidsen. »Ich habe es nie erfahren.«

Høyer sah ihn verblüfft an.

»Ich wollte es nie wissen und ich will es auch jetzt nicht wissen. Ich möchte den Namen nicht erfahren und vielleicht ein Gesicht mit dem Mann verbinden. Ich weiß nicht, ob Sie das verstehen, aber ich habe Angst, dass ich dieses Gesicht sehen könnte, wenn ich meine Tochter sehe. So wie es jetzt ist, existiert er eigentlich nicht.«

»Ja, ich denke schon, dass ich Sie verstehe«, sagte Høyer nach einer kleinen Pause. »Aber nichtsdestotrotz glaube ich, dass es für uns nützlich ist, zu erfahren, wer es ist.«

Der Major sah seine Frau an. »Das ist deine Entscheidung, meine Liebe«, sagte er.

Sie sah auf ihre gefalteten Hände hinunter, dann hob sie den Kopf und nickte.

Der Major stand auf. »Wenn Sie keine Fragen mehr haben ...?«

Høyer schüttelte den Kopf.

»Dann werde ich wohl etwas in den Garten gehen.« Er machte eine leichte Verbeugung vor Høyer und Therkelsen und verließ das Wohnzimmer. Frau Davidsen sah ihm mit dem Blick eines allein gelassenen Hundes nach.

»Ja, Frau Davidsen. Sie hatten also ein Verhältnis mit einem anderen Mann, bevor Sie Ihren Mann wiedergetroffen haben. Wer war er?«

»Es war mein Chef«, sagte sie. »Die alte, banale Geschichte.«

Therkelsen sah sie verblüfft an. Sie hatte eine schöne Stimme. Ruhig und wohlklingend. Sie schien plötzlich ein anderer Mensch geworden zu sein. Nicht mehr das kleine verschreckte Wesen als das sie ihnen vorgekommen war.

»Er war verheiratet und ganz außer sich, als ich ihm erzählte, dass ich schwanger war. Zuerst hat er mir Geld angeboten, 25.000 Kronen, um ihn aus der Sache herauszuhalten. Später sagte er, dass er sich ja nicht sicher sein könne, dass er der Vater ist. Das war sehr demütigend. Damals habe ich nicht verstanden, dass er Angst hatte. Vor dem Skandal. Und vielleicht vor seiner Frau.«

»Wie heißt er, Frau Davidsen?«, fragte Høyer.

Sie atmete tief durch. »Preben Holm.«

»Doch nicht *der* Preben Holm?«, fragte Høyer verblüfft.

Sie lächelte schwach. »Doch, damals war er Direktor der Kopenhagener Filiale. Er hatte in die Firma eingeheiratet. Er ist erst als Direktor des ganzen Konzerns hierher gekommen, als sein Schwiegervater starb.«

»Haben Sie sich hier mit ihm getroffen?«

»Nie. Ich erkenne ihn natürlich, weil man ihn auf Fotos sieht, aber er würde mich bestimmt nicht erkennen. Vermutlich hat er mich auch längst vergessen. Ich war nur eine Episode. Er kennt ja auch nicht meinen jetzigen Namen.«

»Sieht Ihre Tochter ihrem Vater ähnlich?«

»Ja, vielleicht. Ja, eigentlich tut sie das. Vielleicht nicht so sehr, wie er jetzt aussieht. Er ist allmählich über sechzig, aber wie er aussah, als er jünger war. Ja, sie ähnelt ihm, eigentlich sehr«, sagte sie nachdenklich. »Das ist lustig, im Grunde genommen habe ich bisher nie darüber nachgedacht. Ich habe mich auch daran gewöhnt, Leif als ihren Vater zu betrachten. Und das ist er in Wirklichkeit ja auch.«

»Und Sie haben auch keine Idee, woher Joensen sein Wissen gehabt haben kann. Etwas, das Sie Ihrem Mann vielleicht nicht erzählen konnten, ohne dass ...«

»Nein«, unterbrach sie ihn und schüttelte den Kopf. »Es ist mir absolut unverständlich. Niemand hat etwas geahnt. Wir sind sehr vorsichtig gewesen. Wir waren immer nur in seinem Büro zusammen.« Sie errötete leicht. »Es war, wie gesagt, eine ziemlich banale Affäre.«

»Sitzt ihr einfach nur da und guckt in die Glotze? Gibt es kein Abendessen?«, rief Pia, die ins Zimmer gestürzt kam, in dem ihr Vater und ihre Mutter die Nachrichten sahen.

»Die Pension ist geschlossen«, sagte ihre Mutter, ohne den Blick vom Fernseher abzuwenden. »Wenn du Hunger hast, musst du dir selbst etwas zu essen machen. Oder du musst zu den Essenszeiten hier sein.« Sie schnupperte. »Außerdem stinkst du nach Pommes frites.«

»Das ist doch kein *Essen*«, protestierte Pia, indem sie sich in einen Stuhl fallen ließ und ohne besonderes Interesse mitguckte.

Plötzlich richtete sie sich auf und bekam starre Augen. »Oh Mann, verdammt!«, rief sie. »Das hatte ich total vergessen.«

Sie stand auf und wollte das Zimmer verlassen. »Ich gehe noch mal weg!«, rief sie.

»Hey, hey, junge Dame, wo willst du hin?«, fragte ihr Vater.

»Zu Tina.«

»Hast du deine Hausaufgaben gemacht?«

»Wir hatten nichts auf«, Pia verschwand durch die Tür.

»Um neun bist du zu Hause«, rief ihre Mutter ihr nach. Dann schüttelte sie den Kopf. »Ich habe den Eindruck, die haben nie etwas auf.«

»Ehrlich gesagt, empfinde ich immer weniger Sympathie für den guten Joensen«, sagte Therkelsen. »Was für ein mieser Typ.«

»Das hatten wir doch schon geahnt«, sagte Høyer. »Aber gut, dass der Major ausgepackt hat. Und die Majorin. Jetzt wissen wir jedenfalls, welche Leichen die Majorens und Preben Holm im Keller hatten. Wenn wir auf Holm etwas Druck ausüben, rückt er wohl auch mit der ganzen Geschichte heraus. Er weiß bestimmt, wo Joensen sie aufgestöbert hat. Jetzt wäre es interessant zu wissen, was Frau Åen in ihrem Schrank hat, denn da ist auch etwas. Da kannst du sicher sein.«

»Was mich wundert«, sagte Therkelsen nachdenklich, »ist, dass er von allen den gleichen Satz genommen hat. Ich meine, für Holm sind 2.500 Peanuts, ob er sie nun über das Lohnkonto laufen lässt oder nicht; ich weiß nicht, wie viel Frau Åen verdient, aber ich kann mir ausrechnen, dass das für den Major eine wirtschaftliche Belastung gewesen sein muss.«

»Ja, das hat mich auch gewundert. Aber vielleicht war das gar nicht so dumm. Der Major hätte ihm wohl fast alles gegeben, doch sein Einkommen bildete eine natürliche Grenze. Das wusste Joensen. Und 2.500 Kronen waren für Holm mit Sicherheit Peanuts, wie du gesagt hast, aber ich glaube, dass es klug war, nicht mehr zu verlangen. Denn es wäre durchaus möglich gewesen, dass er sich zur Wehr gesetzt hätte. So ein großer Skandal war es nun auch wieder nicht. Nein, Joensens psychologisches Gespür war offensichtlich ganz in Ordnung.«

»Wer von ihnen …?«, begann Therkelsen.

»Lassen wir diese Frage bis morgen ruhen«, beschloss Høyer. »Sonst kommen wir heute nicht mehr ins Bett.«

Trotzdem war es fast neun, als Høyer nach Hause kam.

»Hast du was gegessen?«, fragte seine Frau.

»Ja, etwas«, sagte er. »Es sei denn, du hast etwas Leckeres?«

»Wie wäre es mit Roggenbrot mit Leberpastete und Salzfleisch, einem Bier und einem Schnaps? Ansonsten habe ich noch Erdbeeren mit Sahne.«

»Ja, gerne.«

»Was möchtest du?«, fragte sie.

»Beides«, grinste er.

Sie lachte. »Du sollst ja auch nicht vor meinen Augen dahinschwinden.«

»Ich habe heute nicht gefrühstückt«, sagte er. »Und im Urlaub habe ich auch nicht zugenommen, nicht?«

»Nein, das sage ich ja. Ich habe mir schon Sorgen gemacht. Du sollst doch nicht vom Fleisch fallen«, sie lächelte ihn an. »Komm mit, wir machen es uns gemütlich. Wir essen in der Küche, ja?«

Er setzte sich an den Esstisch in der Küche, während sie zu decken begann.

»Ich habe heute die Fotos abgeholt«, sagte sie. Sie ging ins Wohnzimmer und kam mit ihnen zurück.

»Sind sie gut geworden?«, fragte er.

Er sah die Bilder langsam durch. Ja, eigentlich waren sie recht gut. Allmählich kam er mit der Belichtung zurecht. Sie machte ihm immer am meisten Mühe. Aber Landschaftsbilder waren auch nicht sein Ding. Jedenfalls sagten sie anderen nie besonders viel. Nicht bevor sie auf eine Leinwand geworfen wurden. Dafür hatte er viele gute Situationsbilder und Fotos von den verschiedenen Sehenswürdigkeiten gemacht, die sie besucht hatten. Natürlich war Rigmor immer irgendwo mit auf dem Bild. Er fotografierte am liebsten Menschen.

»Du bist wirklich auf Mallorca gewesen«, sagte er schelmisch, als sie zu ihm kam und ihm über die Schulter guckte.

»Ja, überall«, lachte sie. Dann fügte sie hinzu: »Zu dumm, dass nur du fotografierst. Du solltest es mir beibringen. Es ist wirklich schade, dass *du* fast auf keinem der Bilder bist. Man könnte beinahe glauben, dass du überhaupt nicht mit warst.«

»Du kannst dich hoffentlich daran erinnern, dass ich das war?«

»Ja, und ob. Aber trotzdem. So ist es immer. Der, der fotografiert, kommt nie selbst mit aufs Bild. Wenn ich daran denke, wie eifrig Vater fotografiert hat, was damals immerhin nichts Alltägliches war, und wir haben kaum ein Bild von ihm.«

»Was mich betrifft, halte ich das nicht für einen großen Verlust«, sagte Høyer. »Du machst auf Bildern viel mehr her.«

»Danke, das hast du nett gesagt.«

»Ich habe heute übrigens eine ganz bezaubernde Dame kennen gelernt. Wirklich entzückend.«

Sie stellte einen Teller vor ihn hin und setzte sich ihm gegenüber. »Muss ich eifersüchtig werden?«, fragte sie.

»Das musst du bestimmt. Ich habe mich bis über beide Ohren in sie verliebt.«

»Ich muss schon sagen. Wer ist sie?«

»Sie heißt Frau Berg. Frau A. Chr. Berg, vermutlich Christian.«

»Doch nicht etwa Frau Rechtsanwalt Berg?« Sie lachte. »Nein, das ist unmöglich. Sie muss um die hundert sein.«

»Sie ist erst 87«, sagte Høyer, der in Frau Bergs Namen leicht brüskiert war.

»Dass sie noch lebt! Sie muss einmal eine Schönheit gewesen sein. Eine der *großen* Damen der Stadt, weißt du.«

Frau Høyer stammte aus der Stadt und es war verblüffend, wen sie alles kannte. Jedenfalls imponierte es Høyer und es kam ihm so vor, als würde sie von ihrem Jahrgang an aufwärts eigentlich jeden kennen.

»Sie ist noch immer eine Schönheit«, sagte er. »Es ist doch möglich, eine alte Schönheit zu sein?«

»Da hast du Recht«, sagte seine Frau.

»Da wir gerade bei meinen Damenbekanntschaften sind«, sagte er, »kennst du vielleicht auch eine Berit Åen. Vielleicht hieß sie früher anders.« Ihm kam ein Gedanke. »Möglicherweise Joensen.«

»Nein, Åen ist ihr Mädchenname«, sagte Frau Høyer. »Ja, natürlich kenne ich Berit. Wir sind zusammen zur Schule gegangen.«

»Sie ist doch älter als du.«

»Ja, etwas. Wir waren nicht in derselben Klasse. Ein sehr nettes Mädchen. Joensen war ihr Vetter.«

Høyer fiel der Unterkiefer herunter. »Hast du ihn auch gekannt?«, rief er verblüfft.

»Nein, aber ich habe gewusst, wer er war. Sie hatte auch noch eine Kusine. Ein bisschen jünger. Hm«, sie lächelte und verlor sich einen Moment in den Erinnerungen.

»Sie hat jetzt eine Zeitpersonalagentur. Und macht den Eindruck einer äußerst kühlen, selbstsicheren Dame. Aber vor allem einer gepflegten.«

»So ist sie immer gewesen. Also nicht kühl und selbstsicher. Aber gepflegt. Wie gesagt, ein nettes Mädchen.«

»Was weißt du über sie?«

»Interessiert sie dich privat oder beruflich? Das will ich zuerst wissen.«

»Ausschließlich beruflich.«

»Also nur Tatsachen, kein Klatsch.«

»Alles. Sowohl Tatsachen als auch Klatsch«, beharrte er.

»Sie hatte sozusagen ein tragisches Schicksal.« Sie dachte einen Moment nach. »Ja, das kann man wohl so sagen. Sie war, wie gesagt, ein hübsches, nettes und begabtes Mädchen und natürlich auch sehr umschwärmt. Dic Eltern hatten Geld, sie machte Abitur und begann, Medizin zu studieren. Das tat der Vetter übrigens auch«, warf sie ein. »Aber dann wollte es das Schicksal, dass sie sich in einen ihrer Kommilitonen verliebte, und das war der Anfang vom Ende. Er war natürlich nicht hier aus der Stadt«, fügte sie hinzu, als würde das alles erklären.

Høyer lachte. »Das bin ich auch nicht«, sagte er belustigt.

»Nein, aber du kommst vom Land, das ist etwas anderes«, sagte seine Frau und Høyer wurde klar, dass sie es wirklich als sozialen Abstieg betrachtete, dass Berit Åen sich in jemanden *von außerhalb* verliebt hatte.

»Jedenfalls heiratete sie das Wunder von einem Mann

gegen den Willen ihrer Eltern und gab ihr Studium auf. Einer musste ja Geld verdienen. Er wurde auch ewig nicht fertig, denn plötzlich wechselte er das Fach und begann mit Zahnmedizin. Ich glaube, er war über dreißig, als er endlich fertig war. Da hatten Åens sich mit der Situation abgefunden, jedenfalls gehe ich davon aus, denn Berit und ihr Mann zogen hierher und ihre Eltern halfen ihnen finanziell, sodass er seine eigene Klinik aufmachen konnte. Und das war dann auch ihr wirtschaftlicher Schwanengesang, denn als der alte Åen starb, war seine Firma nichts mehr wert. Ich glaube, das ist jetzt ungefähr zehn Jahre her.«

»Ich finde nicht, dass das ziemlich tragisch klingt«, sagte Høyer.

»Das Tragische kommt jetzt. Sie hatten bereits ein Kind, als sie hier in die Stadt zogen, und bekamen ziemlich schnell zwei weitere. Alle drei Jungen. Und Berit wurde Hausfrau oder wie du das nun nennen willst. All das sind Tatsachen. Das Nächste ist reiner Klatsch. Das heißt, es ist richtig, dass Berit noch mal schwanger wurde, als sie ungefähr vierzig war. Sie wollte kein weiteres Kind, aber ihr Mann meinte, dass ein kleines Mädchen doch entzückend wäre, und bestand darauf, dass sie das Kind bekam. Berit ging unter der Bedingung darauf ein, dass eine Chromosomenuntersuchung vorgenommen wurde und dass die in Ordnung war. Das wurde es und sie war in Ordnung und außerdem würde es ein Mädchen werden. Dann brachte sie das Kind zur Welt – das schwer geistig behindert war. Nicht mongoloid, nur schwer geistig behindert. Das war nun nicht gerade das, wovon der Mann geträumt hatte, er wollte, dass das Kind in ein Heim kam, aber das wollte Berit nicht.« Rigmor Høyer warf ihrem Mann einen schnellen, fragenden Blick zu. »Interessiert dich das wirklich?«

»Ja, sicher interessiert mich das. Weiter. Was ist dann passiert?«

»Ja, was glaubst du? Drei Jahre später waren sie geschieden und er mit einer Krankenschwester zusammengezogen. Und sie stand alleine da mit einem geistig behinderten Kind – und mit den drei Jungen natürlich. Aber die sind allmählich erwachsen. Nein, warte, da war auch etwas mit einem von ihnen, verdammt. Wurde er rauschgiftsüchtig oder beging er Selbstmord? Daran kann ich mich nicht erinnern. Etwas war da. Aber wie gesagt, das ist Klatsch. Ich habe es nicht von Berit selbst. Tatsache ist, dass sie ein geistig behindertes Kind bekommen hat und geschieden wurde. Fertig.«

»Hm, hm«, sagte Høyer. »Da kann man mal sehen. Da kann man mal sehen.« Fast in Gedanken ging er zum Kühlschrank und nahm sich noch ein Bier. »Es hat mich ganz durstig gemacht, dich so lange reden zu hören«, sagte er erklärend, als er es aufmachte. »Willst du auch noch eins?«

»Nein, dann muss ich nur nachts aufstehen.«

Vielleicht hätte Høyer auch keine zwei Bier trinken sollen. Jedenfalls schlief er nicht gut. Es war ein Schlaf ohne Ruhe, als würde er die ganze Zeit wieder an die Oberfläche gleiten. Mitten in der Nacht wachte er nach einem verwirrenden Traum auf, in dem alles vorgekommen war, was ihn in der letzten Zeit beschäftigt hatte: Mallorca, Berit Åen, die alte Frau Berg, brennende Häuser und ein unheimlicher Fotograf ohne Gesicht, vielleicht er selbst, der alles und alle aus den absurdesten Blickwinkeln fotografierte.

Verärgert stand Høyer auf und taumelte schlaftrunken ins Bad. Er sah auf die Uhr, bevor er das Licht wieder löschte. Viertel nach zwei. Hoffentlich wurde der Rest der Nacht besser.

Fast zur gleichen Zeit wie Høyer erwachte die alte Frau Berg. Sie lauschte. Irgendetwas musste sie geweckt haben. Irgendein Geräusch. Vielleicht ein nächtlicher Vogelschrei aus dem Garten. Da waren so viele Katzen. Wenn sie nur wieder einschlafen konnte. Damit hatte sie Schwierigkeiten, wenn sie im Laufe der Nacht erwachte. Manchmal endete es damit, dass sie aufstand und sich ins Wohnzimmer setzte und Patiencen legte, bis es dämmerte. Aber es war erst halb drei. Sie sollte wohl besser versuchen, wieder einzuschlafen.

Im warmen Bett fühlte sie sich auch sicherer. Jetzt, wo Herr Ditlev nicht mehr da war. Sie lag noch immer ganz still und lauschte. Da *war* etwas. Irgendein Geräusch. Es kam von oben. Ihr Gehör war noch recht scharf und da war etwas. Ob Frau Jensen neulich wohl daran gedacht hatte, die Balkontür zu schließen, als sie in Herrn Ditlevs Wohnung sauber gemacht hatte? Gewöhnlich schüttelte sie draußen die Betten aus und manchmal vergaß sie, die Tür zu schließen. Wenn sie nicht ordentlich zugemacht wurde, konnte es passieren, dass sie aufging und klapperte. Vielleicht war es klüger, hinaufzugehen und nachzusehen. Sonst würde sie heute Nacht doch keinen Schlaf finden.

Sie stieg aus dem Bett und tastete mit den Füßen nach ihren Pantoffeln. Dann trippelte sie in ihrem langen weißen Nachthemd lautlos den Gang entlang, quer durch die Halle und die Treppe hinauf.

Sie kam zu Herrn Ditlevs Wohnungstür. Ja, das musste die Balkontür sein, jetzt hörte sie es deutlich. Sie öffnete die Tür und trat ins Wohnzimmer, während sie nach dem Lichtschalter tastete. Aber es gelang ihr nicht mehr, das Licht anzumachen. Etwas kam durch das Dunkel auf sie zugesaust und traf ihren Kopf, und mit einem leisen Wimmern stürzte sie zu Boden.

8. Kapitel

»Na!«, sagte Therkelsen und sah Høyer gut gelaunt an.

»Na! Da kann doch jeder kommen und das sagen«, meinte Høyer mürrisch und gähnte herzhaft. Er war alles andere als ausgeruht. »Aber wir müssen wohl anfangen. Wie wäre es, alphabetisch vorzugehen?«

»Mit Leif Davidsen, also?«, sagte Høyer und Therkelsen nickte. Eigentlich hatte er an Berit Åen gedacht, was er als weiteres Zeichen dafür deutete, dass er langsam alt wurde.*

»Davidsen könnte es getan haben«, fuhr Therkelsen fort. »Rein physisch, meine ich. Und psychisch ... ja, wenn er das Gefühl gehabt hat, dass Ditlev Joensen kurz davor stand, der Tochter etwas zu sagen ..., wer weiß? Ich halte das nicht für ausgeschlossen. Das ist oder war ja sein wunder Punkt. Jedenfalls bin ich felsenfest davon überzeugt, dass er Lust dazu gehabt hat, und das mehr als ein Mal.«

»Nun tun die Leute ja nicht all das, wovon sie sagen, dass sie Lust dazu haben«, sagte Høyer. »Glücklicherweise! Sonst würde ich dem Polizeidienst so schnell den Rücken kehren, dass du nicht einmal mehr meine Absätze im Staub sehen könntest. Aber selbst wenn der Major bis zum Zerreißen angespannt war, und das war er bestimmt, würde gerade der Gedanke an die Tochter ihn davon abgehalten haben, etwas Drastisches zu unternehmen.«

---

* Der Buchstabe *Å* steht im dänischen Alphabet an letzter Stelle. *Anm. der Übersetzerin*

»Vielleicht. Aber die Leute glauben ja immer, dass gerade sie gut davonkommen«, wandte Therkelsen ein.

»Sicher, aber trotzdem. Außerdem hat er ein Alibi. Natürlich müssen wir überprüfen, wie viel es wert ist, aber wenn er wachhabender Kommandant war, und ich glaube nicht, dass er so dumm ist, uns in diesem Punkt anzulügen, konnte er die Kaserne wahrscheinlich nicht verlassen.«

»Gut, wir überprüfen das«, sagte Therkelsen.

Plötzlich brach Høyer in Gelächter aus. »Ich kann mich übrigens an eine Neujahrsnacht vor vielen Jahren erinnern, als der wachhabende Kommandant bei uns angerufen und gefragt hat, ob wir nicht ein paar Leute zu ihnen rausschicken können. Sie hatten gehört, dass sich jemand an der Einzäunung zu schaffen machte, und jetzt hatten sie Angst, dass die Russen vor der Tür standen.«

»Das ist nicht wahr!« Therkelsen sah ihn ungläubig an.

»Doch, das ist die reine Wahrheit. Die ganze Truppe war voll wie die Strandhaubitzen, vom wachhabenden Kommandanten abwärts, und keiner hatte die geringste Lust, in den Krieg zu ziehen. Der alte Polizeiobermeister Möller hat mit ihm gesprochen und weißt du, was er gemacht hat?«

»Er war doch wohl nicht so verrückt, jemanden hinzuschicken?«, fragte Therkelsen.

Høyer grinste. »Nee, er hat angeboten, die Heimatschutztruppe zu schicken. Da haben sie den Hörer aufgeknallt.«

Therkelsen schüttelte den Kopf. »Der einzige Trost ist der, dass die Russen Sylvester bestimmt genauso voll waren. Gut – so viel zu Davidsen. Bis auf weiteres stellt er eine Möglichkeit dar.«

»Ja, das müssen wir wohl so stehen lassen, obwohl ich glaube, dass sein Alibi sich als wasserdicht erweisen wird. Dann haben wir Preben Holm. Was hältst du von ihm? Du hast mit ihm gesprochen.«

»Er kommt mir wenig wahrscheinlich vor«, sagte Therkelsen. »Als Möglichkeit, meine ich. Zum Ersten ist er alt, zu alt, ziemlich fett und ... nein. Er würde die Schmutzarbeit auch nicht selbst erledigen. Er ist ein Mann mit *sauberen Händen.* Außerdem haben wir uns doch darauf geeinigt, dass der Betrag Kleingeld für ihn war, und falls Joensen versucht hätte, Druck auf ihn auszuüben, hätte er Gegendruck ausgeübt.«

»Im Großen und Ganzen bin ich mit dir einer Meinung. Außerdem hat er ein Alibi. Klang das glaubwürdig?«

»Bestimmt. Ich denke, wir können ihn von der Liste streichen.«

»In Ordnung. Aber ich meine trotzdem, dass wir versuchen sollten, herauszufinden, wie Joensen es angestellt hat, ihn zu erpressen und woher er seine Informationen hatte.«

»Natürlich. Dann haben wir Berit Åen«, sagte Therkelsen.

»Ja«, sagte Høyer nachdenklich. »Dann haben wir Berit Åen. Und ich würde zu gerne wissen, womit Ditlev Joensen sie erpresst hat. Denn dass er das hat, daran besteht für mich kein Zweifel.«

»Du glaubst nicht an das heilige Familiengefühl?«

»Jedenfalls nicht in diesem Fall. Joensen rief offenbar nicht die besten Seiten in den Menschen wach. Ich weiß übrigens inzwischen etwas mehr über sie.«

Høyer gab Therkelsen eine Zusammenfassung dessen, was seine Frau ihm am Vorabend erzählt hatte.

»Aber ich sehe nicht ganz, wie uns das helfen soll. Da

muss es noch etwas anderes geben. Wer ist gut in so etwas – wen haben wir, der nicht in Urlaub ist?«

»Was ist mit Bach? Er hat eine Nase für Klatsch. Denn es ist wohl etwas in der Richtung, das wir ...«

»Das auch. Wir brauchen alles über Berit Åen, angefangen bei ihrer Geburt. Vergiss nicht, sie hat Joensen ihr ganzes Leben lang gekannt. Ja, soll Bach sich darum kümmern.«

»Was ist mit ihrem Alibi?«

»Sie hat sich nicht einmal die Mühe gemacht, mit einem aufzuwarten. Sie hat gesagt, dass sie mit einem Bekannten im Sommerhaus war, aber sie müssen ja nicht die ganze Zeit Händchen gehalten haben. Sie ist eine ziemlich *coole* Lady. Aber überlassen wir das Bach, irgendetwas muss er verdammt noch mal doch ausgraben.«

»Aber hätte sie es tun können? Man brauchte Kraft dazu.«

»Sie ist kein Porzellanpüppchen. Ganz im Gegenteil. Übrigens erinnert sie von der Statur her etwas an Joensen. Groß und schlank. Aber mit Sicherheit stark genug. Und noch etwas, sie spielt Golf. In ihrer Eingangshalle standen ein paar Golfschläger, die mich daran erinnert haben, dass ich ihren Namen ein paar Mal in dem Zusammenhang gesehen habe. Sie ist Turnierspielerin oder wie das nun heißt. Ich weiß nicht, ob man davon Muskeln wie ein Eisenschmied bekommt, aber ein Schwächling ist sie nicht.«

»Also kommt sie für dich als Täterin in Frage?«, sagte Therkelsen.

»Bestimmt.«

Therkelsen seufzte. »Das heißt, wir haben zwei Möglichkeiten. Das dürfte doch nicht so schwer sein. Der Major oder Berit Åen.«

»Wenn es nur so wäre«, sagte Høyer. »Aber möglicherweise gibt es noch mehr. Was ist zum Beispiel mit der Schwester und ihrem Mann. Sie schien ihn nicht gerade zu lieben.«

»Bestimmt nicht. Aber was sollte das Motiv sein?«

»Das wissen die Götter.«

»Hast du nicht erzählt, dass deine alte Freundin von *vier* Mandanten gesprochen hat?« Therkelsen sah Høyer an.

»Ja, aber sie kann sich auch falsch erinnern. Das ist die eine Möglichkeit. Die andere ist, dass es wirklich vier gegeben hat, einer von ihnen aber wieder verschwunden ist. Vielleicht tot. Ich erinnere mich, dass du erzählt hast, dass die Schwester von einem Anwalt gesprochen hat, der Selbstmord begangen hat.«

»Ja«, sagte Therkelsen. »Ja, das könnte natürlich eine Erklärung sein. Aber irgendwie hatte ich den Eindruck, dass das schon länger zurückliegt.«

»Ich glaube, dass wir uns auf jeden Fall auch das Tun und Treiben der Schwester und des Schwagers etwas genauer ansehen sollten.« Wieder gähnte Høyer herzhaft.

»Sag mal, hast du im Stehen geschlafen oder habt ihr einen Säugling im Haus?«, fragte Therkelsen. »Du siehst furchtbar aus.«

»Genauso fühle ich mich auch«, grinste Høyer. »Und dabei habe ich vor zwölf im Bett gelegen. Wir haben etwas gegessen und ein Bier und einen Schnaps getrunken. Vielleicht waren es auch ein paar Biere und ein paar Schnäpse und das war wohl nicht das Richtige. Ich habe fürchterlich geschlafen.«

»Und ich dachte, genau das sei es«, sagte Therkelsen. »Ein Bier und ein Schnaps und ich schlafe wie ein Kind.«

»Das tue ich in der Regel auch, aber offenbar bekomme ich langsam eine Greisenblase. Und vielleicht habe ich auch ein bisschen zu viel gegessen. Jedenfalls bin ich immer wieder aufgewacht, dann habe ich wieder geträumt, bin wieder aufgewacht und habe wieder geträumt. Kennst du das, wenn einen derselbe Traum eine ganze Nacht lang in allen möglichen Varianten verfolgt. Selbst jetzt ist er noch da und geht mir im Kopf herum.«

»Das kenne ich nicht«, sagte Therkelsen. »Ich träume nie.«

»Unsinn«, behauptete Høyer. »Jeder träumt. Das ist erwiesen.«

»Gut, aber jedenfalls kann ich mich nicht erinnern, wann oder ob ich geträumt habe«, sagte Therkelsen. »Ich beneide euch Träumer. Ihr müsst ein ungeheuer interessantes nächtliches Leben führen, wo die seltsamsten Dinge passieren können.«

»Meine Träume sind anders«, sagte Høyer bedauernd. »Sie sind regelmäßig langweilig, aber äußerst ermüdend. Sie sind nicht die Spur symbolisch. Ich träume einfach von dem, was mich im Moment beschäftigt. Morgens kann ich alle Einzelheiten auseinander klauben und genau sagen, woher ich sie habe. Heute Nacht habe ich zum Beispiel von Berit Åen und von meiner alten Freundin geträumt. Mallorca kam natürlich auch vor. Und ein Feuer. Oder mehrere. Massen von brennenden Häusern. Und ein Fotograf ohne Gesicht, der das Ganze fotografiert hat. Bestimmt war ich das selbst, obwohl ich auch als *ich* in dem Traum vorkam.«

»Langsam verstehe ich, dass du müde bist«, grinste Therkelsen. »Das klingt wahnsinnig ermüdend.«

»Genau das meine ich. Und da ist, wie gesagt, nichts Geheimnisvolles dran. Dieser Fall hier, der Brand neulich und ...«

Er schwieg abrupt und starrte Therkelsen an, ohne ihn zu sehen.

»Was sagt Rigmor dazu, dass du von anderen Frauen träumst?«, fragte Therkelsen. »Hör mal, was ist los mit dir?«

»Kann das sein?«, rief Høyer. »Kann das sein?«

Therkelsen warf ihm einen fast besorgten Blick zu.

»Ja, sicher kann das sein!«, stellte Høyer nach einer Pause fest.

»Was ist vorstellbar?«, fragte Therkelsen. »Erzähl mir nicht, dass du die Lösung für das Ganze in einem Traum gefunden hast. Ich weigere mich, das zu akzeptieren.«

»Nicht in einem Traum. In etwas, das Rigmor gesagt hat. Mensch, was waren wir blind. Das heißt, da war auch nichts zu sehen.«

»Hast du etwas dagegen, den Schleier des Geheimnisses ein wenig zu lüften?«, fragte Therkelsen.

»Erinnerst du dich an all die Bilder von den Bränden, die unser Pyromane gelegt hat? Wir haben hier gesessen und sie uns angesehen.«

»Ja, klar, aber ich dachte, wir sind mit einem Mordfall beschäftigt«, sagte Therkelsen.

»Das sind wir auch, aber irgendwie muss mich die andere Sache auch weiter beschäftigt und in mir gearbeitet haben.«

»Aber das letzte Mal war es doch nicht der Pyromane. Das wissen wir. Es *war* die Getreidetrockenanlage.«

»Ganz genau!«, rief Høyer. »Das war *kein* von dem Pyromanen gelegter Brand und wer kam erst, als das Feuer fast gelöscht war?«

Therkelsen sah ihn fragend an. »Ich gebe mich geschlagen.«

»Halle.«

»Halle?«

»Ja, Halle. Der Fotograf. Wer ist nie auf den Bildern, weil er selbst es ist, der fotografiert? Fast alle Bilder, die wir nicht selbst aufgenommen haben, sind von Halle. Jedes verdammte Mal, das wir zu einem Brand rausgefahren sind, war Halle schon vor uns da oder kam zur gleichen Zeit wie wir. Er war einfach da. Vor allen anderen Fotografen. Was hat er wohl gemacht? In der Nähe gewartet, bis die Feuerwehr gekommen ist? Ich habe gedacht ... nein, ich habe nicht gedacht und das war der Fehler, ich bin einfach davon ausgegangen, dass der Mann so von seiner Arbeit besessen war, dass er immer da war und dass er hier und da von der Feuerwehr einen Tipp bekommen hat.«

»Halle?« Therkelsen starrte ihn an. »Du meine Güte! Glaubst du wirklich ... Ja, du hast Recht. Jedenfalls ist das eine Möglichkeit. Was du sagst, stimmt: Er war einfach da. Genau wie der Einsatzleiter oder der Vizepolizeipräsident ... oder wir selber, was das angeht.«

»Aber das letzte Mal war er nicht da, *weil er nicht gewusst hat, dass es in der Nacht brennen wird.*«

»Und er hat von den Bränden profitiert. Was meinst du? Ist er ein Pyromane oder ...«

»Natürlich ist er ein Pyromane. Mit allem, was wir unter dem Begriff verstehen. Das andere war nur, wenn ich das so sagen darf, eine Beigabe. Wenn er es ist. Ich gehe sofort zu Larsen und setze ihn daran. Es ist in jedem Fall eine Nachforschung wert.«

Høyer stand schnell auf. Plötzlich sah er sehr wach aus.

Therkelsen blickte ihm kopfschüttelnd nach, als er durch die Tür verschwand. »Träume!«, murmelte er. »Träume!«

Im gleichen Augenblick schellte Høyers Telefon. Therkelsen streckte die Hand aus und nahm den Hörer ab.

Høyer rieb sich die Hände, als er zurückkam. »Wenn sich das als stichhaltig erweist, nehme ich es als Zeichen des Himmels, dass man spätabends noch etwas essen soll ...« Er unterbrach sich selbst und sah Therkelsen fragend an. »Ist etwas passiert?«

»Gerade kam ein Anruf«, sagte Therkelsen. Er sah fast ein wenig unglücklich aus. »Deine alte Freundin ist heute Nacht niedergeschlagen worden.«

»Niedergeschlagen!«, rief Høyer erschrocken. »Ist sie ... tot?«, fragte er vorsichtig.

»Nein«, sagte Therkelsen. »Sie liegt auf der Intensivstation.«

Høyer blickte eine Weile vor sich hin.

»Wann ist das passiert?«, fragte er dann.

»Ihre Haushaltshilfe hat sie heute Morgen gefunden. Oben in Joensens Wohnung.«

»In Joensens Wohnung? Was zum Teufel hat sie dort gemacht?«

»Es ist eingebrochen worden. Vermutlich hat sie etwas gehört und ist nach oben gegangen, um nachzusehen, was los ist und dann ...« Er machte eine viel sagende Handbewegung.

»Die verdammte Balkontür«, tobte Høyer. »Ich habe noch daran gedacht. Ein Kind könnte die aufbrechen. Und das bei den ganzen Einbrüchen, die ...«

»Sie ist nicht aufgebrochen worden«, sagte Therkelsen. »Oder mit einem Dietrich geöffnet worden. Sie ist *aufgeschlossen* worden. Das behaupten die Techniker da draußen.«

»Hm, hm«, murmelte Høyer nachdenklich. »Hm, hm. So etwas.«

»Das könnte doch darauf hindeuten, dass es sich nicht um einen zufälligen Einbruch handelt«, fuhr Therkelsen fort. »Wäre es nicht denkbar, dass irgendjemand eingebrochen oder mit einem Schlüssel in die Wohnung eingedrungen ist, um etwas Kompromittierendes zu entfernen?«

»Das wäre durchaus denkbar«, sagte Høyer nachdenklich. Dann schlug er sich an die Stirn. »Ich Idiot!«, rief er. »Ich blöder Idiot! Hätte ich doch richtig zugehört. Aber sie hat auch die ganze Zeit geredet und zwischendurch ist es zum einen Ohr rein- und zum anderen wieder rausgegangen. Sie hat mir sogar erzählt, dass schon einmal jemand da gewesen ist.«

»Was?«, rief Therkelsen.

»Ja. Sie stand drinnen vor der Balkontür und hat davon geredet, dass Erde auf dem Teppich war und dass gerade sauber gemacht worden war. Irgendetwas in der Richtung. Wie gesagt, habe ich nur mit halbem Ohr zugehört. Offenbar *bin* ich blind und taub.« Er schüttelte den Kopf.

»Das klingt unlogisch, Høyer«, sagte Therkelsen. »Wenn der Einbrecher schon einmal da gewesen ist, warum ist er dann noch einmal wiedergekommen?«

»Weil er nicht gefunden hat, wonach er gesucht hat. Er hat geglaubt, er hätte es gefunden, aber das hat er nicht.«

»Was glaubst du, hat er gefunden?« Therkelsen sah ihn verwirrt an.

»Die vierte Akte!«

Therkelsen spitzte den Mund zu einem Pfiff.

Høyer stand auf. »Wir müssen überprüfen, wo sie heute Nacht waren. Alle. Berit Åen, der Major, Holm und Joensens Schwester und Schwager. Setz alle zur Verfügung stehenden Leute darauf an. Anschließend fährst du zu Joensens Wohnung raus. Sie muss mit dem Staubkamm durchgegangen werden. Wir treffen uns da draußen. Es kann ja sein, dass der Kerl nicht gefunden hat, wonach er gesucht hat.«

»Was willst du ...«

»Ich fahre ins Krankenhaus. Vielleicht kann sie etwas erzählen, falls ... verdammt, Therkelsen, wenn der Kerl sie umgebracht hat, dann ...«

Høyer war immer ein bisschen erstaunt, wenn er in ein Krankenhaus kam, obwohl er allmählich hätte wissen sollen, wie es da aussah. Seine Vorstellungen von Krankenhäusern waren mit Erinnerungen verbunden, die viele Jahre zurücklagen. Für ihn war ein Krankenhaus ein Haus mit langen Gängen und hohen Fenstern, geschäftigen Mädchen in blauen Kleidern mit weißen Schürzen, Pflegehelferinnen, Ärzten, Krankenpflegern, Schülern und Krankenschwestern, alle in ihren jeweiligen Uniformen. Mit Menschen, vielen Menschen, und einem widerlichen Geruch nach Äther und Karbol, nach *Krankenhaus* in jeder Ecke. Jetzt schien selbst der Geruch verschwunden zu sein. Zusammen mit den vielen geschäftigen Menschen. Wo versteckten sie sich? Høyer hatte das Gefühl, stundenlang in den totenstillen, halbdunklen, modernen Gängen herumwandern zu können, ohne einer Seele zu begegnen. Und wenn man endlich jemanden traf, wusste man nicht, ob es ein Krankenpfleger oder ein Arzt, eine Krankenschwester oder eine Sozialarbeiterin war. Unwillkürlich musste Høyer bei dem Gedanken an Therkelsens Erlebnis mit Joensens Schwester lächeln. So gesehen war es seine Schuld gewesen. Aber er hatte in gutem Glauben gehandelt. Dagegen konnte er sich gut vorstellen, dass die alte Frau Berg ihm absichtlich einen falschen Eindruck vermittelt hatte. Sein Gesicht wurde wieder ernst. Er hoffte, er hoffte wirklich, dass sie ...

Erst auf der Intensivstation fand er ein wenig von der Atmosphäre wieder, an die er sich erinnerte. Und die er im Grunde vermisste. Das Gefühl, dass es sich noch immer um Menschen handelte.

Der Arzt, mit dem er sprach, machte einen sehr jungen Eindruck. Ein grüner Junge, dachte Høyer und wusste, dass auch das nur ein Altersphänomen war. Dass man allmählich das Gefühl hatte, dass die reinsten Kinder all diese Jobs innehatten, die früher von älteren Herren besetzt waren. Als er ein Kind war, waren alle Ärzte steinalt. Jetzt sahen sie alle aus, als hätten sie gerade Abitur gemacht. Aber der hier machte einen sehr ersten Eindruck. Wirkte fast zu förmlich.

»Wie geht es ihr?«, fragte Høyer und sah ihn angespannt an.

»Ziemlich gut«, sagte der Arzt. »Alles in allem. Eigentlich verblüffend gut.«

»Wie soll ich das verstehen?«, fragte Høyer.

»Sie ist immerhin siebenundachtzig. Und wahrscheinlich hat sie mehrere Stunden hilflos und mehr oder weniger bewusstlos dagelegen. Sie hat eine Gehirnerschütterung, wie schwer, kann ich nicht sagen. Sie kann sich an kaum etwas erinnern und an die Geschehnisse von heute Nacht überhaupt nicht. Aber vielleicht war sie ja vorher schon senil und verwirrt.«

»Bestimmt nicht«, protestierte Høyer. »Sie war geistig genauso rege wie Sie und ich.«

Einen Augenblick sah der Arzt aus, als wollte er sagen: »Vielleicht was Sie angeht, alter Freund!«, aber stattdessen sagte er höflich, »Ach, war sie das? Sie kennen sie?«

»Ja«, sagte Høyer. »Sie liegt noch immer auf der Intensivstation?«, fuhr er in fragendem Ton fort. Für ihn war das ein Zeichen, dass es noch immer ernst aussah.

»Gehirnerschütterungen behalten wir immer ein paar Tage hier. Besonders wenn es sich um ältere Menschen handelt«, erklärte der Arzt. Er klang jetzt etwas weniger offiziell. Fast als spräche er mit einem Angehörigen.

»Sie meinen also, dass sie es schafft?« Høyer sah ihn eindringlich an.

»Davon gehen wir aus. Wenn nicht noch etwas passiert. Um es noch einmal zu sagen, sie ist über achtzig. Aber der Schlag kann nicht besonders hart gewesen sein, soweit wir das beurteilen können. Ihr Haar hat ihn wohl auch ein bisschen gemildert. Außerdem hat sie eine ziemlich solide Schädeldecke.«

Høyer musste unwillkürlich lächeln. Meißener Figuren gab es wirklich in vielen Ausgaben.

»Ich kann wohl nicht kurz mit ihr sprechen?«, fragte er.

Der Arzt nahm wieder seinen offiziellen Ton an.

»Auf keinen Fall. Sie braucht heute vollständige Ruhe. Ich gehe davon aus, dass sie jetzt schläft. Und wie gesagt, sie kann sich an nichts erinnern. Sie kann Ihnen überhaupt nichts sagen.«

Høyer hätte sie gerne gesehen. Sich selbst davon überzeugt, dass sie wirklich da war. Schlafend vielleicht, aber lebendig. Er warf dem Arzt einen kurzen Blick zu und unterdrückte die Frage. Der Mann würde sicher glauben, dass *er* senil und verwirrt war.

»Gut, grüßen Sie sie bitte, wenn sie aufwacht«, sagte er. »Von Kriminalkommissar Høyer.«

Aber vielleicht hat sie mich auch vergessen, dachte er, als er ging.

Es war ein guter Tag zum Schwänzen, dachte Pia. Wenn es denn so sein sollte. Und das sollte es. Sie hatte den größten Teil des Vormittags Jønssons Haus umkreist, während sie Mut gesammelt hatte hineinzugehen. Dann und wann hörte sie vom Sportplatz her einen Begeisterungsschrei. Heute war Sportfest. Sicher würde niemand merken, dass sie nicht da war. Natürlich hätte sie am Laufen und Handball teilnehmen sollen, aber Tina hatte ihr versprochen zu sagen, dass sie krank war, falls jemand fragen sollte. Das tat bestimmt niemand, und wenn doch, vergaßen sie es wieder. An so einem Tag ging alles durcheinander. Aber deshalb konnte sie ja trotzdem nicht den ganzen Tag hier herumhängen. Pia fasste sich ein Herz.

»Na, was willst du?« Jønsson nahm die Brille ab und sah sie grimmig an.

»Ja, also, es geht um den Schuh. Und die Uhr«, begann Pia.

»Ja, das habe ich geahnt. Es geht wohl um den Finderlohn, kann ich mir denken, aber ...«

»Nein, das ist es nicht«, sagte Pia. »Aber alle sagen, dass Bo es war. Und Maja sagt, dass das bestimmt daher kommt, dass ihr ihm nicht glaubt, dass er ihn dort gefunden hat, wo er gesagt hat.«

»So, sagt Maja das?«, fragte Jønsson.

»Ja, das tut sie«, sagte Pia. »Aber er hatte ganz bestimmt nichts in der Hand, als wir ihn getroffen haben, und gestern Abend musste ich daran denken, dass ihn der Mann verloren haben könnte.«

»Der Mann«, sagte Jønsson leicht irritiert. »Welcher Mann?«

»Der, in den ich auf der Treppe hineingerannt bin«, erklärte Pia. »Ihm ist eine Tüte mit einer Menge Sachen hingefallen. Mit Kleidung und so. Und an der Stelle hat Bo den Schuh doch gefunden, nicht?«

»Hm«, Jønsson wirkte skeptisch. »Und das ist dir erst jetzt eingefallen?«

»Ja«, sagte Pia, die nicht verstand, worauf er hinauswollte.

»Und du bist ganz sicher, dass du da wirklich einen Mann getroffen hast? Am Sonntag?«

»Ja, sicher bin ich das. Ich bin direkt in ihn hineingerannt, weil ich rückwärts gelaufen bin. Ich habe ihn überhaupt nicht gesehen. Und er ist furchtbar wütend geworden. Wir mussten so lachen.«

»Hm«, Jønsson sah sie unschlüssig an. Das klang ja ganz glaubhaft. Andererseits ... »Hast du darüber mit Bo gesprochen?«

»Nee, das ist mir doch erst gestern Abend eingefallen. Als ich jemanden im Fernsehen gesehen habe, der dem Mann ähnlich sah«, erklärte Pia. »Und dann habe ich mit Tina darüber gesprochen und wir haben uns gedacht, dass es vielleicht wichtig ist.«

»Tina hat ihn also auch gesehen?«, fragte Jønsson.

»Ja. Wir haben ihn alle gesehen.«

Jønsson dachte nach. »Ihr mögt Bo, nicht?«, fragte er.

»Sehr«, beteuerte Pia.

»Und ihr wollt ihm gerne helfen, könnte ich mir vorstellen«, fuhr Jønsson fort.

»Ja, ist doch klar«, Pia sah ihn verwundert an. Was für eine blöde Frage.

»Bist du sicher, dass dieser Mann nicht nur ein ... sagen wir ... Fantasiegebilde ist?«

Pia sah ihn fragend an. »Ich meine jemand, den ihr erfunden habt, um Bo zu helfen.«

»Nein, da war ein Mann. Ganz bestimmt.«

Pia sah ihn mit Augen an, die so groß und aufrichtig waren, dass es fast schon verdächtig war.

»Und das war, nachdem ihr Bo getroffen habt?«, fragte Jønsson schlau.

»Nein«, protestierte Pia. »Das war vorher. Zuerst haben wir den Mann bei der Treppe getroffen und ein Stück den Weg weiter rauf Bo.«

Jønsson dachte nach. Lange.

»Du hast gesagt, dass du gestern Abend im Fernsehen einen Mann gesehen hast, der dem, den du am Sonntag gesehen hast, ähnlich sah. Glaubst du, dass er das war?«

»Was?« Pia sah ihn überrascht an. »Nee. Nee, das glaube ich nicht. Das war einer von den Fernsehnachrichten. Er sah ihm bloß ähnlich, deshalb ist es mir eingefallen. Ich kann mich nicht genau erinnern, wie der Mann ausgesehen hat, aber er hatte ein bisschen Ähnlichkeit mit dem vom Fernsehen.«

»Wen meinst du?«, fragte Jønsson.

»Im Moment fällt mir nicht ein, wie er heißt. Er ist oft im Fernsehen. Er hat irgendeinen lustigen Namen. Ich weiß den Namen, er fällt mir nur gerade nicht ein«, sagte Pia.

Jønsson kratzte sich am Ohrläppchen. Er hatte noch immer Zweifel. Andererseits wäre es vielleicht das Klügste, Høyer selbst dazu Stellung nehmen zu lassen.

»Gut«, sagte er. »Beginnen wir noch einmal von vorn.«

Er nahm den Bleistift und Pia wiederholte geduldig ihre Aussage.

Kurz nachdem Høyer eingetroffen war, waren die Techniker mit ihrer Untersuchung der Villa draußen im H.P. Clausensvej fertig.

Die vorhandenen Spuren sprachen eine deutliche Sprache. Irgendjemand hatte sich durch die Balkontür Einlass verschafft, die alte Dame hatte Geräusche von oben gehört, war aus dem Bett gestiegen und hinaufgegangen, um zu sehen, woher die Geräusche kamen. Aber bevor sie überhaupt etwas sehen konnte, hatte der ungebetene Gast sie mit einem Glasaschenbecher, der normalerweise auf dem Sofatisch stand, niedergeschlagen. Den Rest der Nacht hatte sie drinnen vor der Tür gelegen, vielleicht bewusstlos, in jedem Fall hilflos, bis die Haushaltshilfe gekommen war. Irgendwann hatte sie sich übergeben.

»Es ist ein Wunder, dass sie nicht erstickt ist«, sagte Høyer unwirsch, als er es sah.

Jetzt suchten Høyer und Therkelsen nach etwas, von dem sie nicht die entfernteste Ahnung hatten, was das sein konnte, und das es möglicherweise gar nicht gab. Therkelsen glaubte nicht, dass sie etwas finden würden. Seiner Meinung nach hatte der Eindringling seine Suche fortgesetzt, nachdem er die alte Dame niedergeschlagen hatte, aber Høyer war anderer Meinung.

»Das glaube ich nicht«, sagte er. »Es war ein verhältnismäßig leichter Schlag. Ich glaube nicht, dass er sie töten wollte. Er wollte verhindern, dass sie das Licht anmachte und ihn sah. Vielleicht hat sie ihn gekannt und auf jeden Fall hätte sie ihn wiedererkannt. Er hat in Panik gehandelt und ich bin mir fast sicher, dass er sofort aus dem Haus geflüchtet ist.«

»Ja, ja«, sagte Therkelsen. »Hoffen darf man.«

Sie gingen methodisch vor. Høyer übernahm das Wohnzimmer und Therkelsen das Schlafzimmer.

»Oh Mann, oh Mann«, rief Therkelsen, als er den überfüllten Kleiderschrank sah. »Hier herrscht kein Mangel, was? Das reicht ja für eine ganze Armee. Man sieht, dass er keine Kinder hatte«, fügte er mit einem Gedanken an seine eigene spartanische Garderobe hinzu.

»Wie geht es übrigens?«, fragte Høyer vom Wohnzimmer her.

»Mit den Kindern und so?«, fragte Therkelsen. »Mit denen werde ich schon fertig, das kannst du mir glauben. Davon bin ich überzeugt. Seit Ida und ich miteinander geredet haben. Ich habe da so eine Idee und ich glaube, dass sie funktioniert. Ich erzähle dir davon, wenn ich mir ganz sicher bin.« Er schwieg einen Moment, dann fuhr er fort. »Mensch, ist das ermüdend, all diese Gedanken die man sich macht und der ganze Quatsch. Ich glaube, ich wäre ein besserer Polizist, wenn ich keine Kinder hätte.«

»Sicher«, sagte Høyer, der dabei war, Joensens Bücher durchzusehen, eins nach dem andern. »Sicher. Und wenn du keine Frau hättest oder keine Steuererklärung und Einkäufe, die zu machen sind, Hobbys, denen nachzugehen ist, Kleidung, die gewaschen werden muss, und Bücher, die gelesen werden wollen. Natürlich wärst du ein besserer Polizist, du wärst ein besserer was weiß ich, was, aber du wärst mit Sicherheit ein schlechterer Mensch.«

»Pharisäer!«, klang es aus dem Schlafzimmer, aber Høyer konnte hören, dass Therkelsen lächelte.

Sie suchten eine Weile schweigend weiter.

»Ich glaube, wir vergeuden nur unsere Zeit«, kam es nach einiger Zeit von Therkelsen. »Hier ist sicher nichts ...«

Im selben Moment ertönte ein Ruf aus dem Wohnzimmer.

»Hier, Therkelsen. Komm und sieh dir das an!«

Therkelsen ging ins Wohnzimmer. Høyer stand mit einem großen, dicken Buch neben dem Regal.

»Hast du etwas gefunden?«, fragte Therkelsen gespannt.

Høyer reichte ihm das Buch. »Das Jütländische Gesetz«, sagte er. »Das hätte Joensen vielleicht ein bisschen besser studieren sollen, anstatt das hier zu machen.« Er öffnete das Buch.

»Verdammt!« Therkelsen starrte überrascht darauf.

Das Buch war eine Attrappe, nur der Umschlag war echt. Schlug man es auf, kam eine geräumige Schachtel zum Vorschein. Voll mit Papieren.

Høyer schloss das Buch wieder.

»Ich denke, wir haben gefunden, was wir gesucht haben«, sagte er zufrieden. »Fahren wir auf dic Wache und sehen es uns näher an.«

9. Kapitel

»Was zum Teufel ist das hier eigentlich?«, fragte Therkelsen ärgerlich. »Eine Souvenirsammlung?«

Sie hatten sich, das Jütländische Gesetz zwischen sich, an Høyers Schreibtisch gesetzt – gespannt wie Kinder am Weihnachtsabend. Aber als der Inhalt auf dem Tisch lag, begann die Spannung einer fast verwirrten Enttäuschung zu weichen.

Da war eine Kopie von einer Auflassung, sechs Jahre alt und mit ihnen völlig unbekannten Namen. Ein Briefumschlag mit ein paar Fotos. Ein Flugticket nach Spanien, ausgestellt auf Ditlev Joensen. Ein paar Zeitungsausschnitte und eine Schachtel Tabletten. Das war alles.

»Tickets, Zeitungsausschnitte, Fotos«, fuhr Therkelsen fort. »Uns fehlt nur noch eine Ballkarte und eine getrocknete Blume.«

Høyer lächelte. »Das waren die Mädchen, die Ballkarten hatten, und das war vor seiner Zeit. Sehen wir uns die Sachen doch mal etwas genauer an.«

Er nahm die Fotos aus dem Umschlag und sah sie sich einen Augenblick an. Dann stieß er einen langen Pfiff aus und schob sie Therkelsen hinüber.

»Was sagst du jetzt?«, fragte er.

Das eine war ein Foto von einem fünfzehn-, bis sechzehnjährigen Mädchen, das andere ein Bild von Preben Holm. Einem etwas jüngeren und schlankeren Preben Holm selbstverständlich. Und die Ähnlichkeit zwischen ihm und dem jungen Mädchen war unverkennbar. Die gleiche ziemlich lange, gerade Nase, die ein wenig eng stehenden Augen unter den kräftigen Augenbrauen und der volle Mund.

Therkelsen sah sie sich an.

»Fantastisch!«, rief er. »Da besteht nicht der geringste Zweifel. Und das ist die Tochter des Majors, sie hatten das gleiche Bild vergrößert auf dem Schreibtisch stehen. Glaubst du wirklich, dass dem Major die Ähnlichkeit nie aufgefallen ist? Man sieht Holm doch oft in der Zeitung.«

»Da sieht er anders aus als hier«, sagte Høyer. »Außerdem wussten wir, worauf wir achten mussten. Nein, ich glaube, der Major ist nie auf den Gedanken gekommen. Vergiss nicht, dass er nicht nach dem Vater des Kindes gesucht hat.«

»Jetzt wissen wir wenigstens, womit Joensen Holm erpresst hat«, sagte Therkelsen zufrieden.

»Ja«, sagte Høyer zögernd. »Ich glaube allerdings, dass er noch etwas anderes hatte. Das hier beweist ja nichts. Joensen muss *gewusst* haben, dass Holm der Vater ist, und Holm muss ihm geglaubt haben, dass er es wusste. Deshalb meine ich noch immer, dass es der Mühe wert ist herauszufinden, was das war. Vielleicht ist er jetzt, wo wir die Fotos haben, um ihn unter Druck zu setzen, eher bereit zu reden.«

»Ich kann es ja versuchen«, sagte Therkelsen. »Was haben wir noch?«

Høyer faltete ein Blatt Papier auseinander. Daran festgeklemmt war eine Todesanzeige und ein äußerst kurzer Nachruf. »Gunnar Frandsen«, sagte Høyer. »Sagt dir der Name was?«

Therkelsen schüttelte den Kopf.

»Rechtsanwalt Gunnar Frandsen«, las Høyer. »41 Jahre. Nach dem Staatsexamen arbeitete Gunnar Frandsen einige Jahre in einer Anwaltskanzlei in Kopenhagen. Aber vor sieben Jahren kam er zurück in seine Heimatstadt, wo er als Anwalt in der Kanzlei Lund und Tjærbye angestellt war. Gunnar Frandsen hinterlässt seine Frau und zwei Kinder.«

Therkelsen sah ihn an.

»Schluss, aus«, sagte Høyer. »Das war nicht viel, was Herrn Frandsen gewidmet wurde, nicht? Das ist vier Jahre her. Das ist doch wohl nicht der Kollege, von dem die Schwester gesprochen hat? Der, der Selbstmord begangen hat?«

»Da sagst du was«, sagte Therkelsen. »Der Nachruf ist verdächtig kurz.«

»Gib mir mal das Branchenverzeichnis«, sagte Høyer. »Das große. Darin müssten wir *Lund und Tjærbye* doch finden.«

Therkelsen reichte ihm das Buch, Høyer schlug es auf und ließ den Finger suchend die Spalten hinuntergleiten.

»Da haben wir sie!«, sagte er. »Lund und Tjæ rbye, Anwälte.«

»Willst du da anrufen?«, fragte Therkelsen.

»Ja, worauf du dich verlassen kannst«, sagte Høyer. »Ich will wissen, ob Gunnar Frandsen Selbstmord begangen hat und warum.«

Høyer wurde zu Lund durchgestellt, nachdem er sein Anliegen erklärt hatte. Er klang freundlich und effektiv, aber Høyer ahnte in seiner Stimme einen gewissen Vorbehalt, sobald Gunnar Frandsen erwähnt wurde.

»Ja, das stimmt, er war bei uns angestellt. Aber das ist ein paar Jahre her. Er ist vor vier Jahren gestorben. Aber das wissen Sie vielleicht?«

»Ja«, sagte Høyer. »Und ich kann es ganz kurz machen. Hat Frandsen Selbstmord begangen und haben Sie irgendwann irgendwelche ... Regelwidrigkeiten entdeckt?«

Einen Augenblick herrschte Schweigen am anderen Ende der Leitung. Schließlich fragte Lund: »Ob ich vielleicht erfahren darf, in welcher Angelegenheit Sie anrufen?«

»Ja, wir untersuchen einen Mord und dabei ist Anwalt Frandsens Name aufgetaucht.«

»Ach so«, sagte Lund. »Ersteres kann ich mit ja beantworten: Frandsen hat Selbstmord begangen. Das ist ein offenes Geheimnis hier in der Stadt. Zu Letzterem, ja, es gab gewisse Redelwidrigkeiten, aber soweit ich weiß, sind die nicht allgemein bekannt. Wir haben nichts unternommen. Der Betrag wurde von der Familie zurückerstattet und weder ihr noch uns kann damit gedient sein, dass die Sache publik wird.«

»Aber es ging um Betrug?«, fragte Høyer.

»Ja.« Der Anwalt zögerte leicht. »Vermutlich hat ihn das zu der unglückseligen Handlung getrieben. Eigentlich war es merkwürdig. Zu dem Zeitpunkt hatte er den größten Teil der Unterschlagungssumme gedeckt und wahrscheinlich hätten wir nie etwas gemerkt. Es war fast genial ausgeführt. Aber vermutlich hat er der nervlichen Anspannung nicht standhalten können.«

»Nein und dazu lässt sich wohl auch nichts sagen«, sagte Høyer. Er verabschiedete sich von Lund und wandte sich an Therkelsen. »Es war der Anwalt. Sein Freund und Kollege. Gott bewahre mich vor meinen Freunden! Aber kannst du mir sagen, warum er das hier versteckt hat? Vermutlich hat der Freund sich ihm anvertraut, vielleicht im Rausch, und das war der zweite große Fehler in seinem Leben. Aber dass Joensen das hier versteckt. Hier versteckt hat, meine ich!« Høyer schüttelte den Kopf. »Was hat er wohl gefühlt, als er die Anzeige gesehen hat *Unser lieber Mann und Vater*?«

»Macht«, sagte Therkelsen. »Jedenfalls meint seine Schwester das. Es gab ihm ein Gefühl von Macht.«

»Ja, vielleicht«, sagte Høyer. »Er muss sich ja wie ein

kleiner Gott gefühlt haben, der über Leben und Tod herrscht.« Er saß einen Augenblick in seine Gedanken versunken da, dann richtete er sich auf. »Gut, sehen wir uns das Nächste an. Eine Kopie einer Auflassung. Warum hat er die aufgehoben?« Er schob sie Therkelsen hin.

»Keine Ahnung«, sagte Therkelsen. Er sah auf die Uhr. »Aber wir schaffen es noch, im Grundbuchamt anzurufen und zu hören, ob die uns etwas erzählen können.«

»Das machen wir«, sagte Høyer. »Aber sehen wir uns noch schnell den Rest an, wo wir schon dabei sind. Eine Reise nach Spanien. Auch fast vier Jahre her.«

Therkelsen zuckte mit den Schultern. »Ich denke, die hat mit dem anderen hier nichts zu tun. Vielleicht ein Souvenir. Das Ticket ist ja auf ihn selbst ausgestellt.«

»Ja, vielleicht«, sagte Høyer nachdenklich. Er hob eine Schachtel hoch. »Dann haben wir noch das hier. Eine Schachtel Tabletten. Inderal. Weiß der Himmel, was das ist.«

»Schlaftabletten?«, schlug Therkelsen vor. »Oder vielleicht Beruhigungstabletten.« Er lachte kurz. »Wenn ich er wäre, hätte ich beides gebraucht. Ich bin nicht sicher, dass ich nachts gut geschlafen hätte.«

»Das sind nicht seine«, sagte Høyer. »Auf dem Etikett steht Jenny Marie Nielsen. Und sie sind eineinhalb Jahre alt.« Er öffnete die Schachtel. Es fehlten zwei Tabletten. Høyer sah sich die Schachtel eine Weile an, drehte und wendete sie, als könnte sie ihm das eine oder andere erzählen. »Jenny Marie Nielsen«, murmelte er vor sich hin. »Jenny Nielsen. Wo zum Teufel habe ich diesen Namen gesehen?« Er wühlte in dem Stapel mit Berichten, die auf seinem Tisch lagen, und fand schließlich, was er suchte. »Hier haben wir es«, rief er. »Das habe ich mir doch gedacht. Jenny Marie Nielsen war Joensens ehemalige Vermieterin. Die, die er beerbt hat.«

»Warum zum Teufel hat er ihre Tabletten aufgehoben?«, fragte Therkelsen verblüfft.

»Ja, das wüsste ich auch gerne«, sagte Høyer. »Weißt du, was – während du beim Grundbuchamt in Aarhus anrufst, versuche ich, den Medizinmann zu erreichen und herauszufinden, was Inderal ist.«

Høyer legte langsam den Hörer auf, als er mit dem Arzt gesprochen hatte. Er saß noch immer mit der Schachtel in der Hand da und betrachtete sie nachdenklich, als Therkelsen wieder ins Büro kam. Høyer hob den Kopf und sah ihn an.

»Das hat aber gedauert«, sagte er.

»Ja, aber es war die Wartezeit wert«, sagte Therkelsen. »Ich habe interessante Dinge erfahren.«

»Das habe ich auch«, sagte Høyer und hielt die Schachtel hoch. »Weißt du, was Inderal ist? Das ist ein Medikament für Herzkranke.«

»Ein Medikament für Herzkranke?« Therkelsen sah ihn fragend an.

»Ja. Man verschreibt es gegen hohen Blutdruck und Angina Pectoris und so etwas. Da ist nichts Geheimnisvolles dran. Wir wissen, dass Joensens Vermieterin ein schwaches Herz hatte. Aber was, wenn er ihr die Tabletten weggenommen hat. Ihr keine gegeben hat. Oder sie mit anderen völlig wirkungslosen vertauscht hat. Er wusste, dass er sie nach ihrem Tod beerben würde. Wäre es nicht vorstellbar, dass er das ein wenig beschleunigen wollte? Kein direkter Mord, verstehst du? Das war nicht Ditlev Joensens Stil. Aber vielleicht eine kleine Unterlassung.«

»Aber warum hat er dann die Schachtel aufgehoben?«, wandte Therkelsen ein. »Beweise gegen andere aufzuheben ist eine Sache, etwas anderes ...«

»Das ist kein Beweis«, unterbrach ihn Høyer. »Das ist

auch ein *Souvenir.* Genau wie die Todesanzeige. Vergiss nicht, dass der Mann ein Psychopath war.«

»Möglich«, sagte Therkelsen. Er klang nicht überzeugt. »Aber wir wissen ja nicht, wann die alte Dame gestorben ist. Vielleicht besteht überhaupt kein Zusammenhang.«

»Das finden wir heraus«, sagte Høyer. »Wir müssen herausfinden, wann sie gestorben ist, woran sie gestorben ist und wer den Totenschein ausgestellt hat.«

Therkelsen warf Høyer einen schnellen Blick zu. »Wer den Totenschein ausgestellt hat? – Ach so.«

»Das ist eine Möglichkeit, nicht? Und was hast du herausgefunden?«

Therkelsen grinste. »Suchet und ihr werdet finden! Kannst du dich erinnern, dass es vor ein paar Jahren unten in Aarhus einen Fall gegeben hat, bei dem es um Immobilien ging? Und um Betrug?«

»Nicht um betrügerische Hypotheken?«

»Nein, das kann man nicht sagen. Ein altes Ehepaar hatte sein Haus zum Verkauf angeboten. Kurz darauf tauchte ein Käufer auf. Eine Dame. Sie war in Begleitung ihres Anwalts, der Handel wurde auf der Stelle abgeschlossen, man einigte sich auf Preis und Anzahlungssumme, die erst fällig werden sollte, wenn die Auflassung ins Grundbuch eingetragen war, ein Darlehen wurde aufgenommen und plötzlich waren Geld, Käufer und Anwalt im blauen Dunst verschwunden. Das ist der Fall in groben Zügen, soweit ich mich erinnere.«

»Und dabei ging es um *die* Auflassung?« Høyer zeigte auf das Papier, das Therkelsen in der Hand hielt.

»Woher weißt du das?«, fragte Therkelsen. »Ja, darum. Das Interessanteste ist, dass die Angelegenheit nie richtig aufgeklärt wurde. Aber es gibt eine Beschreibung von dem Paar, ich habe das gleich überprüft. Die Dame wird als groß, schlank, sehr höflich und ein wenig nervös beschrieben. Klingelt irgendwas bei dir?«

»Ja, und ob. Ditlev Joensen und seine schöne Kusine. Das war also die Leiche, die Berit Åen im Keller hatte. Ich wusste, dass da was sein musste.« Er saß eine Weile grübelnd da. »Ja, das passt gut. Das war ungefähr zu der Zeit, als er ihr *Rechtsberater* wurde.«

»Ich kann nicht ganz folgen«, sagte Therkelsen. »Wieso war das eine Bedrohung für sie, wenn er selbst mitgemacht hat?«

»Das wird sich zeigen«, sagte Høyer. »Glaub mir, es gibt eine Erklärung. Ich möchte wissen, ob Bach noch mehr über die Dame herausgefunden hat.«

Er wählte die Nummer von Bachs Apparat, aber es war besetzt.

»Manchmal glaube ich, der Mann ist mit einem Telefon in der Hand auf die Welt gekommen. Immer ist besetzt«, knurrte Høyer.

»Auf die Weise bekommt er die meisten seiner Informationen«, sagte Therkelsen. »Er hat ein ganzes Telefonnetz, auf das er zurückgreifen kann, also beklag dich nicht.«

»Hast du herausgefunden, was die Einzelnen gestern Nacht gemacht haben?«

»Geschlafen. Sagen sie. Und das klingt natürlich und wahrscheinlich. Berit Åen alleine, aber der Jüngste war zu Hause. Der Major und seine Frau in ihrem gemeinsamen Schlafzimmer, Holm und seine Frau in ihren jeweiligen Zimmern, Joensens Schwager in seinem Bett, während die Schwester, Frau Thomsen, Dienst hatte. Sie hat also nicht geschlafen.«

»Hm«, brummte Høyer. »Gut, sie hatte also Dienst.«

Er versuchte noch einmal Bachs Nummer, immer noch ohne Erfolg.

»Aber soweit ich sehe«, sagte Therkelsen, »bleibt es bei den drei Möglichkeiten. Berit Åen, der Major und Preben Holm. Hier ist nichts, was auf einen vierten *Mandanten* hindeutet. Er hat auch nur die drei in seiner Steuererklärung angegeben.«

»Das weiß ich«, sagte Høyer. »Aber ich glaube immer noch, dass es einen vierten gibt. Wer weiß, vielleicht liegt die Antwort hier auf dem Tisch und grinst uns direkt ins Gesicht.«

Wieder wählte Høyer Bachs Nummer und diesmal hatte er Glück.

Das meiste von dem, was Bach herausgefunden hatte, war eine Wiederholung dessen, was Høyer bereits gehört hatte. Aber ein paar neue Informationen hatte er doch. Ein paar Jahre nach der Scheidung hatte Berit Åens früherer Mann die Klinik verkauft und sich mit seiner neuen Frau in Spanien niedergelassen. Daraufhin hatten die Zahlungen an Frau Åen und die Kinder aufgehört und es war ihr finanziell ziemlich schlecht gegangen, bis sie ihre Agentur aufgemacht hatte, die jetzt ziemlich gut laufen sollte.

»Und dann hatte sie noch das Glück, dass der Mann starb«, sagte Bach. »Und mit einem Mal ging es ihr gut. Es bestand nämlich eine gegenseitige Lebensversicherung, die noch gültig war. Des einen Tod, des anderen Brot, nicht?«

»Das war sicherlich ein großer Glücksfall«, sagte Høyer.

»Davon hatte sie ansonsten nicht sehr viel«, sagte Bach. »Es war also an der Zeit. Ihr kleines Mädchen, das geistig behinderte, starb mit sechs oder sieben Jahren, und als wäre das nicht genug, versuchte der älteste Sohn, sich das Leben zu nehmen. Er wurde zwar gerettet, ist aber nie mehr der Alte geworden. Sie hat es nicht leicht gehabt. Und die Gerüchte behaupten, dass ihr Mann sie bei der Scheidung nach allen Regeln der Kunst übers Ohr gehauen hat.«

»Aber das ist nur ein Gerücht?«, fragte Høyer.

»Ja, aber ich kann dem gerne nachgehen.«

»Das wird nicht nötig sein«, sagte Høyer. »Nur noch eins. Wann ist ihr Mann gestorben?«

Høyer hatte das Flugticket in der Hand. Therkelsen versuchte, die Antwort mitzuhören, er vergaß ganz, an seiner Pfeife zu ziehen.

»Aha. Danke«, sagte Høyer und legte den Hörer auf. Er sah zu Therkelsen hinüber. »Er ist am 3. November gestorben. Und im selben Jahr war Ditlev Joensen vom 15. Oktober bis zum 15. November in Spanien. Interessant, nicht?« Er erhob sich und nahm die Auflassung und das Ticket vom Tisch. »Jetzt ist es wohl an der Zeit, dass ich ein schönes, langes Gespräch mit Berit Åen führe.«

Berit Åen empfing Høyer ziemlich kühl. Falls sie unruhig war, verbarg sie es gut, musste er einräumen. Selbst als er ihr die Kopie der berüchtigten Auflassung präsentierte, ließ sie sich nicht aus der Fassung bringen. Wenn überhaupt, dann war das einzige Anzeichen von Nervosität, dass sie ihre Hand nach einer Zigarette ausstreckte und sie anzündete, bevor sie antwortete.

»Es wäre wohl zwecklos zu leugnen, dass ich das war. Zum einen lässt sich das sicher beweisen und zum anderen – und für mich wesentlichen – dürfte die Sache inzwischen verjährt sein.«

Høyer betrachtete sie mit einer gewissen widerwilligen Bewunderung.

»Sie geben also zu, dass Sie diesen *Handel* getätigt haben?«

Sie nickte.

»Und deshalb haben Sie Ditlev Joensen einen monatlichen Betrag bezahlt? Damit er Sie nicht verriet?«

Sie nickte wieder.

»Aber wie sollte er Sie verraten, ohne selbst hineingezogen zu werden?«, fragte Høyer.

»Ditlev?«, sie sah ihn verwundert an. »Ach, Sie glauben, dass Ditlev mit dabei war. Dass er der Anwalt war. Nein, das war nicht Ditlev. Es war seine Idee, aber bei der Ausführung war er nicht dabei. Und plötzlich hatte Ditlev etwas gegen uns in der Hand. Ich habe nicht geahnt, dass Ditlev so sein konnte. Doch, ich habe es geahnt, weil Jutta es gesagt hatte, aber ich habe ihr nicht geglaubt. Ich hatte es nie vorher zu spüren bekommen.«

»Warum haben Sie das getan?«, fragte Høyer.

Sie schüttelte den Kopf.

»Heute verstehe ich das selbst nicht mehr. Aber mir ging es so schlecht, ich war verzweifelt. Ich war bei der Scheidung nicht gerade clever gewesen. Ich habe meinem Mann quasi freie Hand gelassen. Ich war mir sicher, dass er fair sein würde. Wir waren ja nicht zerstritten. Er hatte eine andere kennen gelernt und in gewisser Weise verstand ich das gut. Wir hatten uns weit voneinander entfernt. Mir war sehr wohl klar, dass die Aufteilung nicht ganz korrekt war, unter anderem damit er die Klinik behalten konnte. Aber als Ausgleich sollte ich ja eine hohe monatliche Zahlung erhalten. Ich konnte doch wegen meiner Tochter nicht arbeiten. Sie wissen vielleicht ...?«

Høyer nickte.

»Außerdem sollte er natürlich auch für die Kinder bezahlen«, fuhr sie fort. »Die Klinik sollte in gewisser Weise unsere Einnahmequelle sein.« Sie lächelte schief. »Das klang gut. Erst später habe ich herausgefunden, um wie viel ich im Grunde betrogen worden bin. In den letzten Jahren unserer Ehe hatte ich mich kaum um die Finanzen gekümmert und das kam mich teuer zu stehen. Nach ungefähr eineinhalb Jahren hat er die Klinik verkauft und ist nach Spanien gezogen. Kurz darauf hat er keine Unterhaltszahlungen mehr geleistet.« Wieder ein kleines Lächeln, fast eine Grimasse. »Das war seine einzige Reaktion auf den Tod unserer Tochter. Jetzt hinderte mich ja nichts mehr daran, zu arbeiten.«

Unwillkürlich schüttelte Høyer den Kopf. Das klang fast zu gemein.

»Es dauerte nicht lange, bis auch die Zahlungen für die Kinder aufhörten. Ich hatte kein Geld und keine Arbeit. Nach dem Tod meiner Tochter war ich nicht im Stande zu arbeiten. Ich war total am Boden zerstört. Jutta hat mir etwas geliehen oder besser gesagt mir Geld geschenkt, aber das war nur eine Notlösung.«

Sie schwieg eine Weile.

»Dann hat mein ältester Sohn einen Selbstmordversuch gemacht. Ich glaube, dass mich das endlich zum Aufwachen gebracht hat. Er hat sehr an seinem Vater gehangen und hätte wohl am liebsten bei ihm gewohnt; aber daran war mein Mann nicht interessiert. Ich glaube, der Junge hat versucht, vernünftige Erklärungen dafür zu finden, und während sein Vater hier im Land wohnte, hat er ihn zumindest regelmäßig gesehen. In der Regel mehrere Male die Woche. Aber dann ist mein Mann, wie gesagt, fortgezogen und hat uns total fallen gelassen. Nicht nur mich, was natürlich war, sondern auch die Kinder. Er hat einfach die Verbindung zu ihnen abgebrochen. Und sie haben natürlich gemerkt, dass er uns kein Geld mehr schickte.«

Sie sah Høyer an.

»Ich weiß nicht, ob Sie sich vorstellen können, wie

das für ihn gewesen sein muss. Ich weiß natürlich nicht genau, was im Kopf des Jungen vorgegangen ist, aber ich kann es mir denken. Er hat seinen Vater geliebt, bewundert und zu ihm aufgesehen und plötzlich hat der ihn auf ganzer Linie verraten. Das war mehr, als mein Sohn verkraften konnte. Er hat seinem Vater kurz vor dem Abitur geschrieben. Wohl um ihn daran zu erinnern und vielleicht in der Hoffnung auf eine Einladung oder nur einen Glückwunsch. Er hat keine Antwort bekommen. Und kurz nach dem Abitur wurde er draußen im Sommerhaus von Freunden gefunden. Er hatte Tabletten genommen. Er wurde gerettet, aber ganz ist er nie darüber hinweggekommen. Weder über das eine noch über das andere.« Sie saß einen Augenblick stumm da. »Und das habe ich meinem Mann nie verziehen«, fügte sie dann hinzu.

»Aber er ist tot«, warf Høyer ein.

»Ja«, sagte sie. »Aber vorher hatte Ditlev diese Idee. Er hatte einen Freund, der sich auch in einer ziemlich verzweifelten Situation befand. Zuerst war es nur ein Gedanke, mit dem wir gespielt haben, aber nach und nach ist aus dem Spiel Ernst geworden. Ich hatte das Gefühl, etwas tun zu müssen. Ich hatte das Gefühl, es nicht ertragen zu können, noch mehr zu verlieren. Ich hatte das Gefühl, dass es der Anfang vom Ende wäre, wenn ich auch aus dem Haus ausziehen müsste. Natürlich war es vollkommen verrückt. Es war ein Wunder, dass wir nicht aufgeflogen sind. Aber ich war, wie gesagt, verzweifelt – und trotz Ditlev, trotz allem habe ich es nie bereut.«

Høyer sah sie an und war sicher, dass sie das meinte.

»Irgendwie war das ein Wendepunkt. Kommen Sie mir also nicht mit dem Gerede von Moral und Gesetz und Recht. Ich habe aus der Not heraus gehandelt.

Niemand war da, um mir zu helfen. Erst wenn ich ganz unten angelangt war, konnte ich auf Hilfe durch den Staat hoffen. Was sollte in der Zwischenzeit aus meinen Kindern werden? Wenn ihnen alles genommen wurde? Offenbar braucht die Gesellschaft ihre Verlierer, aber das sollten nicht ich und meine Kinder sein. Ich habe angefangen, mein Büro aufzubauen, und kurz darauf starb mein Mann. Ich bin überzeugt, dass das Nemesis war. Wir hatten eine gegenseitige Versicherung, sodass ich einen ziemlich hohen Betrag ausgezahlt bekommen habe, und außerdem haben die Kinder geerbt. Alles, was da war. Er und seine neue Frau hatten nie geheiratet und diesmal, das können Sie mir glauben, habe ich mich durch einen Anwalt vertreten lassen. Erst da ist mir übrigens klar geworden, in welchem Ausmaß er mich übers Ohr gehauen hatte. Wie viel er auf Investitionskonten und so weiter angelegt hatte. Du meine Güte, was für ein mieser Typ! Gut, möge er auf seinen Taten ruhen, aber ich kann Ihnen sagen, dass mir Ditlev trotz allem lieber war. Ditlev war auch ein Scheißkerl, aber in gewisser Weise war ich ihm dankbar.«

»Wer hat die Rolle des Anwalts gespielt?«, fragte Høyer, als sie ausgeredet hatte.

Ein Schatten glitt über ihr Gesicht.

»Er ist tot«, sagte sie. »Ich glaube, es besteht kein Grund, Ihnen zu sagen, wer das war.«

Høyer bestand nicht darauf. Er war fast sicher, bereits zu wissen, wer der Mann war.

Einen Augenblick schwieg er, dann sah er Berit Åen an.

»Aber wie Sie selbst gesagt haben, die Sache ist verjährt. Warum haben Sie weiter gezahlt?«

»Sie glauben mir wohl nicht, wenn ich sage, dass ich Ditlev in gewisser Weise dankbar war und es deshalb getan habe. Aber es war *auch* deswegen. Es war seine

Idee gewesen und so gesehen war es nur angemessen, dass er selbst auch etwas davon hatte. Ich hatte keine Angst vor Ditlev. Ich habe gezahlt und hatte seinetwegen keine schlaflosen Nächte. In Wirklichkeit hat er mir ein bisschen Leid getan. Er war ...«, sie dachte nach. »In vieler Hinsicht war er ein armer Kerl. Aber ich habe natürlich nicht nur deswegen gezahlt. Selbst wenn die Sache verjährt ist, hätte sie mich ruinieren können, wenn sie herausgekommen wäre.«

»Und andere Gründe gab es nicht?«, fragte Høyer. »Einen dritten Grund?«

»Was sollte das sein?«, fragte sie und zum ersten Mal an diesem Tag sah Høyer eine leise Unruhe in ihrem Blick.

»Ihr Mann ist am 3. November vor knapp vier Jahren gestorben. Wissen Sie, woran er gestorben ist?«

»Soweit ich weiß, war es ein Herzanfall. Vielleicht hatte er sich auf dem Golfplatz übernommen«, fügte sie sarkastisch hinzu.

Høyer legte das Flugticket auf den Tisch.

»Wussten Sie, dass Ditlev Joensen zu dem Zeitpunkt, als ihr Mann starb, in Spanien war?«

Sie schwieg einen Augenblick, als würde sie ihre Antwort sehr genau überlegen. »Ja«, sagte sie schließlich. »Ja, das wusste ich. Und?«

»Das weiß ich eigentlich nicht«, sagte Høyer leichthin. »Es ist mir nur aufgefallen. Man kann sich ja Verschiedenes vorstellen. Ich werde einfach den Gedanken nicht los, dass das ein etwas merkwürdiger Zufall ist.«

Berit Åen war vollkommen ruhig. »Zufälle gibt es«, sagte sie.

»Das tut es«, räumte Høyer ein. »Aber Ditlev Joensen ist ermordet worden. Dafür muss es doch einen Grund geben. Einen sehr guten Grund. Er muss etwas gewusst haben, das für jemanden sehr belastend sein konnte. Und ein Verbrechen gibt es jedenfalls, das nie verjährt.«

Høyer war mit seinem Schlusssatz nicht ganz zufrieden. Wenn an dem Tod ihres Mannes etwas Verdächtiges war, dürfte es heute mit Sicherheit unmöglich zu beweisen sein. Dass ihr sein Tod zugute gekommen war, bewies nichts. Der Mann war tot, verbrannt und Schluss und offenbar hatte niemand Fragen gestellt. Darüber hinaus war der Welt durch sein Dahinscheiden offenbar nicht viel verloren gegangen.

Høyer seufzte.

Das zu beurteilen war nicht seine Sache. Seine Aufgabe war es, Verbrechen zu untersuchen, sie nach Möglichkeit aufzuklären und den Täter vor Gericht zu bringen. Egal, wie unsympathisch das Opfer war.

Das galt auch im Fall Ditlev Joensen.

Jønssons Bericht über Pias Zusammenstoß mit dem wütenden Mann lag auf dem Tisch, als er zurück ins Büro kam. Er las ihn schnell durch.

»Hast du das gesehen?«, fragte er und reichte ihn Therkelsen hinüber, der mit einer Kanne Kaffee und zwei Bechern hereinkam.

»Wenn das Mädchen nicht lügt, kann das unser Mann sein«, sagte Therkelsen. »Die Zeit passt.«

»Jaa«, sagte Høyer zögerlich. »Aber es kann auch sein, dass sie das erfunden hat, um Bo Sander zu helfen. Sie kann ja nicht wissen, dass er aus dem Schneider ist.«

»Jønsson muss ein gewisses Vertrauen in sie haben«, meinte Therkelsen. »Sonst hätte er keinen Bericht geschrieben. Dazu ist er zu faul.«

»Legen wir ihn erst mal zur Seite«, sagte Høyer.» Aber nicht zu weit weg. Vielleicht brauchen wir ihn noch.«

»Was hat Frau Åen gesagt?«, fragte Therkelsen.

»Sie hat glatt zugegeben, dass sie bei der Nummer in Aarhus mitgemacht hat. Aber der andere war nicht Joensen. Sie hat es nicht gesagt, aber ich bin davon überzeugt, dass es unser verstorbener Anwalt war.«

»Er muss eine wahre Goldgrube für Joensen gewesen sein. Ich habe Holm heute ein wenig zugesetzt und es endete damit, dass er ausgepackt hat. Er meint, dass Joensen die Informationen von einem Anwalt hatte. Das hatte er selbst behauptet und Holm hat ihm geglaubt. Er hatte sich nämlich an seinen Anwalt gewandt, um herauszufinden, ob es irgendwelche juristischen Spitzfindigkeiten gibt, die ihm aus der Patsche helfen könnten, falls das Mädchen sich nicht mit Geld abfinden lassen würde, sozusagen. Und irgendein Angestellter hat von der Sache Wind bekommen und sich bei Ditlev Joensen verplappert.«

»Das klingt, als wäre es derselbe«, räumte Høyer ein.

»Das klingt nicht nur so, er *ist* es«, sagte Therkelsen. »Ich habe mit der Firma Kontakt aufgenommen, die schließen erst um fünf, und er war wirklich dort angestellt. Vermutlich hat er sich in angetrunkenem Zustand bei Joensen verplappert.«

»Vielleicht«, sagte Høyer. »Vielleicht war es auch nur ein Gespräch unter Kollegen. Aber warum zum Teufel hat Holm eigentlich bezahlt? Das wundert mich trotz allem.«

»Zum einen passte es nicht ganz zu seinem Image, falls es herauskommen sollte. Angesehener Mann und so«, sagte Therkelsen. »Zum anderen war er bestimmt nicht sonderlich daran interessiert, dass seine Frau davon erfuhr, und last, but not least hat Joensen angedeutet, dass die Sache wieder eröffnet werden könnte.«

»Ein Vaterschaftsprozess!«, rief Høyer. »So einen

Unsinn habe ich noch nie gehört. Das ist doch ausgeschlossen, wenn das Kind älter als fünf ist. Und das Mädchen hier war doch sechzehn, als Joensen anfing. Außerdem würde das dem Major nicht im Traum einfallen.«

»Das konnte Holm doch nicht wissen«, sagte Therkelsen. »Er hat keine Ahnung, wo und wer das Mädchen ist. Joensen hat ihm gegenüber angedeutet, dass es durchaus sein könnte, dass das Mädchen einen Vaterschaftsnachweis wollte, wenn es herausfand, dass damit Geld zu machen war. Er hat behauptet – ich weiß nicht, ob das gelogen ist –, dass es keinen Präzedenzfall für die Aufnahme eines solchen Verfahrens durch ein Kind gibt und dass sie deshalb sicher mit einer Genehmigung zur Wiedereröffnung des Verfahrens rechnen konnte, möglicherweise bis zur höchsten Instanz. Bei dem Geld, das auf dem Spiel stand, würden die Anwälte Schlange stehen, um sie zu vertreten.«

»So ein Unsinn!« Høyer schüttelte den Kopf. »Hat er das wirklich geschluckt?«

»Ich weiß nicht, wie ernst er es genommen hat«, sagte Therkelsen. »Jedenfalls hatte er keine Lust, es auf einen Versuch ankommen zu lassen.«

»Joensens übliches kleines psychologisches Spiel«, sagte Høyer.

»Genau«, sagte Therkelsen.

Høyer sah ihn forschend an. Er konnte sehen, dass da noch mehr war. Das war nur der Aperitif.

»Komm schon«, sagte er. »Was hast du noch im Ärmel?«

»Joensens Vermieterin. Du wolltest wissen, wann sie gestorben ist, woran und wer den Totenschein ausgestellt hat.«

»Das möchte ich, ja. Hast du das schon?«

»Ja. Sie ist am 7. Januar gestorben«, sagte Therkelsen. »Am selben Tag, an dem die Tabletten verschrieben wurden.«

»Am selben Tag!«, rief Høyer. »Das kann nicht sein. Es sei denn ...« Er dachte nach. »Es ist ja möglich, dass Joensen die fehlenden zwei Tabletten einfach weggeworfen hat. Sie hat sie nicht bekommen, da bin ich mir fast sicher. Oder sie hätte noch mehr bekommen sollen. Irgendwas hat er gemacht.«

»Jedenfalls ist sie an einem Herzstillstand gestorben in Verbindung mit ... einen Moment, ich habe es aufgeschrieben ...« Therkelsen holte einen Zettel heraus. »Einem AV-Block, was immer das sein mag. Aber das ist nicht das Interessanteste. Weißt du, wer den Totenschein ausgestellt hat?«

Høyer brachte es nicht über sich, ihm das Vergnügen zu nehmen, obwohl er es bereits erraten hatte. Er schüttelte den Kopf.

»Jutta Thomsen. Ditlevs Schwester.«

10. Kapitel

Vor der Haustür fand sich das gleiche Durcheinander von Fahrrädern und Mofas wie beim ersten Mal, als Therkelsen dort gewesen war. Und die gleiche Melodie oder eine ihr zum Verwechseln ähnliche plärrte aus der Stereoanlage.

Høyer sah Therkelsen an. »Du meine Güte! Trifft sich hier ein Jugendclub?«

Therkelsen zuckte mit den Schultern. »So etwas Ähnliches«, sagte er und schellte.

Die Tür wurde von einem Mann geöffnet, der in einer Hand ein Messer hielt und ziemlich wild dreinschaute. Das ist also der Krankenpfleger, dachte Høyer und sah ihn verblüfft an. Er war groß, durchtrainiert und dunkel wie ein Zigeuner. Ein paar muskulöse, sonnengebräunte Arme guckten aus den kurzen Ärmeln seines weißen T-Shirts. Selbst an einem Strand mit Tausenden von Menschen wäre er nicht leicht zu übersehen gewesen.

»Ich werde wahnsinnig«, teilte er ruhig mit, als er Høyer und Therkelsen sah. »Ich werde wahnsinnig. Ich dachte, ich hätte vier Kinder und kein Kinderheim, und dann kommt noch von früh bis spät die Polizei hereingeschneit. Langsam wünsche ich mir, dass Ditlev noch am Leben wäre, und das hätte ich nie für möglich gehalten.«

»Ist Ihre Frau zu Hause?«, fragte Høyer vorsichtig. Sie sollten wohl besser erst einmal mit ihr allein sprechen und sich diesen Wilden für später aufheben.

»Sehen Sie selbst nach. Ich habe was auf dem Herd. Orientieren Sie sich am ruhigsten Ort, das ist entweder das Arbeitszimmer oder das Klo. Da ist sie bestimmt.«

Er verschwand wieder.
Høyer sah Therkelsen an. »Wo wohl?«
Therkelsen grinste. »Und er ist sogar Stationspfleger.«
»Ich könnte ihn mir besser vorstellen, wie er mit einem Messer zwischen den Zähnen herumtanzt«, sagte Høyer kopfschüttelnd.
Mit den Örtlichkeiten vertraut, führte Therkelsen Høyer durch das Wohnzimmer und klopfte an die Tür des Arbeitszimmers.
Jutta Thomsen warf ihnen einen müden Blick zu, als sie eintraten.
»Schon wieder«, sagte sie. »Heute ist schon einer hier gewesen. Aber das sieht ja wie ein ganzes Aufgebot aus. Soll ich verhaftet werden?« Sie warf ihnen ein schiefes Lächeln zu. »Ich bin mir nicht einmal sicher, ob ich das als Strafe empfinden würde. Als wir geheiratet haben, wollten wir viele Kinder haben. Wir müssen wahnsinnig gewesen sein!« Sie schüttelte den Kopf. »Das Essen ist bestimmt auch besser. Mein Mann besteht darauf, jede zweite Woche zu kochen. Was er kocht, ist teuer und schlecht. Er kann sehr viel besser abwaschen, aber das mag keiner von uns.«
Høyer sah sie neugierig an. Sie waren ein ungleiches Paar, sie und ihr Mann. Es gab nicht die Spur einer Ähnlichkeit, wie man sie so oft bei Eheleuten findet.
Sie wirkte weder nervös noch wachsam. Sie schien sie eher für ein paar alte, etwas ermüdende Bekannte zu halten.
»Frau Thomsen«, begann Høyer. »Als Ditlev Joensens frühere Vermieterin gestorben ist, haben Sie den Totenschein ausgestellt, nicht?«
Die Frage schien sie nicht zu erschrecken. Ihre einzige Reaktion war ein verblüffter Gesichtsausdruck.
»Ja, das habe ich«, sagte sie. »Warum?«

»Waren Sie ihre Hausärztin?«, fragte Høyer, ohne auf ihre Frage zu antworten.

»Nein, das war ich nicht. Sie ging zu Jakob Brandt.« Sie schnitt eine kleine Grimasse. »Obwohl ich ihr geraten hatte, den Arzt zu wechseln.«

»Warum?«

»Ach, ich weiß nicht ... er ist nicht mein Fall. Aber sie war ein bisschen in ihn verliebt, wie alte Frauen das in ihre Ärzte sein können, und das ging mich ja nichts an.« Sie zuckte mit den Schultern.

»Wie kam es dann, dass Sie den Totenschein ausgestellt haben?«

»Eines Abends rief Ditlev an. Er war ganz außer sich. Er sagte, dass sie im Sterben läge, er konnte Brandt nicht erreichen und ... er machte einen so hysterischen Eindruck, dass ich rausgefahren bin. Nicht seinetwegen, sondern wegen Jenny. Sie war so eine reizende alte Dame.«

»Was fehlte ihr?«

»Sie war tot oder lag zumindest im Sterben, als ich kam. Da war nichts mehr zu machen. Ich wusste, dass sie einen AV-Block hatte. Offenbar war es plötzlich viel schlimmer geworden. Das passiert ja. Ich hatte, ehrlich gesagt, größere Mühe mit Ditlev. Er war ganz außer sich und sagte immer wieder, dass das Schicksal sei. Ich bin etwas ärgerlich geworden und habe ihm gesagt, dass das nicht das Schicksal, sondern das Herz war.«

Therkelsen und Høyer wechselten schnell einen Blick.

»Es überraschte mich etwas, dass er es so schwer genommen hat, das sah Ditlev eigentlich nicht ähnlich. Ich musste ihm schließlich eine Beruhigungsspritze geben. Aber er hatte natürlich ein besonderes Verhältnis zu ihr. Er hatte ja einen Hang dazu, sich mit alten Damen zu umgeben. Vielleicht kommt das daher, dass er ein enges Verhältnis zu meiner Großmutter hatte. Er kam mit Vater nicht zurecht und wir anderen mochten ihn auch nicht besonders, aber er war Großmutters Liebling und das blieb er auch. Das erste Enkelkind *und* ein Junge.«

Sie schwieg kurz und spielte nachdenklich mit ihrem Feuerzeug.

Høyer räusperte sich. »Sie sagen, dass sie im Sterben lag, eigentlich schon tot war, als Sie kamen. Aber trotzdem haben Sie ihr Tabletten verschrieben.«

Sie starrte ihn verblüfft an und schüttelte den Kopf.

»Nein, weiß Gott, das habe ich nicht! Ich bin Ärztin, keine Wunderheilerin. Zu dem Zeitpunkt gab es nichts, überhaupt nichts mehr zu tun.«

Høyer runzelte die Stirn. »Sie behaupten, dass Sie ihr keine Tabletten verschrieben haben. Zum Beispiel ...« Er machte eine kleine Pause. »Zum Beispiel Inderal?«

»Inderal?«, wiederholte sie und sah ihn an, als wäre er verrückt. »Bestimmt nicht. Gegebenenfalls hätte ich es mit Atropin versucht. Sie hatte, wie gesagt, einen AV-Block und Inderal wäre das Letzte, was ich ihr gegeben hätte. Es sei denn, ich hätte die Frau umbringen wollen.«

Høyer und Therkelsen warfen sich einen Blick zu.

»Sie meinen also, dass ihr auch zu einem früheren Zeitpunkt eine oder mehrere Inderal nicht geholfen hätten?«

»Genau. Sie hätten einen Adams-Stokes-Anfall hervorrufen können.«

»Einen ...?«

»Einen Herzstillstand.«

»Hm«, Høyer kratzte sich nachdenklich am Ohrläppchen. Er sah Therkelsen an, der genauso verwirrt aussah, wie er sich fühlte.

»Nichtsdestotrotz ist es eine Tatsache, dass ihr an ihrem Todestag Inderal verschrieben worden ist«, sagte Høyer schließlich.

»Unmöglich!«, sagte Jutta Thomsen. »Wer sollte das getan haben. Außer mir ist an diesem Tag kein Arzt bei ihr gewesen.«

»Genau.«

Einen Augenblick sah sie ihn schweigend an. Dann errötete sie, als ihr klar wurde, was er andeuten wollte. Ihre Stimme war sehr kalt, als sie sagte: »Falls Sie meinen, dass mir ein Fehler unterlaufen ist, den ich jetzt zu vertuschen suche, sind Sie auf dem Holzweg. Und falls Sie meinen, dass es kein Fehler, sondern ein bewusster Versuch war ... aber so dumm können Sie wohl nicht sein. Ich weiß nicht, woher Sie diese verrückte Idee haben, aber sie muss auf einem Missverständnis beruhen.«

Høyer holte die Schachtel aus der Tasche und legte sie vor sie auf den Schreibtisch.

»Das hier haben wir im Geheimversteck Ihres Bruders gefunden.«

Eine Andeutung eines Lächeln huschte über ihr Gesicht. »Ach ja, das Jütländische Gesetz. Ja, darauf war er mächtig stolz. Er hat es selbst gebastelt. Oft hätte ich nur zu gerne gesehen, was er darin aufbewahrte.« Sie runzelte die Stirn und studierte eingehend die Schachtel, dann sah sie Høyer an. »Das verstehe ich nicht. Datum, Name, alles stimmt. Ganz ehrlich, ich verstehe das absolut nicht.«

Høyer und Therkelsen sahen sie schweigend an.

Jetzt wäre es gut, hinauszugehen und sich zu besprechen, dachte Høyer. Die verschiedenen Möglichkeiten durchzugehen. So mussten sie sich vortasten.

»Ihr Bruder hat doch auch Medizin studiert, oder?«

»Ja?«, sagte sie fragend.

»Ob er sich darüber im Klaren war, was seiner Vermieterin fehlte?«

»Das war er. Wir alle wussten es.«

»Wäre es denkbar, dass er gewusst hat, welche Wirkung Inderal haben würde?« Høyer schlug leicht auf die Packung.

Sie dachte nach. »Ja, ich denke schon«, sagte sie. »Er verbrachte ja sein halbes Leben in der Bibliothek und für Gesundheit und so etwas hat er sich sehr interessiert. Ich glaube, er hatte fast genauso viel Ahnung von Pharmazie wie ich. Und ich könnte mir vorstellen, dass er sich für Jennys Fall besonders interessiert hat. Das wäre doch nur natürlich, nicht?«

Therkelsen spitzte den Mund. Ihm begann zu dämmern, worauf Høyer hinauswollte.

»Wäre es denkbar – das ist nur eine Theorie –, wäre es denkbar, dass Ihr Bruder Ihnen irgendwann ein Rezept gestohlen hat und ...«

Sie unterbrach ihn. »Alles ist denkbar, wenn es um Ditlev geht«, sagte sie trocken. »Aber trotzdem ...« Sie schwieg nachdenklich.

»Aber was?«, fragte Høyer.

»Das wäre irgendwie nicht sein Stil gewesen. Erstens glaube ich, dass er Jenny so sehr mochte, wie er überhaupt im Stande war, jemanden zu mögen. Zweitens war es ja sowieso nur eine Frage der Zeit und drittens glaube ich nicht, dass er selbst ... nein, das war nicht Ditlevs Art. Nicht nach dem Arzt zu schicken oder zumindest es nicht rechtzeitig zu tun, ja, vielleicht. Das sähe ihm eher ähnlich. Ich gebe zu, dass mich der Gedanke gestreift hat. Seine Reaktion. Und insbesondere sein Gerede von Schicksal. Als wollte er die Verantwortung von sich weisen.«

Høyer nickte. Da hatte sie vielleicht Recht.

»Aber im Übrigen können Sie das leicht herausfinden«, sagte sie. »Das Rezept gibt es ja noch.«

Høyer holte tief Atem. Ja, natürlich. So einfach war das.

Er sah sie an. »Und was ist, wenn Ihr Name darauf steht?«

Sie zuckte mit der Schulter.

»Dann muss das eine Fälschung sein und ich muss mich Ihrer Theorie über Ditlev wohl anschließen.«

Høyer fühlte sich merkwürdig rastlos, als er am Abend endlich nach Hause kam. Er saß nachdenklich und in sich gekehrt mit einem verdünnten Whisky da und versuchte, sich bei einem Kreuzworträtsel zu entspannen. Seine Frau ließ ihn in Ruhe. Sie kannte ihn, wenn er in dieser Stimmung war. Das Kreuzworträtsel war ein sicheres Zeichen.

Irgendwie, dachte er, gingen die Dinge heute manchmal zu schnell. Vor hundert Jahren wäre man im Pferdewagen von einem zum anderen geholpert. Hätte sich Zeit gelassen, mit ein oder zwei Menschen gesprochen und die Möglichkeit gehabt, über die Dinge nachzudenken, während man sich langsam von Ort zu Ort bewegte. Heute setzte man sich in ein Auto und gelangte in wenigen Minuten von einem Milieu ins andere und sprach mit Gott weiß wie vielen Leuten. Die Eindrücke stürmten auf einen ein. Es blieb keine Zeit, sie zu verarbeiten. Er hatte das Gefühl, sich ständig mitten in einem Brainstorming zu befinden, wo lose Einfälle, Theorien und Tatsachen durcheinander wirbelten und es unmöglich machten, ein Muster zu bilden.

Was wusste er im Grunde genommen von diesen Menschen? Oder besser, was sagte sein Gefühl? Die Schwester zum Beispiel. Sie hatte glaubwürdig geklungen, aber hatte sie nicht doch etwas zu schnell akzeptiert, dass Ditlev vielleicht ein Rezept gefälscht hatte? Und mit ihrem Alibi war es ebenso wie mit dem ihres Mannes nicht sehr weit her, sowohl was den Sonntag betraf als auch den Abend, an dem die alte Frau Berg niedergeschlagen worden war.

Aber Berit Åen hatte auch kein Alibi. Ihr *Bekannter* hatte sich nach dem Mittagessen hingelegt. Sie hatten nur ihr Wort, dass sie in einem Liegestuhl gelegen und sich ausgeruht hatte.

Die drei. Ob einer von ihnen der Mörder war?

Høyer glaubte nicht an die Theorie, dass jeder gegebenenfalls zum Mörder werden kann. Jedenfalls nicht, wenn es um einen Mord dieser Art ging. Dazu gehörte eine ganz besondere Psyche.

Hatte Berit Åen diese Psyche? Sie konnte sich ja ziemlich drastische Dinge vornehmen. Einen Moment wanderten seine Gedanken zurück zu dem Mann, der in Spanien gestorben war.

Konnten sie das zusammen getan haben? Berit Åen, die Schwester und ihr Mann?

Oder war der Gedanke zu absurd?

Er schüttelte den Kopf.

Es ging zu schnell. Sie brauchten Zeit zum Nachdenken. Die Logik hinkte. Es war möglich, dass Ditlev Joensen etwas mit dem Tod seiner alten Vermieterin zu tun hatte, aber wie kamen dann die anderen ins Bild? Warum war Joensen ermordet worden? Und von wem?

Vielleicht lag es an der Rastlosigkeit, dass Høyer schon früh am nächsten Morgen aufwachte, und vielleicht war sie auch der Grund für seinen plötzlichen Entschluss, mit dem Fahrrad zur Arbeit zu fahren. Er konnte sich kaum erinnern, wann er das das letzte Mal getan hatte.

Zuerst kam er sich auf dem hohen schwarzen Polizeifahrrad ein wenig lächerlich vor, doch bald begann er, die Fahrt zu genießen.

Von zwei Rädern aus betrachtet, sah die Stadt ganz anders aus. Er gehörte mehr dazu. War selbst Teil davon. Eigentlich sollte er sich das zur Gewohnheit machen, dachte er. Frische Luft und Bewegung. Es dürfte doch keine große Leistung sein, die paar Kilometer mit dem Fahrrad zu fahren. Früher waren sie immer Fahrrad gefahren. Er und Rigmor. An den Sommersamstagen waren sie abends, wenn sie frei hatten, zum Strand geradelt. Oder zu seinen Eltern hinaus. Fünfundzwanzig Kilometer waren nicht der Rede wert gewesen. Auch nicht für die Kinder, als sie ein bisschen größer waren. Und Kinder waren einfacher, wenn sie Fahrrad fuhren, dachte er. Nicht wie eine Horde unleidlicher, rastloser Sprösslinge auf dem Rücksitz eines Autos.

Høyer fühlte sich gut, als er bereits kurz nach acht die Polizeiwache betrat. Etwas von der Unruhe in seinem Körper war verschwunden.

Auf dem Gang traf er Larsen. Mit abstehenden Haaren, übernächtigten Augen und aufgeknöpftem Hemd, aber mit einem erleichterten Gesichtsausdruck. Wie ein Arzt nach einer schwierigen Operation, dachte Høyer.

»Du hattest Recht, Høyer«, sagte er, als sie sich trafen. »Du hattest ja so Recht.«

Høyer sah ihn einen Moment verständnislos an. Womit hatte er Recht? Dann ging ihm auf, wovon Larsen sprach.

»Ach, du meinst Halle?«, sagte er. An ihn hatte er gar nicht mehr gedacht, seit er Larsen den Fall übertragen hatte.

»Ja. Wir haben ihn gestern Abend abgeholt. Wir glaubten, genug zu haben, um ihn zum Reden zu bringen. Erst wollte er nicht, wir waren die ganze Nacht zu Gange. Aber schließlich ist er zusammengebrochen. Es waren zu viele Indizien. Unter anderem haben wir draußen bei ihm genug Putzwolle gefunden, um eine Tankstelle mehrere Jahre zu versorgen. So etwas hat er ja gerne benutzt.«

»Was sagt er jetzt?«

»Er hat erst vor einer Viertelstunde gestanden. Es war eine schwere Geburt. Aber *jetzt* redet er. Du weißt ja, wie das ist.«

Høyer nickte. Sie erlebten das oft. Wenn die Leute gestanden hatten, hatten sie das Bedürfnis zu reden. Zu reden und zu reden.

»Jetzt frühstücken wir erst einmal ordentlich«, sagte Larsen. »Das brauchen wir. Sowohl Halle als auch wir. Verdammt, bin ich müde.«

Høyer fühlte eine gewisse Befriedigung. Sie hatten etwas erreicht. Im großen Zusammenhang gesehen vielleicht nicht so viel, aber eine ganze Gegend konnte erleichtert aufatmen. Und er selbst hatte einen Fall weniger, über den er sich Gedanken machen musste. Das war auch eine Erleichterung. Eine weitere Geschwulst war entfernt worden. Zwischendurch kam er sich wie ein Chirurg vor, der mehr oder weniger blind operierte. Der versuchte, einen kranken Organismus zu heilen, ohne zu wissen, wo die Krankheit das nächste Mal ausbrechen würde oder was ihre Ursache war.

Apropos Ärzte, dachte er, als er sich an seinen Schreibtisch setzte. Es wäre doch eine gute Idee, anzurufen und zu hören, wie es der alten Frau Berg ging. Es dauerte ohnehin noch eine halbe Stunde, bis Therkelsen auftauchte.

Er bekam einen beruhigenden Bescheid. Die alte Dame hatte gut geschlafen und ihr Zustand war zufrieden stellend. Vermutlich würde sie bald entlassen werden können.

Alles in allem sah es so aus, als würde es ein guter Tag werden, dachte Høyer.

Er holte die Tablettenschachtel hervor und sah sie sich eine Weile an, dann guckte er auf seine Uhr. Halb neun. Jetzt konnte er zur Apotheke radeln. Sie lag nicht weit entfernt. Im Moment dürfte es am wichtigsten sein festzustellen, wer das Rezept ausgestellt hatte.

Selbst wenn er im Moment nicht sehen konnte, wie sie das weiterbringen sollte.

Pia traf Jønsson auf ihrem Schulweg. Gerade als sie vorbeiradelte, kam er aus der Bäckerei.

»Hey, Herr Jønsson!«, rief sie. »Herr Jønsson.«

Jønsson wollte gerade ins Auto steigen. Jetzt blieb er mit der Hand auf dem Türgriff stehen.

»Es ist mir eingefallen!«, sagte sie leicht außer Atem, als sie vom Fahrrad sprang.

»Was ist dir eingefallen?«, fragte Jønsson, dessen Gedanken bei Morgenkaffee und frischen Brötchen waren.

»Wem er ähnlich sah. Der Mann, den ich getroffen habe.«

»Ach der. Und wem sah er ähnlich?«

»Erik Ove«, sagte Pia triumphierend. »Vor allem, wenn er wütend aussieht.«

»Der Mann?«

»Nein, Erik Ove. Er kann so wütend aussehen. Genau wie der Mann.«

Jønsson gab es auf herauszufinden, wer wütend aussah.

»Er ähnelte also Erik Ove?«, fragte er.

»Ja, jedenfalls im Gesicht. Vielleicht sah er nicht ganz so gut aus. Und sein Haar war dunkler. Fast wie Ihres.«

Unwillkürlich griff sich Jønsson mit der Hand ins Haar. Es war sein heimlicher Stolz. Kräftig und dunkel, ohne eine graue Strähne. »Aber sonst hatte er eine gewisse Ähnlichkeit mit Erik Ove?«

»Ja, das sag ich doch«, Pia setzte sich wieder auf ihr Fahrrad. »Ich muss jetzt fahren. Wir haben Nörgard in der Ersten und er wird wild, wenn ich zu spät komme.«

Jønsson setzte sich ins Auto. So, dachte er. Erik Ove. Er sollte wohl Høyer anrufen und es ihm erzählen. Nach dem Morgenkaffee.

»Täuschen mich meine Augen«, sagte Therkelsen, der sich mit seiner ewigen Stummelpfeife in Høyers Büro breit machte, als Høyer von seinem Ausflug zurückkam. »Oder habe ich dich eben wirklich hier vom Fenster aus gesehen? Mit wildem Blick, fliegenden Haaren und auf dem Sitz eines Fahrrads?«

»Falls du meinst, ob ich geradelt bin, kannst du deinen Augen noch trauen«, sagte Høyer würdevoll. »Ich bin heute mit dem Fahrrad zur Arbeit gekommen. Und es war herrlich. Du solltest das auch versuchen.«

Er stellte eine Thermoskanne und eine Bäckereitüte auf den Tisch.

»Ich kann Missionare nicht ausstehen«, stöhnte Therkelsen, während er ihre Becher hervorholte. »Jedes Mal, wenn hier im Haus jemand aufgehört hat zu rauchen, angefangen hat zu joggen oder auf irgendeine andere Weise begonnen hat, ein gesundes und abstoßendes Leben zu führen, fühlt er sich berufen, uns anderen Predigten zu halten. Ich schlage vor, dass wir unten in der Vorhalle einen Bierkasten aufstellen, dann können dort alle abwechselnd ihre Predigten halten.«

»Ich glaube nicht, dass das unserem öffentlichen Image gut tun würde«, bemerkte Høyer. »Außerdem missioniere ich nicht. Es würde mir auch nicht im Traum einfallen, das jeden Tag zu machen, aber es tut gut, um eine Erfahrung reicher zu sein. Die Welt sieht von einem Fahrrad aus betrachtet ganz anders aus.«

»Das glaube ich gerne«, sagte Therkelsen grinsend. »Aber die Fahrt hat offenbar an dir gezehrt.« Er warf einen viel sagenden Blick auf die Bäckereitüte. »Wo warst du übrigens? Ich habe gesehen, dass du schon einmal hier gewesen bist.«

»Ja«, Høyer schenkte Kaffee ein. »Hast du übrigens von Halle gehört?«

»Ja«, sagte Therkelsen. »Das ist wirklich gut. Wenn die Brände wieder angefangen hätten, wäre es da draußen zu einer Pyromanenpsychose gekommen. Sie kündigte sich ja bereits an.«

Høyer nickte. Er sah Halle vor sich. Immer ein bisschen zu jovial, zu munter, zu ... aufgedreht. Ja, das war das richtige Wort. Aufgedreht. Wie mochte es ihm jetzt wohl gehen? Schlecht vermutlich.

Dann schüttelte er den Gedanken an Halle ab und wandte sich wieder den aktuellen Dingen zu.

»Ich bin in der Apotheke gewesen«, sagte er zu Therkelsen. »Sie haben versprochen anzurufen, sobald sie etwas gefunden haben. Sie meinten, dass es nicht lange dauern würde. Es klang, als hätten sie ein System in ihren Unterlagen.«

»Und wo stehen wir jetzt?«, fragte Therkelsen.

»Das wissen die Götter«, seufzte Høyer. »Soweit ich sehe, stehen wir wieder am Anfang. Wer hat Joensen ermordet und warum? Aber wir konnten ein paar Möglichkeiten eliminieren. Ich schlage vor, dass wir die Berichte hier in Ruhe durchgehen und versuchen, einen Überblick zu bekommen. Vielleicht sehen wir etwas, das uns beim ersten Mal entgangen ist.«

Die Ruhe dauerte eine Stunde, dann schellte das Telefon. Høyer nahm schnell den Hörer ab, aber es war nur Jønsson, der anrief, um zu erzählen, was Pia eingefallen war.

»Erik Ove«, sagte Høyer anschließend skeptisch zu Therkelsen. »Also ehrlich gesagt, klingt das so, als habe sie das erfunden. Und dann hat sie ihn zufällig im Fernsehen gesehen.«

»Tja«, sagte Therkelsen. »Vielleicht. Oder der, den sie gesehen hat, hat nicht das Geringste mit dem Fall zu tun. Vielleicht *war* es Erik Ove«, fügte er hinzu.

Sie arbeiteten eine Weile schweigend weiter, dann schellte wieder das Telefon. Diesmal war es die Apotheke.

Das Rezept über Inderal war von Jakob Brandt ausgestellt worden.

»Jakob Brandt?«, sagte Therkelsen verblüfft. »Aber der war doch ihr Hausarzt. Jetzt verstehe ich gar nichts mehr.«

»Laut Jutta Thomsen ist an dem Tag kein anderer Arzt bei der alten Dame gewesen«, sagte Høyer. »Was sagt uns das?«

»Dass Frau Thomsen gelogen hat«, sagte Therkelsen. »Dass doch ein Arzt da gewesen ist, dass er Inderal verschrieben hat, dass es das war, was die Alte wirklich brauchte – aber nicht bekommen hat.«

»Genau«, sagte Høyer. »Oder, dass sie die Wahrheit gesagt hat und Joensen irgendwann eins von Brandts Rezepten gestohlen hat. Das ist auch eine Möglichkeit.«

»Aber das müsste Brandt uns ja sagen können«, meinte Therkelsen.

»Ja, hoffentlich ist er nicht in Urlaub.«

Aber Brandt war nicht in Urlaub. Er hatte seine Morgensprechstunde fast beendet, sodass sie sofort kommen konnten.

Er ließ gerade den letzten Patienten hinaus, als Høyer und Therkelsen ins Wartezimmer traten. Er nickte ihnen kurz zu und lächelte.

»Einen Augenblick«, sagte er. »Dann bin ich für Sie da.«

Høyer beobachtete ihn, während er etwas mit der Sekretärin besprach. Ein gepflegter Mann, aber müde. Todmüde. Wahrscheinlich überarbeitet. Seine Hände zitterten leicht und ein dünner Schweißfilm lag auf seinem Gesicht. Müde und nervös – oder ...

Høyer sah Therkelsen an, der ihm mit einer Geste zu verstehen gab, dass er den gleichen Gedanken hatte. Drogen.

Brandt verschwand für einige Minuten im Sprechzimmer, dann ging die Tür wieder auf und er winkte Høyer und Therkelsen herein.

Høyer sah ihn forschend an. Jetzt machte er einen ganz anderen Eindruck. Das Lächeln war breiter, die Hände ruhig, er wirkte entspannt und selbstsicher.

Høyer nickte Therkelsen zu. Das reichte. Nichts anderes konnte die plötzliche Veränderung erklären. Er hatte sich die Zeit für einen Schuss genommen, bevor er sie hereingebeten hatte.

Gut, das war nicht ihre Sache. Würde es bestimmt auch nicht werden. Ärzte und Drogen waren sowieso ein Kapitel für sich.

»Kriminalpolizei, sagen Sie?« Er sah sie fragend an. »Ich glaube nicht, dass ich mir etwas habe zu Schulden kommen lassen, bei mir ist nicht eingebrochen worden und über meine Patienten kann ich Ihnen nichts sagen, deshalb ...« Er zuckte lächelnd die Schultern.

»Es geht in der Tat um eine Patientin, über die wir gerne mit Ihnen sprechen möchten, und Sie werden kaum irgendwelche Regeln der ärztlichen Schweigepflicht übertreten müssen. Die Patientin ist tot.«

»So«, sagte Brandt. »Aber das ändert nicht notwendigerweise etwas an der Sache. Um wen handelt es sich denn?«

»Um Jenny Marie Nielsen. Eine alte Dame. Sie wohnte im Drosselvej 7.«

»Um Jenny Nielsen? Lassen Sie mich nachdenken.« Brandt sah suchend zur Decke. Dann richtete er den Blick auf Høyer. »Ach ja, richtig. Jetzt erinnere ich mich. Es ist bestimmt gut ein Jahr her, dass sie gestorben ist.«

»Eineinhalb Jahre«, berichtigte Høyer.

»Ja, gut möglich. Wie die Zeit vergeht.« Er lächelte.

»Was fehlte ihr?«

»Sie hatte ein schwaches Herz. Sie litt an einem ... nun, ich habe ihre Karte zwar nicht hier, aber soweit ich mich erinnere, litt sie an Angina Pectoris.«

»So, so«, sagte Høyer langsam. »Sie litt an Angina Pectoris.«

Er sah zu Therkelsen hinüber, der sich eifrig Notizen machte. Therkelsen sah auf und ihre Augen trafen sich.

»Sie waren ihr Arzt«, fuhr Høyer fort. »Deshalb gehe ich davon aus, dass Sie auch den Totenschein ausgestellt haben.«

Therkelsen sah schnell auf. Worauf wollte der Alte hinaus?

»Nein, das habe ich nicht. Soweit ich mich erinnere, starb sie nachts, vermutlich hat ihn der Notarzt ausgestellt.«

»Aber ihr Tod hat sie nicht überrascht?«, fragte Høyer.

»Nein, das kann ich nicht sagen. Ihr Herz war sehr schwach.«

»Ich meinte, ob es Sie überrascht hat, dass sie genau an diesem Abend gestorben ist«, sagte Høyer leichthin. »Sie hatten sie ja noch am selben Tag gesehen.«

»Nein, das hatte ich nicht.« Er zögerte. »Das heißt, ich erinnere mich jedenfalls nicht daran. Aber möglich ist das natürlich.« Er zog ein Taschentuch hervor und tupfte sich die Oberlippe ab.

Es gab eine kleine Pause.

»Wieso glauben Sie, dass ich an diesem Tag bei ihr war?«, fragte Brandt dann.

»Weil Sie ihr Tabletten verschrieben haben, die an dem Tag, an dem sie starb, ausgeliefert worden sind.«

»Das Rezept kann natürlich ein paar Tage alt gewesen sein«, sagte Brandt.

»Das kann es«, räumte Høyer ein. »Ob Sie sich wohl erinnern können, was Sie ihr verschrieben haben?«

»Inderal vermutlich.«

»Das ist das, was Sie normalerweise in solchen Fällen verschreiben? Gegen Angina Pectoris?«

»Ja«, sagte Brandt.

»Ich gehe davon aus, dass Sie die Krankenblätter längere Zeit aufbewahren«, sagte Høyer. »Ob wir wohl einmal in Jenny Nielsens Blatt sehen dürfen?«

»Ich bin mir nicht sicher, ob ich Ihnen das erlauben kann. So ohne weiteres«, sagte Brandt.

»Nein, das können Sie wohl nicht«, sagte Høyer. »Sie haben ja Ihre Regeln. Ich weiß auch nicht, ob es nötig wird. Falls ja, müssen wir uns eben eine richterliche Genehmigung besorgen.«

Brandt sah schnell von einem zum anderen. Dann zuckte er mit den Schultern. »Ja, ich kann Ihnen leider nicht helfen.«

Høyer erhob sich. »Ja, dann wäre es das wohl?« Er sah Therkelsen fragend an.

»Was ist mit Ditlev Joensen?«, sagte Therkelsen.

»Ja«, sagte Høyer. »Ihr Untermieter. Kannten Sie ihn?«

»Kennen und kennen«, sagte Brandt. »Ich habe ihn gelegentlich im Haus getroffen. Er hat sich ja sehr um sie gekümmert.« Er zögerte kurz. »Er ist übrigens vor einem Jahr auf meine Patientenliste gesetzt worden.«*

»Ist er das?« Høyer klang überrascht.

»Nicht dass er als Patient zu mir gekommen ist«, sagte Brandt. »Ihm fehlte ja nichts. Übrigens eine tragische Geschichte, das mit ihm.«

»Vielleicht ist sie doch nicht so tragisch«, sagte Høyer. »Denn ihm fehlte doch etwas. Er hatte Bauchspeicheldrüsenkrebs.«

Einen Augenblick stand Brandt da, als wäre er an der Stelle festgenagelt. Er warf Høyer einen fast verzweifelten Blick zu. »Bauspeicheldrüsenkrebs. Aber dann ...«

»Genau«, sagte Høyer. »Er wäre in jedem Fall gestorben.«

---

* Jeder Däne wird von Amts wegen auf die Patientenliste eines Arztes gesetzt. *Anm. der Übersetzerin*

11. Kapitel

»Was zum Teufel war das denn für ein Typ?«, sagte Therkelsen. »Ein Junkie?«

»Ach, du hattest also auch den Eindruck. Ja, alles deutet darauf hin. Aber das war meiner Meinung nach nicht das Interessanteste. Ich halte es für interessanter, dass es ihm so schwer fiel, sich an eine Patientin zu erinnern, mit der er relativ viel zu tun gehabt haben muss. Ich halte es auch für interessant, dass er beinahe etwas anderes als Angina Pectoris gesagt hätte, sich dann aber doch noch rechtzeitig korrigiert hat. Und ich halte es für interessant, dass er überhaupt nicht gefragt hat, warum wir uns für sie interessieren, und dass er sich nicht erinnern konnte, an dem Tag, an dem sie gestorben ist, bei ihr gewesen zu sein«, Høyer holte tief Luft.

»Andererseits ist es nicht unmöglich, dass er Recht hat«, sagte Therkelsen. »Vielleicht hatte sie ja Angina Pectoris.«

»Ja, das ist möglich. Wir haben nur das Wort der Schwester, dass es etwas anderes war. Wer von den beiden lügt?«

»Wir können doch auf ihrer Karte nachsehen«, sagte Therkelsen. »Aber warum sollte er lügen?«

»Frag mich nicht. Aber er war ihr Hausarzt, er muss den Totenschein gesehen haben. Warum hat er ihn nicht beanstandet?«

Therkelsen zuckte mit den Schultern. »Vielleicht hat er das. Intern. Ich habe den Eindruck, dass Ärzte, wie soll ich das ausdrücken, sehr kollegial sind.«

»Da hast du sicher Recht«, sagte Høyer. »Ich glaube jedenfalls, dass wir es dem Polizeipräsidenten selbst überlassen sollten, vom Amtsarzt in Erfahrung zu bringen, was er über Brandt weiß. Meiner Erfahrung nach funktioniert so etwas am besten auf diese gebildete halboffizielle Weise. Außerdem spielen sie zusammen Golf.«

Therkelsen grinste. »Dann können wir anderen halbgebildeten Räuber ja versuchen, ein bisschen vom gewöhnlichen Klatsch auszugraben.«

»Genau«, sagte Høyer. »Und vielleicht sollte ich mich auch noch einmal mit Jutta Thomsen unterhalten.«

»Here we go again!«, sagte Therkelsen.

»Ja«, seufzte Høyer. »Und offenbar in eine ganz andere Richtung.«

»Die halten zusammen wie Pech und Schwefel«, hatte der Polizeipräsident nach seinem informellen Gespräch mit dem Amtsarzt ärgerlich zu Høyer gesagt. Aber etwas hatte er doch erfahren. Høyer gab den Bericht an Therkelsen weiter, als sie sich am Nachmittag trafen.

»Das Wort Junkie hat er natürlich nicht gebraucht«, sagte Høyer. »Er hat aber zugegeben, dass Brandt gewisse *Probleme* hatte. Er musste mehr oder weniger freiwillig einige Monate Urlaub nehmen und der Meister meinte, dass er eine Art Entziehungskur gemacht hat. Das war nach einer Geschichte mit einem kleinen Mädchen, in der Brandt eine geradezu kriminelle Nachlässigkeit an den Tag gelegt hat.«

»Wann war das?«, fragte Therkelsen und guckte in seine eigenen Notizen.

»Das ist jetzt bald zwei Jahre her«, sagte Høyer. »Er hat am 1. Dezember wieder angefangen zu arbeiten und Jenny Nielsen ist im Januar des darauf folgenden Jahres gestorben.«

»Hm, hm«, sagte Therkelsen.

»Der Amtsarzt war der Ansicht, dass er seine *Probleme* überwunden hat, wie sie das nennen, aber unter vermehrtem Druck kam heraus, dass es doch ein paar Geschichten gegeben hat und dass Brandts Karriere an einem seidenen Faden hängt.«

»Das sagt auch der übliche Klatsch«, warf Therkelsen ein. »Letzten Winter ist er von einer Verkehrsstreife aufgegriffen worden, er saß in seinem Auto, das er in den Graben gefahren hatte, und schlief. Kein Alkohol. Die Diagnose lautete: übermüdet. Er hat eine Verwarnung bekommen. Es ist noch nicht so furchtbar lange her, dass er seine Praxis aufgemacht hat und er war sehr beliebt und die Patienten haben ihm die Tür eingerannt. Wahrscheinlich hat er sich übernommen und konnte der Versuchung, sich ein bisschen aufzuputschen, nicht widerstehen. Jetzt verlassen ihn die Patienten wie die Ratten das sinkende Schiff.«

»Ich mag deine Bilder«, sagte Høyer grinsend. »Okay, aber ich habe auch Jutta Thomsen angerufen und sie gefragt, warum sie Jenny Nielsen geraten hat, den Arzt zu wechseln. Zuerst hat sie um den heißen Brei herumgeredet, aber schließlich hat sie wenigstens ein bisschen den Schleier gelüftet. Und als ich sagte, dass er behauptet hat, die alte Dame hätte Angina Pectoris gehabt, ist sie fast explodiert. Sie sagt, dass kurz vor Weihnachten im Krankenhaus ein EKG gemacht worden sei und dass Brandt natürlich Bescheid gewusst habe. Außerdem war es nicht das Erste, das gemacht worden ist, sodass keine Zweifel bestehen konnten.«

»Und was sollen wir jetzt glauben?«, sagte Therkelsen.

»Das muss doch im Krankenblatt stehen«, sagte Høyer. »Ich meine, in dem des Krankenhauses. Fahren wir hin und sehen es uns an. Das von Brandt kann warten, bis wir eine richterliche Genehmigung haben.«

»Dann kannst du ja auch gleich deine Freundin besuchen, die alte Dame«, lächelte Therkelsen.

Sie wollten gerade gehen, als das Telefon schellte. Høyer nahm den Hörer ab.

»Ja«, sagte er und hörte sehr lange zu. »Das ist natürlich ärgerlich, aber ich glaube nicht, dass es etwas macht ... Nein ... Wir müssen versuchen, so zurechtzukommen ... Ja, danke, dass Sie angerufen haben.«

Er legte den Hörer auf und lächelte Therkelsen schief an. »Das war Jakob Brandt«, erzählte er. »Er hat nach Fräulein Nielsens Krankenblatt gesucht. Aber merkwürdigerweise konnte er es nicht finden. Und jetzt befürchtet er, es Montag mitgenommen zu haben, als er eine Reihe alter Krankenblätter verbrannt hat.«

»Was für ein verdammtes Pech«, sagte Therkelsen sarkastisch.

»Er hat gefragt, ob es wichtig sei. Ich habe ihm gesagt, dass wir auch so zurechtkommen.«

Høyers alte Freundin war von der Intensivstation auf die normale Krankenstation verlegt worden. Er schlich sich auf Zehenspitzen zu ihrem Bett, aber sie registrierte sein Kommen trotzdem, denn plötzlich schlug sie die Augen auf und sah ihn an. Und sie waren genauso blau wie beim ersten Mal, als er sie gesehen hatte.

Einen Augenblick schien sie sich nicht ganz klar darüber zu sein, wer er war, dann lächelte sie schwach.

»Da ist ja mein Polizist«, sagte sie. »Wenn Sie glauben, ich kann Ihnen etwas erzählen, irren Sie sich.«

»Ich wollte nur mal sehen, wie es Ihnen geht«, sagte Høyer. »In gewisser Weise fühle ich mich verantwortlich.«

»Quatsch«, wies sie ihn zurecht. »Ich hätte in meinem Bett bleiben sollen, dann wäre nichts passiert.«

»Wie geht es Ihnen?«, fragte Høyer.

»Ausgezeichnet«, lächelte sie. »Wissen Sie, dass ich einen Schädel wie ein Schwergewichtsboxer habe? Ein bisschen Kopfschmerzen, das ist alles. Aber wie Sie sehen, brauche ich einen neuen *Hund.*«

Høyer lachte. »Sie sollten ihn besser erst von mir begutachten lassen.« Ihm fiel etwas ein. »Sagen Sie, kannten Sie den Arzt Ihrer Freundin?«

»Meinen Sie den Stellvertreter oder den charmanten Narkomanen, der wie dieser Fernsehliebling aussieht?«

»Wie welcher Fernsehliebling?«, fragte Høyer interessiert. Er und Therkelsen hatten keine Ähnlichkeit bemerkt. »Wen meinen Sie?«

»Erik Ove. Ich glaube, so heißt er.«

Sie schüttelte den Kopf und schnitt eine Grimasse. »Ich habe Ihnen ja gesagt, dass meine Freundin eine Närrin war. Sie hat es nie gelernt, Menschen richtig einzuschätzen.«

Sie schloss die Augen.

»Entschuldigung«, sagte sie. »Aber ich bin ein bisschen müde.«

»Ich gehe jetzt«, Høyer flüsterte fast.

Er schlich sich aus dem Zimmer und machte Jagd auf Therkelsen. Erik Ove, dachte er. Ob es wohl eine spezielle Ähnlichkeit gab, die nur Mädchen sahen – egal welchen Alters?

»AV-Block!«, sagte Therkelsen triumphierend. »Das war es. Ich weiß übrigens, was das bedeutet, falls dich das interessiert.«

»Nein, erspar mir das!«, rief Høyer. »Meine Herzkranzarterien sehen schon schlimm genug aus. Aber das war es also?«

»Ja.«

»Du hast wohl nicht gefragt ...?«

»Doch, hab ich. Atropin ist das Richtige. Inderal ist kontraindiziert. Jutta Thomsen hatte Recht.«

»Ich denke, jetzt können wir uns ein Bild machen, was passiert ist«, sagte Høyer, als sie wieder in seinem Büro saßen. »Fräulein Nielsen wird krank, und als netter Untermieter ruft Joensen den Arzt. Brandt kommt, entweder high oder down, und er erinnert sich falsch oder liest falsch oder was auch immer. Jedenfalls verschreibt er Inderal, was, wenn das Unglück es will, tödlich sein kann. Was Joensen genau weiß. Aber er weiß auch, dass er erben wird, deshalb greift er ein. Vielleicht gibt er der alten Dame sogar selbst die Tabletten. Als er sieht, dass sie im Sterben liegt, ruft er seine Schwester an, die nichts Böses ahnt. In gutem Glauben schreibt sie den Totenschein aus und Ditlev erbt alles.«

»Und man sollte doch meinen, dass ihm das reichen würde«, sagte Therkelsen, »aber Joensen kann der Versuchung nicht widerstehen, er behält die Schachtel und nach einer gewissen Zeit, als Brandt glaubt, die Sache sei vorbei und vergessen, beginnt er sein übliches kleines Spiel. Erst Andeutungen, dann das Messer.«

»Genau. Und Brandt gerät in Panik. Er kann sich keinen neuen Skandal leisten. Er weiß, was er riskiert. Also bezahlt er.«

»Wahrscheinlich von diesem Januar an. Deshalb stand auch nichts in der Steuererklärung.«

»Aber Joensen begnügte sich ja nie mit Geld. Das wissen wir unter anderem von dem Major. Keiner fühlte sich je sicher, dass er ihn nicht plötzlich doch verriet. Vielleicht hat er Brandt sogar mit der Aufdeckung gedroht. Oder Brandt stand finanziell zu stark unter Druck. Und dann hat er die Nerven verloren.«

»Er weiß, dass Joensen Urlaub machen will. Wahrscheinlich auch wo, also fährt er am Sonntag da rauf, behält das Hotel im Auge und folgt Joensen, als er zum Strand hinuntergeht, wartet, bis niemand in der Nähe ist, und dann – auf Wiedersehen Joensen!« Therkelsen machte eine entsprechende Handbewegung.

Sie sahen sich an und brachen in Gelächter aus.

»Mit der Nummer können wir fast auftreten«, sagte Therkelsen. »Das ist eine schöne Geschichte, die wir hier konstruiert haben, aber hält sie stand?«

»Das wird sich zeigen«, sagte Høyer. »Ich glaube, es wäre keine schlechte Idee, Brandt vorzuladen.«

Sie schwiegen eine Weile.

In gewisser Weise war es wie eine Antiklimax.

Als wäre das Ganze *zu* leicht.

Er hat sich gerade etwas gespritzt, dachte Høyer, als er Brandt sah. Er fühlt sich super. Das wird bestimmt schwierig.

Aber es wurde nicht schwierig. Nicht im ersten Durchgang. Brandt räumte sofort ein, dass er mit der Indikation einen Fehler gemacht hatte.

»Ich war übermüdet«, erklärte er. »Ich kam gerade von einem Patienten mit Angina Pectoris und offenbar ging er mir noch immer im Kopf herum. So etwas dürfte nicht passieren, aber es passiert eben doch. Und ich kann Ihnen versichern, dass die alte Dame ohnehin nicht mehr lange gelebt hätte.«

»Dann war Ihr Gewissen möglicherweise nicht sonderlich belastet?«, fragte Høyer leichthin.

Brandt zuckte mit den Schultern. »Es ist nie angenehm, so einen Fehler zu machen«, sagte er.

»Aber Sie haben nicht geglaubt, dass die Geschichte herauskommt?«, wollte Høyer wissen.

»Nein, ehrlich gesagt, nicht. Es ist ja mittlerweile auch

lange her. Ich war ziemlich überrascht, als Sie heute plötzlich aufgetaucht sind und mich über Fräulein Nielsens Tod ausgefragt haben.«

»Waren Sie das wirklich? Ihnen ist nicht der Gedanke gekommen, dass Ditlev Joensen vielleicht doch irgendeinen Beweis gegen Sie aufgehoben hat?«

»Ditlev Joensen?« Er sah Høyer fragend an. »Ich verstehe nicht, was Sie meinen.«

»Nein? Wir meinen, dass sich Ditlev Joensen über Ihren Fehler im Klaren war und dass er Sie damit erpresst hat.«

»Was für ein lächerlicher Gedanke. Abgesehen davon, dass ich ihn, wie bereits erwähnt, mehrere Male getroffen habe, kenne ich den Mann nicht.«

»Sie behaupten also, dass Sie ihn nicht dafür bezahlt haben, dass er den Mund hielt?«

»Warum sollte ich das? So ein Fehler kann passieren. Natürlich hätte ich ihn melden müssen, aber ... das war doch verdammt noch mal kein ...«

»Mord. Nein. Aber sowohl Sie als auch Joensen als auch wir wussten, dass Ihnen kein weiterer Fehler mehr unterlaufen durfte.«

»Das ist eine absurde Behauptung.«

»Wo waren Sie am Sonntag, Brandt?«

»Wie ich Ihnen am Telefon gesagt habe, war ich in meiner Praxis. Ich habe alte Unterlagen aufgeräumt. Krankenblätter und so weiter. Sachen, die aussortiert werden mussten.«

»Ach ja, Krankenblätter«, sagte Høyer. »Und dann?«

»Dafür habe ich fast den ganzen Vormittag gebraucht. Ich hatte mit meiner Freundin verabredet, dass sie mich um zwei anrufen sollte. Es war geplant, dass ich zu ihr hinaufkommen sollte, sie hat Ferien in Skagen gemacht, und wir wollten die Einzelheiten besprechen. Unter anderem, ob ich zu ihrer Mutter fahren und sie mitnehmen sollte. Aber es war so heiß, dass ich mit dem Auto eine kleine Runde gedreht habe ...«

»Zum Strand ...?«, warf Høyer ein.

»Nein, nur eine kleine Runde. Um mich durchpusten zu lassen. Ich habe ein Cabrio. Mir ist die Zeit davon gelaufen und ich war erst gegen halb drei wieder zurück und da hatte meine Freundin bereits angerufen. Glücklicherweise hatte ich den Anrufbeantworter eingeschaltet, sodass ich ihre Nachricht bekommen habe.«

»Und sollten Sie die Mutter Ihrer Freundin mitnehmen?«, fragte Høyer.

»Ja, das war nur ein kleiner Umweg. Ich habe sie sofort angerufen und ihr gesagt, dass ich die Nachricht ihrer Tochter bekommen habe und jetzt losfahre, damit sie wusste, wann ich ungefähr bei ihr sein würde. Sie wohnt in Tversted.«

»Sie waren also um halb drei hier, haben die Nachricht bekommen, die Ihre Freundin auf den Anrufbeantworter gesprochen hat, und haben sofort Ihre Schwiegermutter angerufen.«

»Sie ist nicht meine Schwiegermutter. Ansonsten ist das korrekt. Um halb drei war ich hier.« Er lächelte Høyer unbeschwert an. »Warum? Ist das wichtig?«

»Da ist nichts zu machen, Høyer«, sagte ein erschöpfter Therkelsen mehrere Stunden später zu einem ebenso erschöpften Høyer. »Wir müssen ihn gehen lassen. Kein Richter wird aufgrund des Materials, das wir haben, einen Haftbefehl ausstellen. Es sei denn, wir können beweisen, dass der Mann in der Lage ist, an zwei Orten gleichzeitig zu sein.«

»Verdammt!« Høyer schlug auf den Tisch. »Er *war* es. Ich *weiß* es. Ich fühle es in jedem einzelnen Knochen.«

»Das ist die Gicht«, sagte Therkelsen. »Seine Geschichte ist stichhaltig. Die Freundin sagt, dass sie ihn gegen zwei angerufen hat, und als er nicht da war, hat sie ihm auf den Anrufbeantworter gesprochen. Und sowohl sie als auch ihre Gäste sagen, dass er nicht bei ihr angerufen hat. Dafür hat er die Mutter seiner Freundin um kurz nach halb drei angerufen und gesagt, dass er die Nachricht ihrer Tochter erhalten hat und sie abholt. Da war er also in der Praxis. Selbst wenn wir davon ausgehen, dass Joensen, unmittelbar nachdem das schwedische Paar ihn gesehen hat, ermordet wurde, ließ sich das einfach nicht machen.«

»Waren sie sich auf die Minute sicher?«, fragte Høyer.

»Ja. Da ist nichts zu machen. Sie wollten um zwei Freunde treffen und waren zu spät dran.«

»Und niemand hat sein Auto gesehen? Auch nicht am Mittwochabend?«

»Im Dunkeln sind alle Katzen und alle Autos grau«, sagte Therkelsen. »Dass er zwei hat, macht die Sache auch nicht leichter. In welchem ist er gefahren? In der kleinen Rostlaube von Sportwagen oder im Volvo? Aber das spielt keine Rolle, wir haben nichts, Høyer, das können wir genauso gut zugeben. Nur ein Kind, das meint, ihn zu einem Zeitpunkt gesehen zu haben, zu dem er nachweislich in seinem Büro war.«

»Wenn sich die Schweden nun um eine Stunde vertan haben«, schlug Høyer vor. Er klang, als würde er selbst nicht daran glauben.

»Da hatte Joensen das Hotel noch nicht verlassen.«

»Was sagt dein Gefühl?«, fragte Høyer.

»Meine Vernunft sagt, dass ...«

»Ich habe nicht nach deiner Vernunft gefragt«, knurrte Høyer. »Dein Gefühl?«

»Ich bekomme wohl auch Gicht«, räumte Therkelsen

ein. »Denn ich glaube nicht an eine Persönlichkeitsspaltung dieses Grades. Sollen wir ihn gehen lassen?«

»Ich wette, er würde mit der Sprache herausrücken, wenn wir ihn ein paar Tage ohne Stoff hier behalten könnten.«

»Und uns sagen, wie er das macht?«, sagte Therkelsen. »Vielleicht handelt es sich um eine Art Yoga. Wie der indische Seiltrick. Vielleicht um etwas, das er kann, wenn er Stoff genommen hat. Wie die Hexen.«

»Verschwinde«, sagte Høyer.

Therkelsen schnippste mit den Fingern. Dann schüttelte er den Kopf. »Ich kann nicht.«

»Was kannst du nicht?«

»Verschwinden«, grinste Therkelsen. »Lassen wir ihn gehen?«

»Das müssen wir wohl«, sagte Høyer müde. »Du hast Recht. Wir haben nichts, das wir ihm vorwerfen können. Zum Teufel, wenn *er* das nicht war«, fügte er hinzu, während Therkelsen das Büro verließ.

Nach wenigen Stunden Schlaf trafen sie sich am Morgen wieder. Sie sahen beide ziemlich übernächtigt aus.

»Es kostet mich mehr als Mühe, mit den Stapeln wieder von vorne anzufangen«, sagte Høyer. »Wen haben wir? Berit Åen? Daran glaube ich nicht. Ich glaube, dass Brandt es war. Aber das ist unmöglich. Also doch Berit Åen.« Er holte tief Atem. »Okay, wir können genauso gut anfangen.«

»Ihr seht ja nicht gerade frisch aus«, sagte Larsen, der bei ihnen hereinguckte. »Hattet ihr eine harte Nacht?«

»Und ob«, sagte Høyer. »*Und* eine ergebnislose.«

Er unterrichtete Larsen über den Stand der Dinge. Vielleicht fand ein Paar wache Augen etwas, das sie übersehen hatten.

Larsen dachte lange nach.

»Die einzige Möglichkeit, die ich sehe, ist die, dass er bei sich zu Hause angerufen und die Nachricht auf dem Anrufbeantworter abgehört hat.«

»Geht das?«, fragte Høyer eifrig.

»Keine Ahnung«, sagte Larsen. »Das war nur ein Vorschlag. Aber warum sollte das nicht gehen? Es wird doch so viel erfunden.«

Therkelsen sah skeptisch aus. Aber Høyer griff zum Telefon. »Es ist in jedem Fall einen Versuch wert«, sagte er. »Ich rufe die Telefongesellschaft an und frage.«

Kurz darauf legte er enttäuscht den Hörer auf.

»Sie arbeiten daran«, sagte er. »Sie arbeiten daran. Wenn ich bis zum nächsten Sommer warte, meinten sie, ist es fertig«, Høyer lächelte schief.

»Das hilft uns nicht gerade weiter«, sagte Therkelsen.

»Obwohl«, sagte Høyer. »Wenn sie daran arbeiten, gibt es das bestimmt schon«, fügte er nicht besonders logisch hinzu. »Es gibt ja noch andere Anbieter als die Telefongesellschaften.« Er schnappte sich das Branchenverzeichnis. »Ich glaube, wir sind am richtigen Ende.«

Therkelsen war noch immer skeptisch. Aber andererseits: »Wenn es das gibt, können es nicht viele Firmen sein, die damit handeln, und die Anzahl der Personen, die sich so etwas angeschafft haben, muss begrenzt sein. Es dürfte also verhältnismäßig leicht sein herauszufinden, ob Brandt sich so ein Gerät angeschafft hat«, sagte er, während Høyer telefonierte.

Zuerst zogen sie drei Nieten. Dann legte Høyer plötzlich die Hand auf den Hörer und sah die anderen mit leuchtenden Augen an.

»Bingo!«, sagte er.

12.Kapitel

»So hat er es also gemacht«, sagte Therkelsen am Abend desselben Tages kopfschüttelnd. »Keine Hexerei – nur Gewitztheit! Hat sich so ein Ding zur Probe bestellt, gleich nach dem Mord von einer Telefonzelle aus bei sich zu Hause angerufen, die Nachricht bekommen und seine Nicht-Schwiegermutter angerufen.«

»Er muss das Gerät vorher ein paar Mal ausprobiert haben«, meinte Høyer. »Stell dir mal vor, wenn das Scheißding ihn im Stich gelassen hätte.«

»Hat es aber nicht«, sagte Therkelsen. »Und dann hat er das Gerät direkt am Sonntagabend zusammengepackt und am Montag zurückgeschickt. Seine Sekretärin hatte keine Ahnung davon.«

»Nee, ziemlich gutes Timing. In der Woche vorher hatten sie ja wegen Ferien geschlossen. Aber all das waren in Wirklichkeit nur zusätzliche Sicherheitsvorkehrungen. Er hat nicht im Traum daran gedacht, dass wir ihm auf die Schliche kommen. Und das wären wir vielleicht auch nicht, hätten wir nicht das Jütländische Gesetz gefunden. Das kann ich ihm am schwersten verzeihen. Dass er meine alte Freundin niedergeschlagen hat!«

»Er hat nicht fest zugeschlagen«, wandte Therkelsen ein. »Sie übersteht es.«

»Er konnte nicht wissen, dass sie aus einem besonderen Stoff gemacht ist«, sagte Høyer. »Mit einem Schädel wie ein Schwergewichtsboxer.« Er lächelte.

Sie saßen einen Moment schweigend da.

»Tja«, sagte Høyer schließlich. »So hat Ditlev Joensen schließlich doch noch geplaudert. Die Tabletten waren so gesehen die einzige Verbindung.«

Therkelsen stand auf. »Schön, einmal zu einer angemessenen Zeit nach Hause zu kommen.«

»Wie läuft es?«, fragte Høyer. »Du hast mir versprochen zu berichten ...«

»Ach das«, Therkelsen grinste. »Wir haben Familienrat gehalten. Ich habe einen Schlüssel auf den Tisch gelegt.«

»Einen Schlüssel?« Høyer sah ihn verwirrt an.

»Zu einer 2 1/2-Zimmer-Wohnung im Kathrinepark.«

»Das ist nicht wahr!«

»Doch. Ich habe gesagt, dass wir zum Ersten einziehen können. Ich habe ihnen gesagt, dass Ida und ich uns über das Problem unterhalten haben und zu dem Ergebnis gekommen sind, dass sie Recht haben. Wir haben zu viel zu tun. Und jetzt können wir nicht mehr. Ida kann sich nicht länger um Job und Haus und Garten kümmern, deshalb hat sie einen Halbtagsjob angenommen und wir ziehen in die Wohnung.«

»Verdammt!« Høyer sah ihn halb bewundernd an.

»Ich habe ihnen gesagt, dass jedem 1.250 Kronen bleiben, wenn wir die Einkommen gleich verteilen. Das fanden sie ziemlich gut, bis ihnen klar wurde, dass sie selbst für Essen, Kleidung, Transport, Wäsche, Modeschnickschnack, Klubs und was weiß ich was aufkommen müssen. Für *alles* kurz gesagt.«

»Es hat also funktioniert.«

»Und ob! Sie haben auf der Stelle eine Arbeitsaufteilung ausgearbeitet. Du kannst mir glauben, dass ihnen das nicht gefallen hat!«

»Was hättest du eigentlich gemacht, wenn das keine Wirkung gezeigt hätte?«, fragte Høyer neugierig.

»Ich wäre umgezogen! Verdammt noch mal!«, sagte Therkelsen. »Ich hatte sogar schon einen Käufer. Ja, ich hätte das durchgezogen.« Er dachte eine Weile nach.

Dann lächelte er Høyer schief an. »Das Verrückte ist, dass es mich fast ein bisschen ärgert, dass nichts daraus geworden ist. Denn vielleicht haben die verflixten Bälger ja Recht. Wir *haben* zu viel zu tun.« Er zuckte mit den Schultern. »Okay, lassen wir es gut sein für heute.«

»Eigentlich hätten sie mir ruhig eine Karte schicken können«, sagte Bo beleidigt, als sie von Brandts Festnahme hörten. »Nur ein paar kurze Worte. Zum Beispiel: *Es freut uns, Ihnen mitteilen zu können, dass wir Sie nicht länger für einen Mörder halten.* Tagelang habe ich nicht gewusst, woran ich war. Es wäre auch schön gewesen, sie in den Kneipen und überall dort, wo die Leute mich misstrauisch beäugt haben, vorzeigen zu können.«

»Sie haben nie ernsthaft geglaubt, dass du es getan hast«, sagte Maja. »Wahrscheinlich haben sie Brandt von Anfang an unter Verdacht gehabt.«

»Aha! Dann haben sie mich also nur zum Spaß durch den Fleischwolf gedreht«, sagte Bo.

»Ach, du bist doch nicht richtig gescheit«, sagte Maja.

»Nein, aber du liebst mich trotzdem«, grinste Bo.

»Seht ihr, es war der, mit dem ich zusammengestoßen bin«, sagte Pia. »Der Verrückte.«

»Ja«, sagte Bo. »Heute hast du dir fast ein Eis verdient. Wie steht es mit dem Finderlohn?«

»Den bekomme ich. Das hat der Große gesagt.«

Bo sah Maja an. »Was habe ich gesagt! Märchen enden gut. Und sie lebten glücklich bis an ihr Ende!«

Høyer stand draußen auf seinem Balkon. Er war im Bad gewesen, hatte sich rasiert und die Kleider gewechselt. Fast kam es ihm vor, als hätte er die ganze Geschichte von sich abgewaschen.

Hier, wo er stand, konnte er den Pulsschlag der Stadt

spüren. Ein lebendiger, atmender Organismus. Sie hatten ihm noch eine Geschwulst entfernt. Wo würde die Krankheit das nächste Mal ausbrechen?

Was war die Ursache?

Angst?

Angst, etwas zu verlieren?

Sie alle hatten Angst, etwas zu verlieren.

Holm, der Major, Berit Åen, alle.

Berit Åen? Er würde nie erfahren ... und vielleicht interessierte es ihn auch nicht.

Seine Frau kam zu ihm hinaus.

»Ich habe die Wäsche abgenommen, als ich gekommen bin«, sagte Høyer. »Es sah nach Regen aus.«

Sie lächelte. »Was ich an dir so mag, ist, dass du nie sagst, dass du hilfst. Du tust es einfach.«

»Tja«, sagte Høyer.

»Wie geht es Therkelsen?«, fragte sie.

»Gut«, Høyer grinste. »Therkelsen hat Ida davon überzeugt, dass sie einen gemeinsamen Feind haben – die Kinder!«

»Aber das ist ja ... das ist ja erschütternd«, sagte seine Frau.

»Warum? Wenn es funktioniert. In ein paar Jahren sind die Kinder fort, dann haben sie nur noch sich.«

»Hm«, sie klang nicht überzeugt. »Ich mache uns etwas Leckeres zum Abendessen. Heute Abend willst du bestimmt Wein trinken, nicht?«

Ja, heute Abend wollte er Wein trinken.

Er drehte den Kopf und sah ihr nach, als sie hineinging.

Sie hatten es gut. Er hatte nie Lust auf andere gehabt.

Es hatte einmal eine Zeit gegeben, aber das war verdammt lange her, da hatte er manchmal Lust gehabt Lust zu haben.

Jetzt war er fast glücklich. Mit seinem Haus, seinem Garten und seiner Frau.

Im Grunde war er schon ein sehr langweiliger Mann.

Krimis aus den Niederlanden

***Henk Apotheker:* Ayse ist weg**
Deutsche Erstausgabe ISBN 3-89425-511-0
Arnheim: Im ›Türkenviertel‹ verschwindet ein 4-jähriges Mädchen.
»Apothekers Schreibkunst, die auch eine Heilkunst ist, hat einen lebenswarmen Kern: Es ist das Mitgefühl mit ihren Figuren.« (Die Zeit)
»Henk Apotheker konfrontiert den Leser in seinem Krimi nicht nur mit erschreckenden Geschehnissen, vielmehr erzählt er auch die Geschichte ›seines‹ Arnheims. Darüber hinaus zeichnet er mit ironischer Feder ein zeitgenössisches Sittengemälde seiner Landsleute. Kurz gesagt, ein Krimi, der spannend und deshalb lesenswert ist.« (NRZ)

***Felix Thijssen:* Cleopatra**
Deutsche Erstausgabe ISBN 3-89425-504-8
Privatdetektiv Max Winter wird in ein Geflecht aus Korruption, Erpressung, Ehebruch und Rache hineingezogen.
»Ein routiniert geschriebener Krimi mit dichter Atmosphäre und gut gezeichneten Charakteren, der bis zur letzten Seite fesselt.« (ekz-Informationsdienst)
»Hier werden europäische Elemente in einem äußerst spannenden und guten Krimi verknüpft. Die Empfehlung des Quartals!« (Briefmarken-Hammer)

***Felix Thijssen:* Isabelle**
Deutsche Erstausgabe ISBN 3-89425-513-7
Was als romantische Liebesnacht begann, endet als Tragödie: Der Liebhaber der jungen Isabelle wird vor ihren Augen erschossen, sie selbst schwer verletzt. Als die Ermittlungen der Polizei ins Stocken geraten, bittet die Witwe des Toten Max Winter um Hilfe. Eine Erbschaft, ein Waisenhaus und eine Adoption bringen den Privatdetektiv und seine Freundin CyberNel auf eine Spur, die nach Frankreich führt.

***Jac. Toes:* Auf der Strecke geblieben**
Deutsche Erstausgabe ISBN 3-89425-506-4
Der Anwalt Fred Benter und der Journalist Donald de Wacht kommen einer vertuschten Affäre aus den achtziger Jahren auf die Spur und geraten dabei selbst in Lebensgefahr.
»Subtil die Morde, subtil aber auch die Personen, die letztlich für Aufklärung sorgen.Toes baut dabei Spannung auf, die den Leser fesselt, ihn nicht mehr loslässt.« (Emsdettener Volkszeitung)
»Jac. Toes erzählt mit viel Liebe zum Detail. Sein Krimi ist mit Humor und Ironie gewürzt, auch was die niederländische Heimat des Schriftstellers angeht.« (NRZ)

***Jac. Toes:* Tief gesunken**
Deutsche Erstausgabe ISBN 3-89425-516-1
In der Arnheimer Mafia rollen Köpfe. Eine Abrechnung unter Kriminellen? Oder hat die Polizei ihre Finger im Spiel? Fred Benter, Donald de Wacht und die Polizistin Yvon Matiber kommen einer Verschwörung auf die Spur, die ihren Ursprung in politischen Ambitionen und verletzter Eitelkeit hat.

grafit

Krimis aus Europas Süden

Sandrone Dazieri: ***Ein Gorilla zu viel***
Deutsche Erstausgabe ISBN 3-8425-503-X
Mailand: Eigentlich soll ›Gorilla‹ Sandrone nur verhindern, dass Alices Punkerfreunde die Party der Industriellenfamilie stören. Doch alles läuft aus dem Ruder und am andern Tag ist Alice tot.

Sandrone Dazieri: ***Keine Schonzeit für den Gorilla***
Deutsche Erstausgabe ISBN 3-89425-514-5
Cremona/Turin: ›Gorilla‹ Sandrone soll die wahren Hintergründe des Mordes an einem jungen Albaner herausfinden und einen Verleger beschützen, der um sein Leben fürchtet.

Guillem Frontera: ***Das Mallorca-Komplott***
Deutsche Erstausgabe ISBN 3-89425-507-2
»Spannung zeichnet den Krimi aus, der Mallorca ganz anders zeigt, als wir es aus den Reiseprospekten oder vom ›Ballermann‹ her kennen.« (Emsdettener Volkszeitung)

Jorge M. Reverte: ***Gálvez stößt an Grenzen***
Deutsche Erstausgabe ISBN 3-89425-521-8
Madrid: Journalist Julio Gálvez soll Fremdenführer für eine japanische Kollegin spielen. Ein Handtaschendiebstahl und der Verlust wichtiger Dokumente wecken Gálvez' Spürsinn. Dann tauchen die Leichen zweier marokkanischer Kinder auf und Gálvez bekommt es mit der chinesischen Mafia zu tun.

Giampiero Rigosi: ***Nachtbus***
Deutsche Erstausgabe ISBN 3-89425-522-6
Bologna: Die schöne Beischlafdiebin Leila wird von Polizei und Mafia gejagt, weil sie ein kompromittierendes Dokument entwendet hat. Auch der Nachtbusfahrer Francesco will ein neues Leben beginnen ...

Jacques Vettier: ***In eigener Sache***
Deutsche Erstausgabe ISBN 3-89425-500-5
Nizza: Die Untersuchungsrichterin Carole Ménani wird beinahe Opfer einer Vergewaltigung. Der Täter macht auch weiter auf sich aufmerksam und zwingt die Juristin, einen alten Fall wieder aufzunehmen.

grafit

Deutsche Crime Ladies

Dorothee Becker
Mord verjährt nicht
ISBN 3-89425-056-9
Warum verschwand Theo de la Cour? Veronika Wenger macht sich auf die Suche nach dem Verschollenen und lernt die verschiedenen Mitglieder einer zweifelhaften Familie kennen.

Rita Knott
Karriere ins Jenseits
ISBN 3-89425-254-5
Die designierte Schulleiterin Marlene Rubach gerät in Verdacht, eine Schülerin sexuell belästigt zu haben. Und dem Rufmord folgen Mordanschläge. Wer steckt hinter der Intrige?

Beate Sauer
Der Heilige in deiner Mitte
ISBN 3-89425-220-0
Veit Kadamczik, raumgreifender Theologieprofessor, ist tot. Und das nach einem heftigen exegetischen Streit mit der feministischen Theologin Verena Carsten. O-Ton Kommissarin: »Ich habe eine Abneigung gegen lebende Priester und konnte mir nicht vorstellen, daß mir ein toter wesentlich sympathischer sein sollte.«

Ursula Steck
Feuerzeichen
ISBN 3-89425-240-5
Ein Haus geht in Flammen auf, eine Frau stirbt. Trauriger Höhepunkt der Entmietungspraktiken eines Immobilienhais? Taxifahrerin Toni Walter gewährt den Überlebenden des Feuers Zuflucht. Der Vermieter soll nicht ungeschoren davonkommen, doch schon brennt wieder ein Haus.

Ursula Steck
Alles im Fluss
ISBN 3-89425-219-7
Ein toter Junge treibt in den Fluten des Rheins – vor den Augen der Taxifahrerin Toni Walter. Als ihre Freundin Nora überfallen wird, ist es mit Tonis Phlegma endgültig vorbei. Was hat es mit der Mailbox auf sich, die Nora betreute?